NARRATORI STRANIERI

MARK GATISS

IL CLUB VESUVIO

Traduzione di Alfredo Colitto

ROMANZO
BOMPIANI

Giunti Editore si impegna per uno sviluppo sostenibile
con l'utilizzo di carta certificata FSC proveniente
da fonti gestite in maniera responsabile.

www.giunti.it
www.bompiani.it

GATISS, MARK, *The Vesuvius Club*

First published in Great Britain in 2004 by Simon & Schuster UK Ltd.

Published by arrangement with Simon & Schuster UK Ltd.

Via Bolognese 165 – 30139 Firenze – Italia
Via G.B. Pirelli 30 – 20124 Milano – Italia

ISBN 978-88-301-0355-9

Prima edizione: giugno 2024

Per Ian,
Il mio amore, la mia vita

IL SIGNOR LUCIFER BOX HA UN OSPITE

Sono sempre stato formidabile a valutare le persone. È la mia virtù più affascinante.

Cosa potevo dire, allora, dell'onorevole Everard Supple, del quale stavo riportando su tela le fattezze nel mio studio in quell'afosa sera di luglio?

Era un sessantenne imponente, con un fisico da pugile, che aveva fatto fortuna con le miniere di diamanti in Sudafrica. Gli anni del suo declino, mi confidò durante la seconda seduta di posa, il momento in cui i clienti cominciano a sciogliersi un tantino, sarebbero stati interamente dedicati al piacere, soprattutto nelle case da gioco dei posti più caldi e scandalosi dell'Europa. Era sua opinione (e non solo sua) che un ritratto fosse proprio la cosa giusta da appendere sopra l'enorme caminetto baronale, nella sala della casa per cui aveva appena speso centomila sterline.

I Supple, va detto, non erano tra le famiglie più antiche e distinte del regno. A una sola generazione di distanza dall'onorevole Everard si collocava il per nulla onorevole Gerald, che aveva raggiunto una prosperità appena tollerabile fabbricando tutori per pollici in pelle. Il figlio ed erede aveva fatto molto meglio e ora, per sfoggiare il suo titolo (o almeno una specie di titolo) e il finto stemma che si stava facendo fare in un'altra parte della città, aveva ordinato un ritratto. Questo, mi disse con una risatina ansimante, avrebbe conferito la giusta aria di distinzione da vecchio mondo. E se i miei dipinti valevano davvero qualcosa (un'osservazione che mi ferì) forse sarei stato interessato a realizzare ritratti dei suoi antenati, opportunamente invecchiati.

Batté più volte le palpebre, com'era sua abitudine; una indugiava sopra l'occhio verde giada (il sinistro), mentre me lo immaginavo in posa nel mio studio in farsetto e brache, interpretando i suoi avi, tutto in nome dell'onore familiare.

Si schiarì la voce con un disgustoso espettorato e mi resi conto che mi stava parlando. Mi scossi dal mio sogno a occhi aperti e mi sporsi a guardarlo da dietro la tela. Mi dicono che sono bravo a spiare.

"Le chiedo scusa. Ero assorto nella curva delle sue orecchie."

"La stavo invitando a cena," disse Supple, estraendo dal gilè un orologio a cipolla *half*-hunt*er*, con una finestra che permetteva di leggere l'ora senza doverlo aprire. "Per festeggiare la conclusione del mio ritratto."

"Accetto con piacere," mentii. "Ma devo avvertirla, i carciofi mi fanno orrore."

L'onorevole Everard Supple si alzò dalla sedia in stile Luigi XV su cui l'avevo fatto accomodare e un po' di vernice scrostata cadde sul pavimento impolverato.

"Possiamo andare al mio club, allora," suggerì, spazzolandosi la manica della redingote. "O c'è qualche locale che voi artisti preferite?"

Mi alzai, passando tra i capelli una mano ossuta. Le mie mani sono lunghe, bianche e ossute, non posso negarlo, ma molto raffinate. Scrollai le spalle, il gilè e il viso macchiati di pittura.

"In realtà sì," risposi. "Un ristorantino incantevole in Roseberry Avenue. Passi a prendermi alle otto e ci andremo insieme in auto." Poi girai il cavalletto sulle rotelle cigolanti e gli mostrai il ritratto, alla luce dorata che entrava dal lucernario. "Guardi! La sua effigie immortale!"

Supple si chinò in avanti con uno scricchiolio dei costosi stivali e inserì inutilmente un monocolo nell'orbita dell'occhio di vetro. Si accigliò, inclinò la testa a destra e a sinistra e fece una smorfia.

"Be', suppongo che si riceva quello per cui si spende, vero, signor Box?"

Mi chiamo Lucifer Box, ma immagino che lo abbiate già capito. Sia che questi scritti formino il nucleo delle mie memorie, oppure, anni dopo la mia morte, siano ritrovati in fondo a una cisterna avvolti in tela cerata, non dubito che quando li leggerete io sarò incredibilmente famoso.

Con un gesto brusco passai a Supple i suoi guanti di morbido capretto. "Non le piace?"

Il vecchio stupido scrollò le spalle. "Non sono sicuro che mi somigli molto."

Lo aiutai a indossare il soprabito. "Al contrario, io credo di aver catturato a pieno la sua essenza."

E sorrisi quello che i miei amici non possono che chiamare il sorriso di Lucifero.

Ah, l'estate a Londra! *Un inferno*, vi diranno i suoi abitanti. Anche in quei primi anni innocenti del nuovo secolo puzzava di escrementi arrostiti. Perciò Supple e io entrammo nel locale che avevo scelto con un fazzoletto premuto sulla bocca. Non era un posto alla moda, ma nella luce lunga del tramonto la sala semplice e ricoperta di pannelli bianchi poteva essere definita una scena alla Vermeer. Certo non da me. La carta moschicida appesa sopra il focolare ondeggiava pigra, color ambra e nero come un pezzo di cerume.

Il locale, gli spiegai, era di una donna di nome Delilah;

una volta, come gesto di favore, avevo fatto un ritratto a sua figlia, una ragazzina storpia.

“Non era quel che si dice una bellezza,” confidai quando cominciammo a mangiare. “Ha perso entrambe le mani per una malattia degenerativa e se le è fatte fare di legno. E le sue gambette, erano rinchiuse in orridi anelli di ferro.” Scossi la testa affranto. “Suo padre diceva che avrebbero dovuto abbandonarla a morire quando è nata.”

“Oh, no!” gridò Supple.

“Sì. Ma la madre amava la piccola Ida. Quando sono venuto per il ritratto, ho fatto del mio meglio perché sembrasse un angelo, ed è stata un’idea profetica. Alla fine lei ha dimostrato di avere fegato.”

Supple si pulì le labbra rosa dalla zuppa. Era un vecchio vittoriano sentimentale, e gli spuntò una lacrima all’angolo dell’occhio buono. La morte della piccola Nell nel romanzo di Dickens *La bottega dell’antiquario* doveva essere come latte materno per lui.

“Povera Ida,” sospirai, mordicchiando una coscia di pollo. “Rapita dalla sua carrozzina da una banda di malviventi e venduta come schiava.”

Supple scosse la testa, cupo. Senza dubbio nel suo vecchio e sciocco cervello doveva essere apparsa un’immagine della storpia con occhi da cerbiatta. Strinse le dita sul coltello da pesce. “Vada avanti. Cosa è successo?”

“Ha tentato la fuga, che Dio la benedica. È scappata sui tetti, inseguita dai rapitori.”

Due battiti di ciglia. L’occhio di giada mi fissò. “E poi?”

Chiusi gli occhi e unii le punte delle dita. “È arrivata fino a Wapping, poi le sue gambe fragili hanno ceduto. È caduta attraverso il soffitto nel negozio di un mercante di zucchero ed è finita in un barile di melassa. Ovviamente, con le sue mani di legno non è riuscita a tirarsi fuori ed è annegata. Molto, molto lentamente.”

Finii il mio bicchiere di un borgogna senza infamia e senza lode con aria di chi ha concluso, battei le mani e diressi la conversazione verso faccende più allegre. Ora che avevo conquistato la sua fiducia, era il momento di tradire quella di altri. Volevo fare pratica.

Lo travolsi con una serie inesauribile di aneddoti (quasi tutti inventati, specie i migliori) sui grandi e buoni personaggi che non mi avevano pagato abbastanza da essere immortalati in olio su tela.

"Lei è molto indiscreto, sa?" rise il vecchio, rincuorato. "Sono felice di non averle confidato i miei segreti!"

Gli rivolsi un ampio sorriso.

Supple, da parte sua, parlò a lungo del tempo trascorso in Sudafrica e delle grandi avventure che un giovane come me avrebbe potuto vivere in quei luoghi. Mi parlò di sua figlia, la grande gioia della sua vita a quanto sembrava, mentre io annuivo e sorridevo con l'aria sagace che mi piace assumere in certe occasioni. Riuscii a fingere un grande interesse per il suo colorito racconto dell'alba nel Transvaal, mentre estraevo l'orologio e fissavo la seconda lancetta che correva sul quadrante di porcellana. Potevo sentire il ticchettio della molla.

Tra il pesce e il budino, quando Supple aprì la bocca per iniziare un altro interminabile racconto, feci la cosa più compassionevole e gli sparai.

Una macchia si allargò sul petto del suo rigido gilè bianco, come un papavero sopra la neve. Avrei tanto voluto avere con me il mio blocco da disegno! La scena era un tripudio di possibilità cremisi.

Ecco, ora vi ho scioccati, non è così? Che diavolo ha in mente il signor Box? È così facile trovare nuovi clienti per un ritratto? Be', dovete solo avere un po' di pazienza. Tutte le cose belle hanno una fine, come si suol dire.

Il viso di Supple, non molto attraente come avrete immaginato, si bloccò in un'espressione di dolorosa sorpresa e una bollicina di saliva gli uscì dalle labbra. Si accasciò in avanti sul tavolo, dove i denti sbatterono contro il bordo della ciotola del pudding con uno schiocco secco, come le ginocchia di un penitente fuori allenamento.

Guardai il filo di fumo che usciva dalla mia pistola a canna corta, poi rimisi l'arma sotto lo stampo da budino dove era rimasta nascosta fino a quel momento.

Accesi una sigaretta, rimisi in tasca l'orologio, passai il tovagliolo agli angoli delle mie labbra piene (ho una bella bocca, ma ne parleremo meglio più tardi) e mi alzai. Piantai un cucchiaio da dessert nell'orbita sinistra di Supple e con cura estrassi il suo occhio di vetro. Uscì con poco sforzo e si annidò nel mio palmo come un uovo di gabbiano. Guardai l'iride e sorrisi. Era proprio la sfumatura di verde che cercavo per una nuova cravatta, e ora avevo un termine di paragone da mostrare al sarto. Che felice coincidenza! Mi feci scivolare l'occhio in una tasca del gilè e coprii la testa del morto con un tovagliolo.

Sopra il camino di quella saletta semibuia era appeso uno specchio grande e brutto. Controllai il mio aspetto, trovandolo *molto* accettabile, corressi la postura per evitare di riflettermi nei bordi macchiati dello specchio, che tendevano a oscurare il fantastico taglio del mio frac e tirai la corda della campanella accanto a me.

Le porte si aprirono quasi subito e apparve una donna enorme in un vestito giallo narciso. Le guance arrossate dal gin, da cui spuntava un naso lungo e chiazzato, davano al suo viso l'aspetto di un paio di palle in un sospensorio.

"Buonasera, Delilah," la salutai, voltandomi appena dallo specchio.

"Buonasera," rispose. Spostò i piedi, impacciata, guardò il tavolo e si schiarì la voce.

"Tutto a posto, signor Box?"

Mi voltai, la sigaretta tra i denti, sistemandomi la cravatta con entrambe le mani.

"Cosa? Ah, sì. Il borgogna era letale e la pernice appena un po' troppo cotta. A parte questo, una serata molto soddisfacente."

Delilah annuì con il testone massiccio. "E l'altro gentiluomo?"

"Lui ora deve lasciarci, grazie."

Delilah infilò le manone sotto le ascelle dell'onorevole Everard Supple e quasi senza sforzo trascinò il cadavere orbo verso la porta. Lo scavalcai con un saltello atletico e presi da una sedia il mantello e il cappello a cilindro.

"Come sta la piccola Ida?" domandai, indossando il cappello.

"Sta bene, è gentile a chiederlo. Senza dubbio verrà a trovarla presto."

Uscii dal piccolo locale nella sera afosa. Poiché mi sembrava di meritare un piccolo premio, fermai una carrozza.

"Al Pomegranate Rooms," ordinai al vetturino. Il lavoro era finito, per il momento. Era ora di divertirsi.

Venti minuti dopo, scesi a breve distanza dal suddetto locale notturno e mi diressi verso la facciata che ricordava una torta di nozze andata a male. Una donna incredibilmente sciatta socchiuse la porta, permettendomi di vedere le sue forme. Butterata dal vaiolo e infilata in un pacchiano vestito orientale ricordava una sultana, o forse più l'uva sultanina.

Scivolai dentro.

"Ci sono persone indesiderabili, stasera, tesoro?" domandai.

"A bizzeffe," gorgogliò lei, prendendomi cappello e mantello, come fanno di solito i portieri.

"Splendido!"

Il Pomegranate consisteva in una serie di stanze piccole, afose e male illuminate da lampade a gas con i vetri ingialliti dal fumo di tabacco, che conferivano all'ambiente un colore non molto diverso dal melograno, il frutto che dava il nome al locale. La moquette color cremisi era popolata da traballanti tavoli di legno, e in ogni angolo c'erano frizzanti pozzanghere di champagne versato. Ciascun tavolo era occupato da troppi clienti; la maggior parte degli uomini era sudata e in abito da sera, o meglio ciò che ne restava, visto che i gilè bianchi erano appesi agli schienali delle sedie; le donne, e ce n'erano molte, erano vestite in modo meno rispettabile, e alcune erano praticamente svestite. Una scena agghiacciante, che mi piaceva moltissimo.

Locali simili eruttano sul corpo gonfio della capitale con l'infallibile regolarità degli attacchi di sifilide, ma il Pomegranate Rooms era un caso speciale. Una specie di doposbronza dopo il sogno febbricitante che erano stati gli spassosi anni novanta. Una volta, nelle sue stanze fumose, avevo visto il nostro attuale monarca intrattenuto da una nobildonna francese di dubbia virtù.

Mi sedetti all'unico tavolo libero e ordinai del vinaccio. Una grassa meretrice, con tanto belletto da sembrare il timido tentativo di trucco di un becchino al suo primo cadavere, cominciò a lanciarmi sguardi. Decisi di fissarmi le unghie finché perse interesse. Non mi piacciono gli obesi e l'obesità in una puttana è una mancanza di professionalità. Le sue amiche non erano molto meglio. Mangiai qualcosa per togliermi di bocca il sapore dello champagne e poi fumai una sigaretta per cancellare il sapore del cibo. Tentavo di non rendere troppo ovvio il fatto che ero solo. Cenare soli è una cosa terribile, che puzza di disperazione.

Con tutta la noncuranza possibile, esaminai il gioco di luci sul mio bicchiere di champagne, mentre lanciavo sguardi furtivi alle clienti nella speranza di individuarne una graziosa.

A un tratto, senza alcun preavviso, una giovane donna venne a sedersi di fronte a me. Con un vestito bianco di satin e una collana di perle e splendidi capelli biondi raccolti in cima alla testa, sembrava una di quelle figure leggermente allungate dipinte da Sargent. Avvertii un movimento nelle parti basse, che poteva essere l'inizio di un'indigestione ma più probabilmente era causato dal modo in cui lei mi fissava con i suoi occhi umidi.

Sollevai la bottiglia di finto champagne, inarcando le sopracciglia in modo interrogativo.

"Sei alquanto fuori posto, qui, mia cara," dissi, versandole un bicchiere. "Di rado si vedono donne come te al Pomegranate Rooms, mia cara."

Lei inclinò leggermente la testa. "Ce l'hai una paglia?"

Sorpreso, annuii e tirai fuori il portasigarette. È piatto e lucido, con le mie iniziali incise in caratteri gotici, eppure non mi ha mai salvato la vita bloccando l'impatto di un proiettile. Per questo ci sono i servitori.

"Armena o georgiana?" chiesi.

Lei prese una delle lunghe sigarette nere sulla destra del portasigarette e con un rapido movimento accese un fiammifero sfregandolo sul tacco della sua scarpa elegante.

Quel comportamento sfacciato mi deliziava.

"Ah, ne avevo una voglia da morire," disse la visione, inalando grandi boccate di fumo. "Ti spiace se ne prendo una per dopo?"

Agitai una mano. "Prego."

Prese una dozzina di sigarette e le ficcò nel corsetto.

"Sei piena di sorprese," riuscii a dire.

"Vero?" Rise e tossì. "Sei da solo?"

La mia performance era stata scoperta. Mi versai un altro bicchiere. "Purtroppo."

Lei mi squadrò da capo a piedi con un'aria che posso descrivere solo come impudente. "Che peccato. Sei un bell'uomo."

Non potevo negarlo.

"Mi piacciono i tipi alti," proseguì. "Sei straniero?"

Mi passai una mano tra i lunghi capelli neri. "Devo molto del mio aspetto a una madre franco-slava e poco a un papà inglese. E la vita stretta è tutta merito mio."

"Ah. Devono essere stati felici di un piccolo così carino."

"Una volta una baronessa mi ha detto che si sarebbe potuta tagliare i polsi su zigomi affilati come i miei."

"Un sacco di ragazze saranno morte per te, vero?"

"Solo quelle che non possono vivere per me."

Appoggiò il mento su una mano guantata. "Hai gli occhi freddi, però. Azzurri come flaconi di veleno."

"Ti suggerisco di smetterla, altrimenti scapperò con me stesso." Posai una mano sulla sua. "Come ti chiami?"

Scosse la testa, soffiando una nuvola di fumo e sorridendo. "Non mi piace il mio nome. Ma vorrei sentire il tuo."

Giocherellai con il gemello al polsino. "Gabriel," dissi, offrendole uno dei miei *noms de guerre.* "Gabriel Ratchitt."

"È il nome di un angelo," replicò la bella senza nome.

"Lo so, mia cara," mormorai. "E temo per la mia caduta."

SULL'EFFICACIA DELL'ASSASSINIO

Sia la notte, sia il mio sangue, erano troppo caldi per perdere tempo tornando a casa, così ingaggiai battaglia con la mia nuova conoscenza in un vicolo melmoso dietro il Pomegranate Rooms. Il ricordo è molto vivido: le sue sottane sollevate che mi sfioravano il mento, il suo bel seno sotto le mie mani bianche e affusolate (delle mie mani ho già parlato). Mentre mi seppellivo in lei, notai con la coda dell'occhio un manifesto incollato sui mattoni umidi. Nellie Best suonava al Collins Music Hall. Forse mi restava il tempo di farci un salto, tra la copula e il mio prossimo appuntamento.

Nellie era in perfetta forma, proprio come me. La sentii cantare *Who Were You With Last Night?* quando salii al bar del primo piano e mi rifornii di vino bianco. Mentre cercavo un posto a tentoni e inciampavo sulle belle caviglie bianche di una dozzina di giovani signore, la sala divenne un insieme indistinto di luci e colori. Mi sentivo come se fossi entrato in una delle belle tele *déclassé* di Sickert. Le ombre vuote mi avvolgevano in un rosso felpato, le crinoline giallo canarino di Nellie Best mi lampeggiavano sul grugno come sprazzi di sole.

Dopo una serie eccessiva di coretti di *Oh What a Silly Place to Kiss a Girl*, uscii nella notte mite e presi una carrozza.

"Piccadilly," gridai, battendo contro il soffitto il bastone da passeggio.

Poco dopo fui depositato davanti alla Royal Academy of Art. Di giorno sono abituato a entrare nei locali dalla porta principale, ma quella notte preferii scendere la scivolosa scala a chiocciola che portava all'ingresso per i fornitori.

Delilah mi venne incontro con il suo sorriso di denti rotti; aveva finito il lavoro al ristorante. Mi fece entrare in un corridoio con piastrelle bianche e nere. Mi tolsi il mantello e appesi il cilindro al corno di uno stambecco impagliato, la cui espressione sorpresa non era diversa da quella del defunto Everard Supple.

In fondo alla stanza c'era una porticina discreta, con uno squisito intarsio a piume di pavone. L'attraversai e mi trovai in una saletta con pannelli di legno, illuminata da tremolanti luci a gas. Si era parlato con eccitazione di far mettere l'elettricità, ma io avevo usato tutti i miei poveri mezzi per oppormi. L'atmosfera mi piaceva così. In qualche modo le fiamme nei sostegni d'ottone mi sembravano torce primitive in un tunnel segreto. Da ragazzo, non c'era nulla al mondo che desiderassi scoprire di più. Ed è bello averne finalmente uno in ufficio.

Infilai le mani nelle tasche dei pantaloni, e fischiettando un motivetto di Nellie Best andai fino in fondo al corridoio. Lì c'era una specie di timone da barca, che all'estremità di ciascun raggio aveva un bottone di porcellana, come quelli dei rubinetti delle vasche da bagno. Inserii la sequenza di lettere della parola chiave e girai la ruota a sinistra. Alla mia destra si aprì un'altra porticina, senza intarsi stavolta. Non ho mai capito perché non mi lasciassero semplicemente bussare.

Entrai in un bagno per gli uomini. Mi sedetti (senza calarmi i pantaloni, *ça va sans dire*) sul water freddo in uno dei cubicoli, incrociai le braccia sul petto ed emisi un sospiro impaziente. Ci vollero cinque minuti buoni prima di udire un suono di passi e la porta del cubicolo accanto che veniva aperta e richiusa. A un tratto, con un cigolio di protesta, la parete divisoria tra i due cubicoli cominciò a salire.

Seduto sul water accanto, impeccabile in redingote e colletto inamidato, c'era la minuscola figura di Joshua Reynolds. Era il mio capo: novanta centimetri e qualcosa senza scarpe, e sempre allegro.

"Ciao, Lucifer," trillò. Si spostò sul water per stringermi la mano. Le sue scarpine di pelle luccicavano sotto la luce a gas.

"Buonasera," risposi. "Ancora non ce la fai a farti un vero ufficio, eh?"

Reynolds rise malizioso. "No, no. Sai cosa ci piace, ragazzo mio, cappa e spada. È così che prosperiamo. Ah, ah. Fumo negli occhi."

Sul viso pastoso aveva occhetti neri e lucenti come chicchi d'uva passa. "Allora," s'informò, sfregandosi le mani paffute. "La... faccenda è conclusa?"

Annuii, con il mio ampio sorriso. "Sì."

"E il... pacco è stato... spedito a Sebastopoli?"

"Sì."

"E la... transazione... è stata portata a termine senza inutili..."

"Se vuoi sapere se ho ucciso Supple, sì, l'ho fatto," lo interruppi. "Gli ho sparato al petto e l'ho guardato morire come il cane rognoso che era."

Il piccoletto tirò su col naso e annuì. Sembrava sempre raffreddato.

"Anche un semplice grazie sarebbe apprezzato," suggerii.

Reynolds esplose in una risata. "Cosa vuoi sentirti dire, ragazzo mio? Che l'Inghilterra è in debito con te?"

"Sì, tanto per cominciare. 'La nazione ti sarà per sempre

profondamente grata', qualcosa del genere. Ma la nazione verrà mai a saperlo? Per la gente l'onorevole Everard Supple resterà per sempre un leale servitore dell'impero..."

"Ucciso mentre difendeva la sua casa da una banda di rapinatori," finì JR.

"È questa la versione ufficiale?"

"Per quanto ne so."

Scrollai le spalle, indifferente. "Sì, resterà l'uomo coraggioso, invece dell'atroce anarchico che voleva far saltare in aria il ministro degli esteri, come noi sappiamo."

"Be', ragazzo mio," disse Joshua Reynolds, con una strizzatina d'occhio. "È per questo che lo chiamiamo servizio *segreto*."

Ecco, adesso il gatto è fuori dal sacco. Voi avete pagato alcuni scellini all'emporio del signor Smith alla stazione di Waterloo (sempre se le mie memorie usciranno dalla cisterna), aspettandovi di sentire le divertenti elucubrazioni del grande Lucifer Box, miglior ritrattista della sua epoca (un uomo deve pur avere delle ambizioni), e cosa scoprite? Che tra un ritratto e l'altro avevo una doppia vita!

Era iniziato tutto in modo molto umile. Dovevo un paio di favori all'avvocato di famiglia, Joshua Reynolds, il quale, malgrado la scarsa statura, occupava un posto assai elevato nel governo di sua maestà. Tutto dietro le quinte, capite, ed estremamente segreto. Mi piaceva pensare che non ce l'avrebbe fatta senza di me.

Ora Reynolds mi guardava con una strana espressione, a metà tra il sorriso e la smorfia.

"Mio caro, sei il ritratto della consunzione," disse alla fine.

"Mi ferisci. Lo stile Beardsley è così fuori moda."

"Devi mangiare di più."

"Difficile, con i quattro soldi che mi dai."

Il nano tirò su una goccia di muco dalla narice. "Ah,

ora sei crudele. Il tuo povero papà non mi perdonerebbe mai se ti lasciassi morire di fame."

"Se avessi più tempo, potrei vivere dei miei ritratti."

Lui si sporse verso di me e mi diede un buffetto sulla mano. La sua era cicciottella e con le fossette, come quella di un neonato ipernutrito. "Certo, certo. Ma i piccoli problemi che ti chiedo di risolvere ti forniscono uno stipendio più regolare, no? E senza troppi sforzi da parte tua."

Sorrisi, concedendo il punto. "Mi sforzo solo al servizio del piacere."

Aver dato il lavoro a un tipo aberrante come me poteva sembrare un'idea avventata, ma non posso negare che mi piacesse molto. Il mondo era il mio studio, e per pulire i pennelli c'erano gli apprendisti. Per esempio: c'era un despota turco in visita che andava tolto dalla circolazione. Mi venivano forniti tutti i dettagli rilevanti, e poi la parte artistica era lasciata a me. Tracciavo un piano con gli agenti locali, in gergo i Domestici (Delilah dal vestito giallo narciso era tra i migliori) e via. Il criminale ottomano andava a fare una passeggiata in qualche piacevole giardino, e se la notte era abbastanza buia una rapida pugnalata tra le costole era sufficiente. Poi me ne andavo per i fatti miei e i Domestici si occupavano di cancellare ogni traccia della mia presenza. Un paio di giorni dopo, il morto veniva trovato a cento chilometri di distanza (diciamo a Newcastle-under-Lyme), vittima di un pazzo omicida. A volte poco lontano veniva ritrovato anche il suddetto omicida (di solito il cadavere di un vagabondo prelevato all'obitorio) con un pugnale stretto tra le dita irrigidite. Entro ventiquattr'ore, entrambi i cadaveri erano sottoterra. Spesso, però, ci voleva qualcosa di più barocco, allora Delilah e io ci rimboccavamo le maniche e complottavamo con l'aiuto del caffè: erano momenti piacevoli, come quando ci si prepara per un esame. Era tutto studiato in ogni minimo dettaglio e l'immunità garantita anche dalla più vaga minaccia di procedimenti penali dava alla testa. Licenza di uccidere artistica, la si potrebbe chiamare.

Joshua Reynolds era una vecchia davvero spaventosa (be', no, in realtà era un nano, ma capite cosa intendo, vero?). Mi guardò mentre mi appoggiavo al muro freddo del bagno e gli sorridevo. Per una volta in quegli occhi neri e lucenti vidi qualcosa di spiacevole.

"L'entusiasmo è una bella cosa, mio caro Lucifer, ma niente leggerezze, capito? Non dobbiamo mai dimenticare quella brutta faccenda di Bow Road."

Drizzai il pelo a quel commento, ma tenni la bocca chiusa. Come dico sempre, certe cose sono dolorose e private.

Ero alquanto spossato dopo tutta l'eccitazione della serata, ma era evidente che il capo aveva altro lavoro per me. Si soffiò il naso a patata ed estrasse un fascicolo dalla borsa. Mentre ne esaminava il contenuto, io esaminavo le mie unghie. La mattina dopo, pensai, mi sarei fatto un bel bagno turco.

"Hai ricevuto il mio biglietto?" chiese, dopo un po'.

"Temo di non aver controllato la corrispondenza. Andavo un po' di fretta, capisci, con tutta la faccenda dell'omicidio."

Il nano guardò con aria perplessa ciò che era rimasto nel fazzoletto. "Conosci Poop?"

"Poop?"

"Jocelyn Poop. Il nostro uomo a Napoli. Abbiamo ricevuto un cablogramma da lui qualche giorno fa."

Mi gettò un quadrato di carta lucida. Lo lessi in fretta.

VERDIGRIS SASH. URGENTISSIMO.
SEGUONO DETTAGLI.

Il messaggio parlava di una fusciacca grigioverde, *a verdigris sash.* Alzai gli occhi. "Sono istruzioni per un tappezziere?"

"Verdigris e Sash sono cognomi. Erano tutti e due noti scienziati."

"Erano?"

"Sono morti. A un giorno di distanza l'uno dall'altro."

"Sul serio? E cos'altro ha da dire Poop?"

"Non molto. È scomparso."

"Vuoi che scopra che fine ha fatto?"

Joshua Reynolds batté le palpebre. "Te ne sarei molto grato."

Presi il fascicolo dalle mani del mio talvolta datore di lavoro e, con un brusco cenno del capo, uscii dal cubicolo. Per abitudine, mi lavai le mani.

Di nuovo fuori nella notte umida, mi diressi verso Downing Street. Diedi un'allegra buonanotte al poliziotto di turno davanti al numero dieci, il palazzo del governo, ed entrai al numero nove.

Lo so, una scelta pretenziosa, vero? Ma qualcuno deve pur viverci.

IL MISTERO DEI DUE GEOLOGI

La storia di come mai abito al numero nove di Downing Street è lunga e non molto edificante. In un passato lontano, la mia famiglia per parte di padre possedeva la terra dove è stata costruita la strada, e anche se il governo di sua maestà se n'era accaparrata la maggior parte non era riuscito a mettere le mani su quella casa, che, per un testardo capriccio dei Box, doveva restare in perpetuo alla famiglia. Così adesso era passata a me, l'ultimo della stirpe. Desideravo più di ogni altra cosa liberarmene, ma i termini dell'eredità erano indiscutibili, perciò l'indigente Lucifer occupava tre stanze al pianterreno di una delle dimore più grandiose di Londra, mentre il resto dell'enorme edificio era chiuso e sarebbe marcito pian piano nell'abbandono, a meno che non avessi iniziato a vendere molti più quadri. L'aspetto positivo era che abitare in centro era terribilmente comodo.

Mi svegliai sopra il letto ancora vestito, circondato da una quantità di documenti sulla scomparsa di Poop e sui defunti professori Sash e Verdigris. Dovevo essermi addormentato per eccesso di dati o eccesso di hashish, non ricordavo bene.

Stavo per chiamare il mio uomo, Poplar, quando ricordai che si era beccato un proiettile tre settimane prima sul binario sud di una stazione ferroviaria serba (non aveva un portasigarette d'argento in tasca, capite). Sospirai. Mi sarebbe mancato il vecchio Poplar, e la sua morte mi aveva lasciato l'incombenza di trovare un nuovo servitore. Presi una piccola matita a molla dalla tasca del gilè e scarabocchiai le parole "mi serve aiuto" sul polsino della camicia, come *aide memoir.* Speravo solo che la lavandaia non le interpretasse come la richiesta di soccorso di un'ereditiera rapita e nascosta tra i miei abiti da sera.

Avere un servitore era uno dei benefici del mio lavoro, eppure Joshua Reynolds non sembrava preoccuparsi molto di trovarmene un altro. Se le cose non fossero cambiate presto, sarei stato costretto a chiamare Delilah per farmi lavare la biancheria.

Mi lavai per prepararmi al bagno turco e mandai un biglietto a un amico esprimendo il desiderio che mi raggiungesse lì. L'amico in questione era un uomo molto bello e sempre allegro di nome Christopher Miracle. Guardandolo, poteva sembrare uno di quelli che se ne vanno in giro per il mondo in giacca a vento, scoprendo penisole che poi prendono il loro nome. In realtà era uno dei più famosi ritrattisti d'Inghilterra e si diceva che possedesse una pazienza e una delicatezza di tocco straordinarie. Non era nato ricco, ma la ricchezza se l'era *guadagnata* (ve l'immaginate?) e la disparità tra le nostre rispettive situazioni economiche produceva quel lieve ma continuo risentimento che alimenta le migliori amicizie. A causa del suo status sociale, Christopher aveva ottimi contatti, e speravo che potesse sapere qualcosa dei professori scomparsi.

La giornata estiva era luminosa come un razzo di segnalazione e umida fino alla noia. Era difficile notare un cambio d'atmosfera tra l'esterno e l'interno dei bagni turchi di Wigmore Street, dove mi ritrovai poco dopo.

Biondo ed entusiasta come un cucciolo di labrador, Christopher Miracle sbucò di colpo dalle nuvole di vapore e mi diede un'affettuosa pacca sulla schiena.

"Box, vecchio mio! Come stai? Ti vedo smunto. Mangi abbastanza?"

Gli feci posto sul marmo caldo accanto a me. "Non sei il primo che me lo chiede."

Christopher allungò le gambe, tendendo l'asciugamano bianco intorno alla vita come una tovaglia da tavola.

"C'è del tè?" gridò, tirando indietro una ciocca di capelli biondi e bagnati. "Devo avere un tè!"

Schioccò le dita con la sicurezza di un capitano nato, il viso già arrossato dal calore, e si sedette sul marmo con una gamba sollevata, solido e impressionante come un Marte di Velázquez che avesse smarrito l'elmo. Accanto a lui, sembravo davvero emaciato.

Sorseggiammo il tè dolce in bicchierini portati da un turco con un girovita enorme e ci mettemmo subito a conversare (o a spettegolare, se preferite), denigrando i pittori pomposi e senza talento che venivano preferiti a noi, o così ci sembrava. Uccidere solo il *personaggio* di qualcuno era un piacevole cambiamento.

"A proposito," disse Miracle a un tratto. "Darò una festa. O un ballo, se preferisci una definizione più grandiosa. In onore del ritorno di Persefone, dea dell'estate. Riuscirai a venire, o hai troppi impegni?"

"Raccolgo gli inviti sulla mensola del caminetto, dietro un busto della regina defunta. E sono così tanti che temo che sua maestà cada nel fuoco. Ma non mi perderei mai una delle tue feste, Christopher. Suppongo ci sarà abbondanza di carne, giusto?"

"Ci conto. Potrei invitare un paio di persone della mia classe di disegno."

"Classe di disegno?"

"Non te l'avevo detto? Ho accettato un posto di insegnante per signore in uno di quegli istituti giù a Chelsea. Un impegno settimanale. Richiede poco sforzo e presenta molti benefici. Forse dovresti pensarci anche tu."

Mi feci indietro sul sedile, appoggiandomi sui palmi delle mani. "Benefici, eh? Fammi indovinare. Prima di tutto, ah... ti mantiene in contatto con quel tipo di ricchi oziosi che possono commissionarti quadri."

"Eccellente."

"Migliorando così la tua già ottima reputazione," aggiunsi, guardando pensoso il vapore sul soffitto. "Secondo, ogni tanto una delle tue clienti è una vera bellezza con cui fare giochi di piacere."

Miracle rise di gusto. "Dai, Box."

"Terzo, ti permette di fare qualcosa per la società, incoraggiando gli sforzi artistici di persone con meno talento di te." Feci un gran sorriso. "Naturalmente, ho elencato i benefici in ordine di priorità."

"Il tuo ragionamento è molto sensato, Box," disse Miracle con un ghigno. "Ammetto non più di dodici alunne per classe. Forse perché così sembrano vagamente gli incontri di una congrega."

"E tu saresti il demone che li presiede?"

"Certo. Prendono il tè, chiacchierano e fanno una discreta quantità di moine al sottoscritto. Poi si mettono a scarabocchiare con i carboncini qualsiasi cosa io metta al centro della stanza. Sembra che per loro le mie lezioni siano il massimo della vita."

Feci un cenno a un inserviente, che si avvicinò con una bacinella di ottone piena di acqua fredda. Mi spruzzai il viso e mi passai una mano tra i capelli.

"Che luce splendente, sei, Miracle!" esclamai. "Come mai quello scemo di Holman Hunt non ti ha mai fatto un ritratto, in quel suo stile odioso?"

Christopher ridacchiò.

"A proposito di ritratti," continuai. "Una volta non ne hai fatto uno a uno scienziato di nome Verdigris?"

Lui ci pensò su. "Credo di sì. Un tipo molto grasso, con gli occhi troppo distanti tra loro, come quelli di una sogliola. Ho sentito che è scomparso. Insieme a un suo vecchio amico di nome Sash."

"L'ho sentito anch'io."

"Dell'altro non so nulla. Sembra che entrambi abbiano avuto un infarto o qualcosa di simile. Stai cercando notizie?"

Scrollai le spalle. Miracle era l'unico tra i miei amici a sapere che avevo un'altra vita, ma credeva che il mio hobby fosse scavare nei pettegolezzi.

"Geologi tutti e due, se non sbaglio," dissi alla fine.

Miracle annuì. "Vecchi compagni d'università a Cambridge. Verdigris è morto un giorno dopo Sash. Bizzarro, no?"

"La vita è piena di coincidenze."

"Così dicono," rise lui. "Credi che i due eventi siano collegati? Vedrò se mi riesce di sapere qualcosa."

Restammo per un po' seduti in silenzio, immersi nella letargia indotta dal calore bollente della sala. Di tanto in tanto il vapore si dissipava rivelando gli archi del soffitto, piastrellati in verde e rosso. I bagni risuonavano di attività umana; il sibilare dei carboni, il tonfo lontano dei clienti che s'immergevano nelle piscine, l'ansimare di uomini obesi e arrossati, con gli asciugamani avvolti come pannoloni intorno alle pance.

A un certo punto Miracle sorrise, sporse il labbro inferiore, mi diede un colpetto sulla gamba e si alzò. "Torno subito. La natura chiama."

Lo guardai allontanarsi tra le nuvole di vapore, poi mi concentrai sul progresso di una goccia di sudore lungo il viso, e fui colto di sorpresa quando un avambraccio solcato da grosse vene mi strinse alla gola.

Con un ansito affondai le dita nell'avambraccio. Lottai per alzarmi ma fui trascinato all'indietro con una forza tremenda. La mia schiena sbatté contro gli scivolosi gradini di marmo ed ebbi un capogiro.

"Mascalzone!" sibilò una voce all'orecchio. "Canaglia."

Avevo ricevuto insulti peggiori. Voltai di scatto la testa di lato per cercare di vedere il mio aggressore, ma tra le nuvole di vapore vidi solo pelle lucida e due occhi sporgenti e rabbiosi sotto folte sopracciglia. Il braccio si strinse di più intorno alla mia gola.

Diedi un calcio alla bacinella d'ottone, nel disperato tentativo di attrarre l'attenzione degli inservienti, ma con grande rapidità l'avversario mi trascinò verso una nicchia appartata. L'asciugamano scivolò a terra e sentii le natiche toccare il sedile.

Emisi un suono strozzato. Qualche anziano sudato mi avrebbe sentito? Avrebbe dato l'allarme? Ma una mano arrossata, con le nocche pelose, mi tappò la bocca. Ero del tutto impotente. Il sudore salato mi pungeva gli occhi.

"Furfante! Ora ti ho preso!" Gli puzzava il fiato di tabacco. Ero seduto sui calcagni, i sensi impazziti. Eppure, proprio nel momento della sconfitta, strappai una possibilità di vittoria. Usando il peso del bruto a mio vantaggio, mi gettai all'indietro contro di lui e gli piantai con violenza il gomito alla bocca dello stomaco.

Lanciò un grido di sorpresa e dolore, cadde come un sacco sulle mattonelle e allentò per un attimo la stretta sul mio collo. Era quello che mi serviva.

Saltai in piedi, ruotai su me stesso e gli diedi un calcio alla gola, allungando la gamba con la grazia di un ballerino, senza falsa modestia.

Si portò le mani al pomo d'Adamo, ma non gli diedi

tregua e lo presi a pugni in faccia. Poi lo afferrai per i capelli bagnati e gli sbattei il viso contro il muro.

"Cosa succede?" ansimai. "Cosa vuoi da me?"

Adesso lo vedevo bene. Era un grosso bruto peloso di mezza età, con baffi lunghi e unti, e una faccia rossa come un mattone. Dove l'avevo già visto? Negli archivi penali della polizia viennese, forse? Oppure apparteneva alla confraternita di assassini che avevano giurato vendetta contro di me dopo la faccenda dei martiri prussiani?

I suoi occhi rabbiosi mi fissarono. Con un ringhio mi caricò a testa bassa. Mi spostai di lato, ma mi afferrò lo stesso alla vita e rientrammo barcollando nella sala principale.

Ormai per fortuna eravamo stati notati. Mentre lottavamo e i piedi scivolavano sul pavimento bagnato, con la coda dell'occhio vedevo teli da bagno bianchi e facce arrossate dalle bocche aperte in una "O" di stupore. Il turco che aveva portato il tè a Miracle ci girava intorno, agitando le braccia, come l'arbitro di un incontro di lotta libera.

"Non possiamo... parlarne... in modo civile?" ansimai.

Lui si raddrizzò e mi vibrò un pugno al viso. Lo schivai a fatica, scivolando con i piedi.

"Civile? Tu?" gridò.

Il turco gli era accanto, il viso una maschera di dispiacere. "Vi prego, signori! Vi prego! Se avete un problema, andate a discuterne fuori, in..."

Non disse altro, perché il mio avversario lo colpì con un rapido destro sotto la mandibola olivastra, gettandolo a terra come un sacco di carbone.

Piantai un pugno sullo zigomo del mio aggressore. "Cristo!" urlai, succhiandomi le nocche.

Lui chiuse un occhio per il dolore e cercò di nuovo di colpirmi. "Lucifer Box. Ah! Una canaglia non ha mai avuto un nome più appropriato. Sei il diavolo, amico. Proprio il diavolo!"

Schivai il suo pugno e riuscii a colpirlo forte alla tempia. Barcollò e per poco non cadde sul pavimento scivoloso.

"Portatore di luce, te lo assicuro!" gridai. Avevo il sangue negli occhi e roteavo i pugni, girandogli intorno. "Lucifero era il più bello e splendente degli angeli. Finché quel vecchio bastardo di un Dio diventò invidioso e lo bandì dal paradiso."

Lui ringhiò e riuscì a colpirmi alle costole, con una forza tremenda.

Lanciai un grido di dolore e caddi, senza fiato. Le mie ginocchia colpirono il pavimento con uno schiocco come di ossa spezzate.

L'avversario mi afferrò per i capelli. "Portatore di luce! Cos'hai portato alla mia famiglia, se non dolore e scandalo? Per Dio, ti ammazzo di botte!"

Scossi la testa, senza capire. "Ma chi sei?"

Con un ghigno sprezzante, i baffi pendenti intorno alla bocca come quelli di un cinese, rispose: "Sono Pugg. Il maggiore Strangeways Pugg."

"Oh," dissi soltanto.

"E tu hai rovinato mia figlia Avril!"

Mi strinse con più forza i capelli e feci una smorfia di dolore. Il ricordo mi inondò come l'acqua fredda dalla bacinella d'ottone del turco. Una festa di qualche mese prima. Poeti pallidi, artisti dai polsini consumati; tutta la splendida feccia della vita bohémien londinese. E una ragazza. Con un nome da cagnolino e un corpo da dea. Avril Pugg. Un balcone sotto le stelle, parole sussurrate, poi azioni sconvenienti tra i rododendri.

E ora c'era suo padre. Tirò indietro il braccio, caricando il grosso pugno. Mi preparai a ricevere il colpo con gli occhi pieni di lacrime.

Si udì un rumore metallico e Pugg crollò a terra, accasciandosi come una bambola.

Alzai lo sguardo e vidi il mio amico, in piedi sopra il maggiore svenuto, con una teiera turca in metallo filigranato nella mano destra.

"Miracle," gemetti.

"Puoi dirlo forte!" gridò lui, tendendomi la mano e aiutandomi a rimettermi in piedi.

UNA VISITA

Quella sera, ancora umida come il bagno turco, coprii la mia carcassa piena di lividi con una vestaglia giapponese decorata da girasoli ricamati e acquistata con denaro che avrei dovuto spendere per i colori a olio. O per il cibo. O per comprare un biglietto per il continente, in modo da evitare padri risentiti.

Dopo essere usciti dal bagno turco, Miracle mi aveva riaccompagnato a casa e avevo subito contattato i Domestici. Delilah, sempre la discrezione fatta persona, mi aveva assicurato che, anche se non rientrava nell'ambito del lavoro per Joshua Reynolds, avrebbe "sistemato le cose" e il maggiore Strangeways Pugg sarebbe stato "incoraggiato" a lasciar cadere la faccenda. Be', è inutile avere potere se poi non puoi abusarne di tanto in tanto, non trovate?

Incartai il ritratto dell'onorevole Everard Supple (un dono per la famiglia in lutto) e mi misi a riflettere sul suggerimento di Chris Miracle di dare lezioni di disegno. Lui faceva soldi con vecchie signore orribili che avevano bisogno di una distrazione per passare i pomeriggi. Perché non avrei dovuto farlo anch'io? In fondo, ne avevo *diritto.* Un giovane artista bello e con un indirizzo prestigioso. Ah, la quantità di sovrane che avrei potuto spremere a quelle sciocche credulone! Così mi sarei potuto permettere di sostituire Poplar senza dover aspettare i comodi di Reynolds. Certo avrei dovuto fare un po' d'ordine, ma era un'ottima idea!

E così finii per mettere un annuncio sul *Times,* sulla *Pall Mall Gazette*, sul *Budget* e altri giornali di basso livello. L'offerta mi sembrava onestissima e conteneva la giusta quantità di *vie bohème* da creare un po' di attraente eccitazione.

Così assunsi una domestica per dare una ripulita alla casa. Avevo pensato di supervisionarne il lavoro, ma non riuscivo a sopportare gli sguardi di disapprovazione e i mormorii mentre rimuoveva dal mio studio vecchi colletti e piatti sporchi, così andai a spendere denaro che non avevo per delle tende nuove. Comprai anche alcune cianfrusaglie che forse le mie alunne avrebbero trovato interessante disegnare, e per dare un tocco gotico aggiunsi anche l'occhio di vetro di Everard Supple.

Dopodiché, con zelo impressionante, mi travestii da giornalista (bastano un completo orribile, una bombetta e dei baffi finti) e mi presentai a casa del defunto professor Eli Verdigris in Holland Park.

La casa era sprofondata nel lutto: tessuti neri in ogni angolo e su ogni corrimano, una corona di puzzolenti fiori viola intorno al brutto ritratto di Verdigris realizzato dal mio amico Miracle. Il professore era davvero corpulento, gli occhi troppo distanti tra loro e un mento così pronunciato da fare invidia agli Asburgo.

Con la scusa di voler preparare un'eulogia per la *Pall Mall Gazette* mi fecero entrare in uno studio pieno di roba per un colloquio.

"Temo che dovrà accontentarsi di me," disse un giovane alto e grasso come il padre, facendomi cenno di accomodarmi. "La mia povera mamma è fuori di sé dal dolore."

"È stato un evento inaspettato, allora?" sussurrai, pieno di simpatia.

"Del tutto." Toccò con aria assente la fascia nera intorno alla manica. "Mio padre non era mai stato malato un giorno in vita sua."

Annuii e presi appunti su un taccuino. "L'opinione del medico?"

Il giovane Verdigris alzò le spalle. "I medici sono perplessi. Un attacco di qualche tipo seguito dal coma e poi… be'… la morte."

"Mi dispiace tanto. Le porgo le più sincere condoglianze da parte di tutta la *Gazette*."

Lui tirò su col naso e mi guardò. "Comunque, sono stati tutti meravigliosi. La famiglia. I suoi colleghi, gli amici…"

"E il funerale?"

"L'abbiamo fatto l'altro ieri. È stato… be', comunque ora è tutto finito."

Gli rivolsi un sorriso triste. "Potrebbe darmi un'idea del lavoro di suo padre?"

Piegò le labbra all'ingiù. "Purtroppo temo di no. Sono un vero somaro in tutto ciò che riguarda il lavoro di papà. Ma posso trovarle degli scritti, se ha la pazienza di aspettare."

"Sarebbe di grande aiuto, grazie."

Non appena uscì dalla stanza, ispezionai in fretta la griglia del caminetto e la scrivania. Non c'erano residui di carte bruciate nel camino, ma sulla scrivania notai una grossa agenda. La sfogliai rapidamente. Cosa cercavo? Be', qualunque cosa fuori dal comune, immagino. Ma non trovai nulla, a parte le prove delle banali avventure amorose di Verdigris. Anche il resto dello studio non rivelò nulla. Le librerie contro le pareti erano piene di libri e di paesaggi né belli né brutti che avevano bisogno di una spolverata. Chiusi con cura l'agenda, spazzolai dalla manica un residuo violaceo che vi si era attaccato e tornai di corsa a sedermi.

Entrò di nuovo il giovane Verdigris e mi consegnò un grosso volume rilegato. "Ecco qua. L'*opus magnum* di papà. Ho fatto del mio meglio per comprenderlo, ma..."

Mi rigirai il libro tra le mani e guardai il dorso. Il titolo era impresso in oro.

Viscosità magnetica, lessi. *Con alcune note sulla convezione vulcanica.* Mi attendeva una lettura leggera.

Senza più i baffi, andai a pranzo nella sala del domino al Café Royal, dove lessi il referto del coroner sulle morti dei due uomini. Non c'erano tracce di tossine. Tutto indicava che la morte era dovuta a una strana crisi, non si capiva bene di che tipo. Ma cosa indicava allora il cablogramma di Poop? E come mai lo stesso Poop era scomparso?

Rimisi il mio travestimento da giornalista di Fleet Street e presi la metropolitana per incontrare la moglie del professor Frederick Sash, l'altro scienziato morto. Avevo cercato di trovare un senso nel libro di Verdigris, ma non ci ero ancora riuscito. O era completamente insensato, oppure terribilmente intelligente. Mentre sorseggiavo il mio tè, mi guardai intorno nel salotto in penombra. "Vedo che ha una copia del fondamentale testo di Verdigris sulla viscosità magnetica," dissi, in tono leggero. "Suo marito lo conosceva?"

"Oh, sì, fin dai tempi di Cambridge. Ho sentito che Eli è morto un giorno dopo Frederick. Che senso può mai avere?"

Annuii con simpatia e mi grattai i baffi finti. "Naturalmente, tra loro non c'erano... rancori?"

La signora Sash scosse la bella testa. "C'era della rivalità, ovvio, visto che lavoravano nello stesso campo, ma nulla di più. Sono sempre stati molto amici, anche se dopo la loro avventura nel continente si vedevano poco."

"Avventura nel..."

"Per breve tempo hanno lavorato insieme in Europa."

Scarabocchiai appunti sul taccuino. "Nessuna malattia precedente?"

"Nulla fuori dall'ordinario."

Speravo di persuaderla ad assentarsi un po', come era stato con il figlio di Verdigris, in modo da ficcanasare nella stanza. Ma quando chiesi un rinfresco lei si limitò a tirare il cordone di un campanello e apparve un valletto dall'espressione acida.

Mi bloccai con la matita a mezz'aria. "Questo era lo studio di suo marito?"

"No, no. Ha una stanza al primo piano. Diceva che quaggiù c'era troppo rumore." Si passò una mano sul viso. "Passava tutto il tempo in casa, stava lavorando a un teorema. Era appena arrivata la posta della sera, quando..."

Ricacciò indietro una lacrima. "La prego di scusarmi. Siamo tutti un po' sconvolti, al momento. C'è così tanto da fare."

"Un'ultima cosa, signora Sash. Mi sono perso il funerale?"

Era così. Si era svolto il giorno prima a Southwark.

La signora si guardò le mani piccole e curate. "Oh anche quello mi ha contrariata. Non abbiamo potuto servirci della ditta di fiducia della famiglia di mio marito."

"La ditta?"

"Di pompe funebri. La Tulip Brothers. Sembra che siano andati in pensione, senza nemmeno avvisare! E l'impresa è stata rilevata da altri. Immagino che il passaggio di consegne sia andato liscio..."

"Ma?"
"Ma c'era qualcosa di… curioso, in loro."
"Perché dice questo?"
Lei sospirò. "Hanno rovinato la buona ditta che hanno rilevato. Era tutto molto dilettantesco."
"E come si chiama ora la ditta?"
La signora andò ad aprire un piccolo scrittoio e prese un biglietto da visita dai bordi neri. "Non sto dicendo che la cosa valga un'inchiesta da parte di un giornale," precisò, passandomelo. "Ma ho trovato molto strano il loro atteggiamento. Mi sentirei più tranquilla se qualcuno… scavasse un po', diciamo così." Per la prima volta sorrise.
Osservai il biglietto.

TOM BOWLER SUPERIOR FUNERALS
188 ENGLAND'S LANE, LONDON N.W.

Quel pomeriggio, dopo essermi cambiato, stavo preparando una tela nel mio studio e mi chiedevo come infiltrarmi in un'agenzia funeraria senza avere un cadavere da seppellire, quando bussarono alla porta.
Mi aspettavo ancora che andasse ad aprire Poplar, perciò ignorai il bussare per un minuto buono, prima di dirigermi verso l'ingresso con un'imprecazione a denti stretti.
Aprii la porta e mi trovai davanti una bella donna, che stringeva un giornale piegato nella mano coperta da un guanto di merletto.
"Il signor Box?"
"Sono io."
Fece un passo avanti e il sole illuminò il vestito rosso ruggine che aderiva così bene al suo corpo. Alta e snella, con una cascata di riccioli color caffè, sollevò il giornale con un bel sorriso. "Sono venuta in risposta al suo annun-

cio." La voce aveva un leggero accento (forse olandese?) e tintinnava come un carillon.

"Annuncio? Oh! Oh, sì, certamente. Entri, la prego, signorina..."

"Pok."

"Pok?"

"Bella Pok." La deliziosa creatura superò la soglia e si guardò intorno nell'ingresso.

"Posso offrirle un tè?" domandai.

Mi guardò dritto negli occhi. "Non ha qualcosa di più forte?"

"Direi proprio di sì, mia cara. Ma la prego, entri."

"Il numero nove di Downing Street," disse, entrando in salotto. "Ha problemi con i vicini?"

"Solo una volta ogni quattro anni."

Sorrise e si sedette accanto alla finestra, mentre mi guardavo intorno in cerca di qualcosa da bere. "Posto curioso, per un artista..."

"Sherry?" domandai.

"A quest'ora preferirei del vermouth."

Annuii, piacevolmente sorpreso. "Dal punto di vista geografico, mi trovo nel cuore pulsante dell'impero, signorina Pok. Sotto altri aspetti, sono un paria proprio come lo sono stati i più grandi artisti..." Con un gesto ampio indicai la stanza. "Deve perdonare la mia attuale situazione. Il mio domestico... cioè i domestici... non ci sono."

"Ho imparato a non giudicare mai un uomo dalla pulizia dei suoi soprammobili."

"Allora credo che andremo perfettamente d'accordo."

Andai in cucina e cercai di capire dove la donna delle pulizie avesse messo i bicchieri puliti. "Mi dica," gridai attraverso la porta. "Come mai è stata attratta dal mio annuncio? Ha già studiato disegno?"

"No," gridò lei, in risposta. "Ma ho sempre desiderato

disegnare e dipingere, signor Box. E ora ho il tempo e le risorse per dedicarmi al mio sogno."

"Ottimo!" dissi, tornando con due rispettabili bicchieri di vetro intagliato, una bottiglia di vermouth e una torta di semi piuttosto triste.

"A proposito," disse lei, prendendo la borsa decorata di perline. "L'annuncio diceva una guinea a lezione."

Alzai una mano. "Non parliamo subito di soldi. Mi dica di più su di lei."

"Cosa potrebbe avere di interessante una sciocca creatura come me?"

Di cose interessanti ne vedevo parecchie, e mi feci un appunto mentale di invitare a cena Chris Miracle per ringraziarlo del suo splendido suggerimento.

Venne fuori che la signorina Bella Pok e io avevamo molto in comune. Fastidio per El Greco, venerazione per il santo Velázquez, sospetto verso Tiziano ed enorme considerazione per Caravaggio. Mentre sorseggiavamo il nostro vermouth, pensavo a quanto fosse bella e affascinante la mia potenziale alunna. Il sole che entrava dalla finestra le incorniciava il viso, illuminando le sue ciglia quando si voltava verso di me.

Le mostrai lo studio. Lei andò subito al centro della stanza, per esaminare un lanciere napoleonico in lega di zinco che avevo preso da un rigattiere vicino Edgware Road. Non era niente di che, solo un tizio a cavallo con i pantaloni alla zuava, ma lei ne sembrava affascinata. Forse era il modo in cui brandiva la lancia. Mi appoggiai al muro sostenendo il mento su una mano, in atteggiamento contemplativo.

"Quando posso cominciare?" chiese, in tono eccitato.

Alzai le spalle. "Perché non subito? Il lanciere va bene, come soggetto?"

Presi una sedia e fissai un rettangolo di carta di buona

qualità su una tavola di legno. Bella Pok si tolse il cappello e si sedette. Le consegnai la tavola e alcuni carboncini, poi mi misi alle sue spalle, in silenzio, ascoltando il suono del suo respiro e il rumore liquido e dolce delle sue labbra quando si schiudevano.

Sorrisi tra me. Il modo metodico e tranquillo in cui lavorava mi procurava una curiosa soddisfazione.

"Ha avuto molte risposte al suo annuncio, signor Box?"

Il carboncino raschiava il foglio vergine.

"Lei è la prima."

La testa del cavallo prendeva forma in modo rapido e sicuro. Aveva una buona mano.

"Allora forse potremmo prendere un... accordo privato."

Mantieni la calma. Il mio cuore fece un piccolo balzo e sentii una pulsazione nei pantaloni. Pensai al padre di Avril Pugg e la sensazione diminuì. Appena un po'.

"Forse."

Bella aveva catturato la coscia carnosa del lanciere con un solo tratto deciso del carboncino. Con la stessa decisione, mi avvicinai a lei e le presi la mano, guidandola sul foglio e spostandomi in modo da trovarmi quasi a contatto con la sua schiena. Lei non obiettò mentre guidavo il carboncino in modo da ombreggiare gambe e natiche del lanciere con esplicita sensualità.

"Sta andando molto bene, signorina Pok," commentai, in tono suadente. "Ha una straordinaria comprensione dell'anatomia militare."

Continuò a disegnare, senza distogliere gli occhi dal lanciere di zinco.

"Un sedere è un sedere, signor Box, che appartenga a un soldato o a una cameriera."

Repressi un sorriso. "Verissimo. Mi dica, lei è nata in città o in campagna?"

Mi premetti contro di lei. Nei pantaloni mi sembrava di avere un manico di scopa. Inclinando la bella testa, Bella Pok si sottrasse al contatto e liberò la mano dalla mia stretta. “Sono figlia di un contadino, signor Box,” mormorò.

Alzai le mani in segno di resa e mi tirai indietro. *E riconosci una volpe quando la vedi*, pensai.

Lei si voltò ed emise un suono sorpreso. Seguii il suo sguardo e notai che stava fissando l’occhio di vetro, posato accanto al lanciere.

“Che cosa macabra,” esclamò, con la sua risata musicale.

“Vero? Se vuole lo metto via.”

“No, no, non sono così schizzinosa. Ma quell’occhio segue le persone in giro per la stanza, come dicono faccia la Gioconda.”

Si voltò verso di me con un ampio sorriso e mi mostrò il disegno. “Allora, qual è il verdetto?” chiese.

“Colpevole!” esclamai.

Raccolse le sue cose. “C’è speranza per me?”

Incrociai le braccia, con un sorriso. “La condanno a iniziare le sue lezioni il prossimo lunedì. E possa il signore avere pietà della sua...”

Mi bloccai all’improvviso. La mia attenzione era stata attratta dal giornale che la signorina Pok aveva portato nello studio. Glielo tolsi di mano.

“Signor Box?” chiese lei, preoccupata. “Si sente bene?”

Su una colonna accanto al mio annuncio c’era un trafiletto.

DIPLOMATICO INGLESE ASSASSINATO

Terribile scoperta a Napoli

Un cadavere trovato nel porto di Napoli lo scorso lunedì è stato identificato come quello di Jocelyn Utterson Poop, funzionario diplomatico di sua maestà.

Il signor Poop, di trentatré anni, da quattro lavorava nella città italiana. La polizia di Napoli afferma che sia stato vittima di un aggressore che gli ha spaccato la testa, probabilmente con un bastone o altro oggetto contundente...

"Signor Box? Signor Box?" Bella Pok mi posò una mano sul braccio.

"Mi dispiace, signorina," dissi a bassa voce. "Per oggi la lezione è finita."

UN FUNERALE INSOLITO

"Nessun indizio?"

Joshua Reynolds, seduto nel solito bagno, alzò le piccole mani con i palmi in alto. "La polizia italiana è convinta che si tratti di una rapina andata male. Dobbiamo aspettare e vedere. Il corpo è stato messo sotto ghiaccio e arriverà domani."

"Povero diavolo," commentai, appoggiando la schiena al muro fresco del bagno. "Ha visto Napoli e poi è morto, possiamo dire."

"A parte Poop," disse Reynolds, cupo, "hai fatto progressi con gli scienziati morti?"

Infilai una mano nella tasca dei pantaloni e diedi un calcetto al muro. "Ho saputo qualcosa. Si occupavano entrambi della stessa area della fisica geologica e si conoscevano da molto tempo. Inoltre, al funerale di Sash c'è stato qualcosa di strano."

Reynolds si accigliò. "Non è molto, direi."

"Non ho avuto la possibilità di rovistare tra gli effetti personali del professor Sash," continuai. "Perciò penso di tornare in casa sua."

Sospirò. "Come invidio le tue avventure, Lucifer. A me cosa resta, se non una triste vita da pensionato passata ad allevare carpe ornamentali?"

"Il pesce di un uomo è il veleno di un altro."

"Gi... à... Ora, voglio presentarti una persona."

Tirò la catena dello sciacquone; il muro alle mie spalle si sollevò e nel bagno scivolò un altro water.

Sopra sedeva un giovane allampanato con il vestito più brutto che avessi mai visto. Le maniche della giacca gli arrivavano fino alle nocche delle mani snelle, quasi femminili, con cui stringeva il cappello come una vedova il suo rosario.

"Signor Box," disse Reynolds, in tono formale, estraendo il fazzoletto e premendoselo sul naso rosso, "le presento il signor Unmann."

Il biondino si portò una mano alla testa per togliersi il cappello, poi ricordò che lo aveva già in mano. Uno stupido sorriso gli arricciò il naso.

"Mi dispiace," disse.

"Per cosa?"

"Oh, mi dispiace, ma non so perché l'ho detto. È un grande onore conoscerla, finalmente, signor Box. Cretaceous Unmann."

"Cretaceous?"

"Sì," borbottò, guardandosi le mani. "Papà era un paleontologo dilettante. Non è mai arrivato oltre l'isola di Wight, ma intanto si è preso la briga di darmi il nome del suo periodo geologico favorito. Mi dispiace."

Sorrisi con compassione. "Poteva andarle peggio," osservai. "Poteva darle il nome del suo dinosauro preferito."

"Ah, ah! È vero!" Unmann esplose in una risata acuta. "Iguanodonte Unmann, se lo immagina?"

Per fortuna intervenne Reynolds. "Il signor Unmann è stato scelto per sostituire Poop a Napoli."

"Capisco. Una decisione presa con insolita rapidità."

"È stato uno shock," belò Unmann. "Conoscevo il vecchio Jocelyn. A volte ho lavorato come suo vice. Spaventoso, spaventoso."

Abbassò gli occhi sul suo cappello schiacciato e lo posò su un lato del water.

Il nano mi passò una cartellina.

"Qualcuno ha incendiato il suo alloggio," disse Unmann, addolorato. "Ma questi pochi frammenti sono sfuggiti alle fiamme."

"I nostri uomini a Napoli li hanno subito inviati al signor Unmann," spiegò Reynolds.

Aprii la cartellina, da cui si levò un odore di carta bruciata. Conteneva un paio di documenti legati con uno spago incerato. Sciolsi il nodo e li scorsi rapidamente.

Il primo frammento era un pezzo di carta per appunti di buona qualità. Sopra c'era scritto:

K a C.V.?

"Sembra materiale di cancelleria di qualche hotel," commentai. "Non dovrebbe essere troppo difficile rintracciarlo."

Il secondo documento era una lunga busta bianca con dentro un foglio a righe bruciacchiato ai bordi.

Per Joshua Reynolds.

È importante che lei sappia cosa sta succedendo. Sono certo di potermi fidare di lei più di chiunque altro, anche del povero Unmann, benedetto ragazzo, che è duro come un mattone ma pieno di buone intenzioni.

Mi voltai a guardare il giovane, che mi fece un sorriso furbo.

Se andrà tutto bene, tornerò a Londra come previsto e le racconterò delle mie avventure. È un racconto così fantastico che faticherà a crederci. Non mento se dico che potrebbe scuotere le fondamenta dell'impero! Se riuscirò a sventare i piani di quegli uomini, non sarò più Poop il topo di biblioteca, ma Poop il leone del ministero degli esteri! Se non ce la farò, saranno altri a doverlo fare. Tutto ciò che so su questa faccenda è contenuto nel baule con sopra il mio nome. Spero che lei non debba mai leggere questa lettera.

JP

Piegai la lettera e la rimisi nella busta.

"Il baule, ovviamente, non è sfuggito alle fiamme," borbottò Joshua Reynolds. "Sciocca gioventù! Tanto egotismo ci è già costato caro più di una volta. Quando si scopre un complotto, bisogna parlarne in tutta franchezza!"

Ero completamente d'accordo. Ricordai l'incidente del pallone di Shanghai, che per poco non era costato la vita a un primo ministro di scarso valore, e i danni fatali causati dal rifiuto di un uomo di condividere con i colleghi ciò che sapeva. E parlavo a ragion veduta. Quell'uomo ero io.

Diedi un colpetto alla busta. "Ci sono degli indiziati per l'omicidio di Poop?"

"Hanno fermato i soliti sospetti. Scassinatori, teppisti, lanciatori di vetriolo, estorsori..."

"Un vero catalogo del vizio!" esclamai, allegro. "Non è una buona idea? Mi iscriverei subito a un catalogo del genere."

"Lucifer," disse Reynolds, in tono di avvertimento.

Tamburellai le dita sul mento. "Scuotere le fondamenta dell'impero, eh? Che diavolo voleva dire?"

La mattina dopo ero su un treno che attraversava la zona nord di Londra. Tristi villette scorrevano fuori dal finestrino in una brutta luce troppo forte. Appena raggiunto l'ufficio postale più vicino, pensavo, avrei mandato un telegramma a Bella Pok, scusandomi ancora per aver terminato bruscamente la lezione e restando in attesa di un prossimo incontro. Come sarebbe stato fuggire da quell'alveare di città e correre a piedi nudi in un verdeggiante campo di mais con quella bella ragazza? Mi immaginai ridere con lei, giocare tra i germogli, il cielo turchino sopra di noi...

Infilai un dito nel colletto e sospirai. Il completo estivo mi soffocava. Di sicuro il Men's Dress Reform Party, il partito che mirava a riformare il codice d'abbigliamento maschile, doveva reclutare molti seguaci durante l'agosto londinese. Avrei voluto gettare nel Tamigi il cappello di paglia e il gilè color panna proprio come facevano i membri di quel partito. Ma il rigoglioso Belsize Park non era pronto alla vista del sottoscritto nudo, così scesi dal treno ancora vestito, e dopo aver fatto la mia commissione alla posta mi trovai davanti agli uffici di Tom Bowler, l'impresario di pompe funebri che aveva inquietato la signora Sash.

Diedi prima di tutto un'occhiata al cortile sul retro della ditta. Al centro c'era un calesse a due ruote, con un cavallo triste legato alle aste, ma a parte questo il cortile era vuoto, c'era solo un mucchio di fiori appassiti e corone che sembravano in attesa di bruciare in un falò. Mi chinai e frugai tra quei rifiuti. Ecco una corona di fiori per il povero professor Sash. E un bouquet di gigli schiacciati che puzzavano di marcio. E poi... una corona per il professor Eli Verdigris! Entrambi i funerali erano stati gestiti dalla stessa ditta! E con la stessa mancanza di rispetto per gli ornamenti del lutto. A quel punto andai all'ingresso principale.

La porta era socchiusa e l'interno illuminato. Assunsi la mia espressione più addolorata ed entrai.

Era uno stanzone spoglio, con i vetri satinati e un lungo bancone scuro che ne occupava metà della larghezza. Incisioni a mezzatinta di angeli e cherubini affollavano i muri verdi. C'erano vasi di gigli dappertutto e nei raggi di luce a gas galleggiavano particelle di polline. Arricciai il naso per l'odore di acqua salmastra.

Sembrava non ci fosse nessuno. Suonai il campanello d'ottone sul banco e dopo un certo tempo udii nel retro il suono di una porta che si apriva e di passi sul pavimento in legno.

Dalle tende nere entrò un uomo robusto con i capelli unti color lavagna bagnata. Sembrava piuttosto allegro per il suo mestiere che faceva: aveva un sorriso da un orecchio all'altro e stava mangiando con gusto una coscia di pollo. Quando si avvicinò notai il mento bluastro mal rasato e macchioline di unto sulla cravatta.

"Buongiorno," esordì.

Feci un breve inchino. "Ho l'onore di rivolgermi al signor Bowler?"

"Proprio così!" esclamò, pulendosi le dita unte sulla giacca. Con mio grande stupore, posò la coscia di pollo sul bancone e si sfregò le mani. "Cosa posso fare per lei?"

Giocherellai con il fermacravatta. "Un amico di famiglia mi ha raccomandato la ditta del suo predecessore."

"Ah, sì, ora l'abbiamo rilevata noi. Ha avuto un lutto?" Aggrottò la fronte e piegò le labbra all'ingiù, come un clown da operetta. "Che dispiacere."

"Infatti." Riuscii a nascondere la sorpresa per il suo comportamento e presi veloce il fazzoletto. "La mia cara moglie," gracidai, soffocando un singhiozzo.

Bowler chinò appena la testa, ma continuò a sorridere. "La prego di accettare le più sincere condoglianze dalla nostra ditta. Signor...?"

"Box."

"Signor Box. Mi spiace doverle dire, tuttavia, che al

momento siamo pieni di... clienti. Morire è una delle poche cose che non passano mai di moda. Ah, ah!"

Sbattei le palpebre e rimisi in tasca il fazzoletto.

Bowler guardò con desiderio il pezzo di carne unta che aveva posato sul bancone, poi si pulì le labbra con il dorso della mano. "È impossibile per noi occuparci del funerale di sua moglie al momento."

"Be', sono felice che gli affari le vadano bene."

"Vanno benissimo," sorrise. "Posso raccomandarle un'altra ditta, se vuole. Hanno prezzi molto ragionevoli."

"I soldi non sono un problema."

"Certo che no, ah, ah. Aggiungo che sono discreti e molto rispettosi."

Annuii. "È molto gentile."

Bowler si tolse una ciocca di capelli dagli occhi. "Aspetti qui, le scrivo tutto."

Accennai un debole sorriso e lui scomparve dietro la tenda.

Mi guardai intorno, poi, osservando il bancone, passai un dito sulla superficie, trovando un solco color mogano sotto la patina di polvere.

Il fruscio della tenda annunciò il ritorno di Bowler. Mi consegnò un pezzo di carta dove aveva scritto il nome di un'altra agenzia. Ci aveva lasciato anche l'impronta di un pollice unto.

Lo ringraziai della gentilezza.

"Non c'è di che. Buona giornata."

Senza pensarci due volte, riprese la coscia di pollo e vi affondò i denti, seguendomi con lo sguardo mentre uscivo. Attraverso il vetro satinato, lo vidi farmi un gesto di saluto.

Attraversai la strada, fermandomi all'ombra di un albero di lime. Lo stato in cui era il bancone diceva che gli affari del signor Bowler non andavano affatto bene. Allora perché mi aveva mandato via raccomandandomi un concorrente? E come mai non aveva fatto commenti sul fatto che, nonostante il mio recente "lutto", ero vestito di lino bianco dalla testa ai piedi?

Proprio allora un forte cigolio attirò la mia attenzione e mi nascosi dietro l'albero. Ero proprio davanti all'ingresso del cortile della ditta. Le due ante del cancello si aprirono e il calesse uscì in strada. Lo guidava un tizio dalla faccia dura in giacca color ruggine, con una cicatrice che gli solcava il naso.

Nella parte posteriore del veicolo c'era una lunga cassa di legno di dimensioni simili a quelle di una bara. Vidi che sopra le assi era stata incollata un'etichetta di spedizione.

Uscii con nonchalance dal mio nascondiglio e gli tagliai la strada. Mi rivolse uno sguardo cattivo. Mi tolsi il cappello e chiesi: "Mi scusi, potrebbe indicarmi da che parte è la stazione della metropolitana?"

Mi fissò per un lungo momento, poi con uno scatto del pollice indicò alle proprie spalle. Frustò il cavallo e proseguì.

"Gentilissimo," dissi, togliendomi dai piedi prima che il cavallo m'investisse.

Per un attimo vidi soltanto l'etichetta sulla cassa che si allontanava.

Poi attraversai la strada e non mi girai fino a quando arrivai alla stazione. Una volta lì, voltai le spalle alle mattonelle marroni e restai fermo a pensare. Secondo l'etichetta la cassa era diretta a Napoli.

Quel pomeriggio mi recai su un molo sudicio nell'East End. La giornata era ancora umida in modo insopportabile e i magazzini color catrame incombevano come giganti troppo coperti. Stavo osservando un'altra cassa che veniva tirata su da una piccola barca a remi.

Sembrava una scena tratta dai paesaggi fluviali del vecchio Monet. Sul Tamigi galleggiava una foschia che si insinuava come fumo nell'ingresso della costruzione dove tre uomini robusti e Delilah, ancora più robusta di loro, stavano trascinando dentro la cassa. Li seguii a distanza e mi tolsi il cappello di paglia, per rispetto verso i defunti. Perché in quella cassa scheggiata c'erano i resti mortali dello sfortunato Jocelyn Poop, che voleva diventare il leone del ministero degli esteri e ora non era altro che una sessantina di chili di carne in putrefazione.

L'interno del magazzino era male illuminato da alcune lampade a gas che proiettavano ombre verdastre. Restai nella penombra mentre Delilah, ben piantata a terra e con un piede di porco in mano, cominciava a schiodare quella bara improvvisata.

"Sarà tutto pronto in un minuto," grugnì, gettandosi dietro le spalle pezzi di legno rotti. I tre robusti Domestici, nel frattempo, preparavano il tavolo da macellaio dove sarebbe stato appoggiato Poop.

Il ghiaccio sciolto formava una pozza ai piedi di Delilah e scrocchiava come i cubetti in un bicchiere di gin. Lei sollevò il corpo di Poop prendendolo sotto le ascelle.

"Cristo, che puzza!" disse ridacchiando. "Non sanno come impacchettarli per bene, quegli italiani del cavolo, vero, signore?"

Con un guanto premuto sulla bocca, non potei che convenire. La puzza era incredibile. Feci cenno agli altri Domestici di affrettarsi e pochi secondi dopo il defunto era steso davanti a me, la pelle cerea, con pezzi di ghiaccio sul vestito di lino inzuppato. Il torso era ragionevolmente intatto. La testa era un altro paio di maniche, nera di sangue rappreso e con i capelli impastati.

Feci un passo avanti per guardarlo meglio, e mi azzardai persino a togliere il guanto dalla bocca.

"Il contenuto dei vestiti, Delilah," latrai.

"Subito, signore." Tornò sul molo a prendere il resto della consegna.

"Portatemi una caraffa d'acqua e una spazzola," ordinai agli altri.

Uno di loro annuì. Quando Delilah tornò con una cartella di pelle, avevo già ripulito un po' il muso rotto di Poop, rivelando un naso a becco e un paio di baffi modesti. Sopra la radice del naso, tutta la fronte era stata spinta in dentro.

"È stato colpito con qualcosa di più duro di un bastone," dissi tra me. Presi la caraffa e versai dell'acqua sulla ferita. Particelle di pelle e materia cerebrale colarono lungo le guance in rivoli orribili, come croste di colori a olio.

Mi chinai su di lui, trattenendo il fiato per la puzza di decomposizione. Anticipando il mio ordine, Delilah si fece avanti con una lanterna, che presi dalla sua mano grassa. C'era qualcosa di molto strano nella ferita alla testa di Poop.

La toccai con le dita per un minuto o due, poi mi allontanai dal cadavere e incrociai le braccia sul petto.

"Delilah, ti sarei molto grato se riuscissi a portarmi del gesso a presa rapida."

"Gesso, signore?"

"Sì, anche se non ho idea di dove tu possa trovarlo da queste parti..."

Lei fece il suo solito terrificante sorriso accompagnato da un breve inchino. Tornò dopo venti minuti. Come ho detto, i Domestici erano senza pari.

Mentre gli altri preparavano la mistura coprendosi di polvere bianca, tirai fuori il contenuto delle tasche di Poop, catalogato con cura dai poliziotti napoletani. Era poca roba. Il dagherrotipo di una donna brutta, probabilmente la fidanzata, due biglietti per il *Rigoletto* per la sera in cui era scomparso, e una quantità di fogli inzuppati, tutti di argomento quotidiano. Cercai invano un riferimento qualsiasi a C.V. Cosa diceva il suo biglietto? *K a C.V.?* Sembrava una mossa di scacchi. La gente gioca quel tipo di partite che durano decenni, anche da un continente all'altro. "K" poteva corrispondere a King, ma C.V.? Forse era una medaglia? La Croce di Vittoria? No, no. Non aveva senso. Forse si riferiva ai biglietti per l'opera? La Cospirazione di Verdi? C'era forse qualche legame con il noto compositore e il suo Rigoletto? Poop era stato ucciso da un nano gobbo e vendicativo?

Decisi di non pensarci più per il momento (una buona idea, come forse avrete capito) e mi voltai verso la ciotola di gesso liquido che mi avevano preparato i Domestici. Mi tolsi la giacca, arrotolai le maniche della camicia e portai la mistura al tavolo. Mentre Delilah e uno dei suoi compagni tenevano ferma la testa rotta di Poop, versai il gesso dentro la ferita. Poi fumai un sigaro in attesa che il gesso si solidificasse.

Non è piacevole prendere il calco della capoccia di un morto, ma riuscimmo a staccarlo dal cranio appiccicoso di Poop. Lo voltai e avvicinai la lanterna.

"Ah!" esclamai. "Vedete? Vedete?"

Delilah si avvicinò e fissò il calco dell'oggetto che qualcuno aveva usato, in modo molto poco sportivo, per spaccare la testa di Jocelyn Poop.

"Cristo, che possa finire in manicomio," sussurrò. "È una faccia!"

LA DONNA VELATA

Era davvero un volto. Si distinguevano chiaramente i capelli ondulati sopra una fronte nobile e un paio d'occhi infossati. Completavano il quadro la radice di un naso aquilino e l'accenno di un labbro. O si trattava della testata più potente della storia, oppure era il calco di un busto o di una statua usata come arma. Supponevo che Poop fosse stato aggredito con una reliquia dell'antica Roma, anche se non avrei saputo precisare l'epoca esatta della suddetta reliquia. Affidai il calco ai Domestici, sicuro che l'uno o l'altro degli uomini di Reynolds lo avrebbe identificato in fretta. Inoltre gli inviai un biglietto raccomandandogli di mettere sotto sorveglianza la strana agenzia di pompe funebri di Tom Bowler.

In quanto a me, era arrivato il momento di andare a rovistare come mi ero ripromesso.

Tornai a Downing Street per cambiarmi e trovai un incantevole biglietto di Bella Pok. "*Non vedo l'ora della prossima lezione. Sento che faremo molte cose insieme.*"

Proprio quello che speravo!

Mi cambiai, indossando un costume nero e un paio di scarpe morbide. Infilai gli altri vestiti in una borsa pesante e attesi che Delilah arrivasse con una carrozza.

C'è un limite a ciò si può scoprire attraverso quelli che

la stampa scandalistica definisce "i canali appropriati". Come potete immaginare, solo attraverso i canali *inappropriati* si riescono a fare scoperte davvero interessanti. Visto che durante la mia visita non avevo potuto effettuare alcuna ricerca, mi preparavo a dare un'altra occhiata all'abitazione del professor Frederick Sash.

Sono uno scassinatore esperto e durante il colloquio con la moglie dello scienziato scomparso avevo fatto del mio meglio per memorizzare la pianta della casa. Mi feci lasciare a poche strade di distanza, poi mi nascosi in mezzo alle ortensie finché tutte le luci nella casa si spensero.

Era un'altra notte afosa, con una nebbiolina malsana che dava ai cespugli l'aspetto di ragnatele. Indossai una maschera sugli occhi e poi, con un grosso piede di porco in una mano e una lanterna cieca nell'altra, attraversai il prato tenendomi basso finché non fui al riparo della casa. Mi appiattii contro un muro e mi fermai a riprendere fiato.

Il punto d'ingresso più facile mi sembrava attraverso una piccola finestra a losanghe sotto il portico. Mi spostai lungo il muro fino a raggiungerla e cominciai a esaminarla. Ero pronto a forzare l'infisso con il piede di porco, ma scoprii che era stata lasciata socchiusa, senza dubbio per via del caldo. L'aprii del tutto e un attimo dopo il mio corpo molto agile e molto snello scivolò dentro.

Mi trovai nell'ampio ingresso della villa, dal soffitto costituito quasi interamente da lucernari.

Camminando furtivo superai vasi di maiolica con dentro piante esotiche, file di vetrinette in noce stipate con quantità di porcellane blu.

Le esaminai tutte, ma ero certo che fosse lo studio di Sash la stanza da esplorare. Salii di corsa la grande scalinata, senza produrre rumore con i miei mocassini morbidi. Lungo un passaggio sopraelevato che affacciava sopra l'ingresso si aprivano diverse stanze.

Stavo per aprire la prima porta, quando udii il cigolio inconfondibile del parquet.

Mi bloccai un secondo, poi scivolai verso i pannelli che rivestivano il muro, nascondendomi dietro una vetrinetta. Guardai nel buio, cercando di distinguere qualcosa. E sì, c'era una forma umana che saliva furtiva le scale.

Dal modo in cui si muoveva, non riuscii a capire se fosse un abitante della casa o un altro scassinatore. Ad ogni modo, ero in pericolo. Feci scivolare una mano nella giacca e tirai fuori il revolver. Quindi sollevai la lanterna cieca e mi preparai a tirare indietro lo sportellino di metallo.

Un colpo di tosse mi fermò. La figura passò sotto un lucernario e alla luce delle stelle vidi che si trattava della signora Sash, con i lunghi capelli sciolti e un bicchiere di latte in mano.

Si schiarì di nuovo la gola, ignara della mia presenza, e continuò a camminare verso quella che presumevo fosse la sua stanza da letto. Quando si fu richiusa la porta alle spalle, feci un sospiro di sollievo e ripresi a muovermi.

Sul corridoio si aprivano quattro porte. Una potevo già eliminarla. Con la massima attenzione aprii lo sportellino della lanterna, poi la prima porta. All'interno c'erano sagome indistinte, probabilmente i figli ipernutriti dello scienziato. Uno russava, steso sulla schiena, l'altra aveva le mani giunte sotto una guancia, come una bambina in un quadro.

Chiusi la porta senza far rumore.

La stanza seguente non era altro che uno sgabuzzino per la biancheria; la terza era chiusa a chiave.

Mi chinai e infilai il piede di porco tra l'anta e lo stipite. La porta si aprì con un forte rumore. Mi guardai rapidamente intorno, ma nessuno sembrava averlo udito.

Entrai e scivolai lungo il muro, che era coperto da spesse tende. Mi assicurai di essere solo, poi aprii del tutto la lanterna. La stanza odorava di cuoio vecchio. Le pareti erano coperte di libri.

Sembrava fosse proprio lo studio di Sash.

Illuminai la stanza con la lanterna. Uno scrittoio, un'alta vetrinetta piena di oggetti curiosi. Andai dritto allo scrittoio e tirai su il pannello scorrevole che copriva il piano di lavoro. C'erano tre o quattro buste, probabilmente la posta menzionata dalla signora Sash. Il professore ora non l'avrebbe più aperta. Aprii uno alla volta tutti i cassetti, ma nulla attirò la mia attenzione; sembravano pieni solo di fogli e fogli di argomento scientifico. Infilai dentro una mano, alla ricerca di doppifondi o bottoni nascosti. Ma la vita reale è sempre deludente, e non trovai nulla del genere.

Voltando lo sguardo, notai un trittico di foto in una cornice di tartaruga. Le foto laterali ritraevano Sash e la moglie. Quella centrale invece, scattata probabilmente negli anni sessanta del secolo precedente, mostrava quattro uomini in piedi, in pose rigide e formali. Due di loro erano le versioni giovanili di Sash e del suo collega Verdigris, di cui avevo già visto un ritratto. Il terzo, flessuoso e dall'aria ascetica, non lo conoscevo, ma il quarto mi sembrò familiare. Su una sedia a rotelle, con una coperta sulle gambe e l'aria di un uomo invecchiato prematuramente, sembrava fissarmi dal passato.

"Ah!" esclamai, ricordando finalmente chi era. Sir Emmanuel Quibble, presidente della Royal Society nonché la mente scientifica più brillante della nostra epoca. Era in pensione da tempo e si era ritirato sulla costa di Amalfi.

Mentre riflettevo su quelle informazioni, avvertii nell'aria l'odore tipico della carta bruciata. Spostai in giro la luce della lanterna e nel caminetto vidi una quantità di documenti anneriti dal fuoco. Il professor Sash aveva fatto un falò in piena estate? Oppure lui, o un suo familiare, aveva distrutto qualcosa di compromettente? Secondo la mia esperienza, tutti i documenti inceneriti in un caminetto erano *sempre* di natura compromettente.

Feci un salto quando si spalancò la porta e la stanza fu illuminata dalla luce gialla di una lampada a olio.

"Fermo!" gridò un tizio robusto, i cui contorni si distinguevano appena in controluce. Al suo fianco c'era la signora Sash, agitatissima. Era evidente che avrei dovuto rifare il corso di furto con scasso. Senza pensarci due volte, infilai nella giacca il trittico di fotografie, corsi alla libreria e la rovesciai, per creare un ostacolo tra me e il tizio con la lampada. Poi balzai su una poltrona in pelle, spaccai il vetro della finestra con il piede di porco e saltai nella notte. Atterrai sul prato in posizione rannicchiata e rotolai per smorzare l'impatto. Mi rialzai subito e tagliai la corda a tutta velocità, mentre alle mie spalle la casa si svegliava, ma troppo tardi per catturare il vecchio Lucifer.

La mattina dopo preparai un bagno caldo. Dovevo assolutamente fare qualcosa per sostituire Poplar. L'agenzia mi aveva trovato una domestica, ma anche se io sono uno di quelli che *amano* essere serviti ho sempre trovato che un domestico maschio valga più di un'intera squadra di ragazze in cuffietta, la cui presenza può solo portare, in molti casi, a neonati abbandonati sulla soglia degli ospedali e a fotoincisioni sulla *Police Gazette.* Restai a mollo nell'acqua calda per più di un'ora, con i capelli lunghi sparsi intorno a me come alghe. Come mi avrebbe amato Millais in quella posa!

Uscii dalla vasca con riluttanza e attraversai il pavimento in legno fino allo spogliatoio. Lì, tra i miei vestiti favolosi, mi preparai per il lavoro della giornata. Avevo ricevuto un biglietto di Miracle, che aveva notizie sui miei professori morti. Guardai l'orologio sul cassettone. L'appuntamento era alle undici. Avevo solo due ore per vestirmi!

Arrivai allo studio di Miracle con giusto qualche minuto di ritardo. Stavo per suonare il campanello quando ricordai che era il giorno in cui insegnava al Mechanical Institute. Avevo superato la scuola lungo la strada, e ora vi tornai. Era un edificio grande, brutto e scuro, nascosto dietro siepi non curate e cancelli dorati. Davanti, stazionava una carrozza costosa trainata da due bei cavalli che sembravano inquieti e pestavano gli zoccoli sui ciottoli, trascinando la carrozza in avanti poco alla volta, malgrado gli sforzi del cocchiere con le redini. Un odore acre di ammoniaca mi assalì le narici.

Seduto in splendido isolamento dentro la carrozza, c'era un uomo magro, calvo sotto il cilindro di seta, le dita guantate che stringevano il pomolo del bastone come salsicce bruciate.

"Non riesci a tenerli fermi?" sbottò. "Per favore!"

Il cocchiere si profuse in scuse. La carrozza ebbe un altro sussulto in avanti e il tizio calvo aggrottò la fronte. Estrasse dalla giacca un orologio grosso come una rapa e lo fissò con lo stesso sguardo accigliato.

Quando raggiunsi i gradini dell'istituto la porta si aprì lasciando uscire un torrente di donne che, con i loro cappelli piumati e il continuo starnazzare, richiamavano alla mente le oche di Regent's Park. Mi tolsi il cappello mentre passavano ridacchiando e distogliendo gli occhi. Avevo quasi raggiunto la porta quando emerse una ritardataria, e dovetti fare un passo indietro per non finirle addosso.

A differenza delle compagne, indossava un vestito viola passato di moda da una decina d'anni. Un ampio cappello nero con un velo come quello degli apicoltori oscurava del tutto il suo viso.

Teneva in mano una cartella da disegno di pelle marrone, e le mani in lunghi guanti da sera si muovevano intorno alla maniglia come se fosse molto nervosa.

"La prego di scusarmi," mormorai.

Mi feci da parte per lasciar passare quella curiosa visione, poi mi voltai e vidi il calvo della carrozza in piedi sul gradino sotto il mio, il viso acido proteso in avanti come una specie di pulcinella arrabbiato.

"Vieni," latrò, prendendo sottobraccio la donna e tirandola verso la carrozza, con occhiate velenose.

"Incantato!" gridai, togliendomi di nuovo la paglietta.

Le porte si riaprirono e uscì Miracle.

"Ciao, Box," disse, fregandosi le mani. "Sei venuto a spiare, eh?"

Senza rivelare quanto si fosse avvicinato alla verità, indicai la carrozza con il bastone da passeggio. Il cocchiere stava frustando i cavalli, riportando il veicolo sulla strada deserta. "Chi diavolo è quella?"

"Ah," sogghignò il mio amico. "La disegnatrice velata. È una vera curiosità. La signora Knight. Midsomer Knight."

"È un sogno, vero?"

"Secondo una delle signore che ha scorto il suo viso in bagno, è più un incubo. Poverina. Il marito è un bruto, non la lascia mai uscire in società. E lei non parla quasi mai."

"Perché il velo? Lui la picchia?"

"Credo sia rimasta ustionata in un incendio, anni fa."

Si mise le mani in tasca e sporse un labbro, pensoso. "È strano, Box, ma i miei insegnamenti sembrano avere su di lei l'effetto contrario."

"Cosa vuoi dire?"

Miracle si strinse nelle spalle. "Era partita bene, ma ultimamente i suoi disegni sono tremendi."

"Ah, forse l'insegnamento non fa per te, dopotutto.

Ascolta, prima che mi aggiorni sui nefasti segreti dei nostri professori scomparsi, devo dirti che non puoi permetterti di essere inefficace. Ho seguito il tuo consiglio, e ora ho anch'io un'alunna!"

Trascorremmo il resto della mattina nel suo studio, bevendo troppo e fumando una gran quantità di sigari. La sua casa era molto accogliente, con pareti verde pallido e un soffitto di vetro a volta che lasciava entrare la luce del sole. Negli angoli in ombra erano appesi un profluvio di paesaggi di Miracle (io aborro i paesaggi) e delle sue nature morte (non riesco a pensare a una descrizione migliore).

Con il passare del tempo, allegro e un po' brillo, gli raccontai la storia della signorina Pok.

"Subdolo di un cane!" sogghignò Miracle. "Com'è?"

Agitai una mano. "Una delizia. Incantevole. Stavo pensando di invitarla alla tua festa, se non ti dispiace."

"Dispiacermi? Non vedo l'ora di conoscerla."

"Devi promettermi di comportarti bene, Christopher." Aspirai una boccata dal sigaro. "So che mi credi uno sciocco, ma c'è qualcosa di speciale in lei. Fuori dal comune."

"Cosa?"

"Be', beve vermouth nel pomeriggio e non teme di trovarsi in compagnia di un uomo senza un accompagnatore."

"Ne trovi a dieci penny al Cafè Royal."

"*Touché.* Ma è lei a pagare per stare con me."

"Come no. Paga per le tue *lezioni*, non per la tua compagnia."

"Forse."

"Mi sembra di notare qualcosa di più del solito istinto predatore, Box," disse lui. "Non può essere! Ti sei innamorato di lei?"

"Credo di sì," sospirai. "Cos'hai da dirmi?"

Miracle si chinò verso di me sulla poltrona. "I professori Verdigris e Sash hanno frequentato gli stessi corsi a Cambridge tra il 1866 e il 1869. Erano i migliori allievi del loro anno, sembra, insieme ad altri due."

"Lasciami indovinare. Uno di loro era Emmanuel Quibble?"

"Esatto! Ma come..."

"Anch'io ho le mie fonti," sorrisi. "E l'altro?"

"Un certo Morraine. Maxwell Morraine."

Annuii assorto. Si trattava del quarto uomo nella foto?

Miracle si accomodò meglio sulla poltrona di pelle rosso scuro. "Il loro campo di studi aveva qualcosa a che fare con il nucleo fuso della terra. Avevano formato una specie di gruppo di ricerca. E sono andati in Italia."

"In Italia, eh? E si chiamavano in qualche modo?"

"Eh?"

"Il Collettivo Verdigris o qualcosa del genere?"

Miracle scosse la testa. "Che io sappia, no."

"Sai cosa ne è stato di... come si chiama... Morraine?"

"A quanto sembra in Italia è impazzito e poi è morto. Mentre Quibble, come sai, è assurto a grandi vette."

"Infatti. Ho sentito dire che è molto difficile ottenere un colloquio con lui."

"Oh, è quasi impossibile. Vive da recluso a Napoli."

"Oh, so che non mi deluderai."

Miracle fece una risatina. "C'è un limite persino a quello che posso fare io, vecchio mio."

"Non è vero. Ho la più completa fiducia nella tua abilità di adulare le colonne doriche della società fino al capitello. Posso essere in Italia... diciamo giovedì prossimo."

IL MAUSOLEO VERDIGRIS

Rientrando a Downing Street trovai una comunicazione dei Domestici. La ditta di Tom Bowler in Belsize Park aveva un'insolita attività sui moli. L'inchiesta aveva determinato che l'agenzia funeraria era specializzata nel rimpatrio delle salme di inglesi e italiani morti all'estero. Le bare venivano spedite in casse da imballaggio (che dovevano avere un valore intrinseco, visto che venivano rispedite, vuote, al punto di partenza, cioè il porto di Napoli).

Decisi di fare un'altra ispezione notturna, stavolta all'impresa di pompe funebri. Dopo essere tornato sobrio con del caffè, indossai un completo nero con un gilè arancione scuro. Entrai a Whitchall proprio mentre Delilah stava arrivando con la carrozza dell'agenzia. Per l'occasione, aveva sostituito il suo classico vestito giallo con giacca e ghette da vetturino.

"Buonasera, signor Box. Dove andiamo?"

Le diedi l'indirizzo di Belsize Park e partimmo.

Durante il viaggio, posai la guancia contro il finestrino e chiusi gli occhi. Era scesa la notte e lo smog giallastro che copriva la città come la bava di una mostruosa lumaca rendeva l'aria pesante.

Cercai di trovare un senso agli eventi recenti. Tutti gli indizi portavano a Napoli. Era il posto dove era stata inviata la misteriosa cassa del signor Bowler, e anche il posto dove viveva sir Emmanuel Quibble, l'ultimo sopravvissuto dei quattro di Cambridge. Ma cos'avrei trovato, una volta lì?

Fui strappato alle mie riflessioni dall'improvviso accelerare della carrozza. Battei sul soffitto e il viso largo di Delilah si affacciò al finestrino di comunicazione.

"Mi scusi," ansimò. "Credo che ci stiano seguendo."

Tirai la tenda in pelle che copriva il finestrino e guardai fuori. Non capii bene dov'eravamo, ma scorsi la sagoma di un'altra carrozza che girava l'angolo ondeggiando in modo allarmante.

"Da quanto tempo?" chiesi.

Delilah tossì nel colletto poco pulito. La luce dei lampioni si rifletté nei suoi occhi mentre si voltava a guardare i nostri inseguitori.

"Ci seguono da circa tre chilometri. Ho provato a seminarli ma non ci sono riuscita."

Tirai su il finestrino con un colpo deciso. "Fa' quello che puoi."

"Certo, signore," rispose, contenta della sfida. "Posso provarci. Attento!"

Sentii un forte rumore fuori, come se qualcuno avesse pestato con forza la superficie di un lago ghiacciato.

"Cos'è stato?" chiesi, alzando gli occhi verso di lei.

Delilah rispose, in tono offesissimo: "Ci hanno sparato, signore."

Mi sembrava esagerato. Di quale delinquente assassino avevo attirato l'attenzione? Premetti il naso sul vetro e feci una rapida ricognizione mentre procedevamo al galoppo. Pensai di uscire dalla carrozza e prendere il posto di Delilah, poi ci ripensai e mi voltai verso di lei.

"Forza, allora!" urlai. "Andiamo dove vuoi, ma seminiamoli!"

Il finestrino di comunicazione si abbassò con un tonfo e Delilah frustò il cavallo, incoraggiandolo con una mistura di tenerezze e oscenità. Scattammo in avanti con rinnovato vigore e fui gettato da un lato. Svoltammo a sinistra, le ruote scricchiolarono in modo orrendo e saltammo due volte sopra il marciapiede.

Mi tolsi la giacca e tastai la fodera. Strappai i punti di cotone (un gesto che mi fece male) e portai allo scoperto la piccola pistola che i Domestici del reparto sartoria vi avevano nascosto.

Sballottato dal movimento della carrozza, mi lasciai cadere in ginocchio e posai la pistola sul pavimento. Nell'atmosfera di afa estiva e luce a gas, il revolver senza canna brillava come un pesce argentato. Tolsi dallo stivale sinistro il tubo lungo e sottile nascosto in un compartimento elastico. Con la massima cura possibile, dati i salti della carrozza sui ciottoli, avvitai la canna al corpo della pistola. Pochi secondi dopo ero in possesso di un'arma a lungo raggio molto efficace.

Tra le imprecazioni soffocate e gli schiocchi di frusta di Delilah, abbassai il finestrino con un gomito e mi sporsi.

Dietro di noi, l'altra carrozza, che sembrava un tutt'uno con il cocchiere, si materializzò come una nave fantasma. Non vedevo nulla con chiarezza, distinguevo solo i contorni di una bombetta e un soprabito. Poi il nostro inseguitore sollevò una mano, ci fu un lampo giallo e uno sparo.

Mi riparai dentro la carrozza, poi puntai la mia pistola e sparai due colpi mentre superavamo un incrocio a tutta velocità, rischiando di andare a sbattere contro un'altra carrozza. Ci furono grida confuse di protesta, il nitrito dei cavalli, ma noi eravamo già lontani, i lampioni indistinti come di soffioni in un prato.

Il cocchiere della carrozza inseguitrice sparò altre due volte, il rumore attutito dalla densa cortina di nebbia.

All'improvviso la nostra carrozza saltò sulla strada e fui gettato a terra. Una gamba sfregò sul pavimento e il tessuto dei pantaloni si strappò. Lottando per rialzarmi riuscii ad appoggiare il ginocchio sbucciato sul sedile, poi mi alzai e aprii il finestrino di comunicazione sul soffitto.

"Cerchiamo di non rovesciarci," gridai, poi mi tirai su per guardare attraverso il buco. Delilah era rannicchiata, il grosso viso una maschera di dolore e sforzo. Teneva una mano guantata sul petto.

"Mi ha beccato, signore!" riuscì a dire, poi affondò di lato nella nebbia, come un nuotatore inesperto nel Serpentine di Hyde Park.

Mi allungai per afferrarla, ma non feci in tempo.

Sapevo di avere solo pochi istanti prima che il veicolo fosse del tutto fuori controllo. Aprii la portiera con un calcio, mi sporsi fuori e mi issai in alto, aggrappandomi con tutte le forze.

Mi voltai a guardare e vidi il conducente dell'altra carrozza che prendeva di nuovo la mira. Appoggiando un piede alla portiera aperta, riuscii a salire a cassetta. Cominciai subito a frustare il cavallo senza pietà, tenendo la testa bassa. Un altro sparo sibilò sopra di me. Mi voltai e risposi con tre colpi, ma l'aggressore non rallentò.

Stavamo percorrendo una lunga strada piena di curve, che la nebbia rendeva simile a un tunnel. Ebbi una vaga impressione di vetrine di pub illuminate e negozi chiusi.

Un giovane tirò via la sua ragazza giusto in tempo, prima che finisse stritolata sotto le ruote. La sentii urlare, poi il mio avversario sparò di nuovo e il proiettile sollevò schegge di legno accanto a me.

Alla mia sinistra apparve un arco: due grosse colonne coperte di edera. Dovevo uscire dalla strada principale per non esporre a rischi i passanti. Tra le due colonne c'era un cancello di ferro, per fortuna aperto. Con un colpo di frusta spinsi il cavallo da quella parte, dentro il buio fitto dall'altro lato.

Il mio inseguitore non si lasciò scoraggiare e mi seguì, a un centinaio di metri appena. Mentre passava anche lui sotto l'arco e io spingevo avanti il cavallo, tentai di fare il punto della situazione.

Nonostante la corsa frenetica, la mia mente era in piena attività. Chi c'era dietro quell'aggressione omicida? Poteva avere a che fare con il mistero di cui mi stavo occupando? O forse si trattava di quell'idiota del maggiore Pugg, che voleva ancora vendicare l'onore della figlia?

Non correvamo più sull'acciottolato, ma su una pista fangosa stretta come un sentiero, con i rami degli alberi che frustavano le fiancate della carrozza.

Mi voltai e sparai l'ultimo dei miei proiettili, poi per poco non caddi quando qualcosa emerse da quel buio infernale.

Era un angelo.

Immagino di aver fatto una faccia molto buffa, ma mi ripresi in fretta. Era un angelo, sì, ma di pietra e consacrato alla memoria di un povero bastardo, da quello che riuscii a capire. Frustai di nuovo il cavallo imprecando. L'apparizione di una dozzina di croci in pietra e di un massiccio mausoleo mi confermarono che ero entrato in un grande cimitero municipale.

Il sentiero voltò a destra e continuai a seguirlo, mentre tastavo l'altro stivale in cerca del caricatore di riserva che tengo sempre lì. Fu molto difficile ricaricare la pistola mentre mi sforzavo in tutti i modi di evitare che la carrozza andasse a sbattere contro le lapidi che emergevano dal terreno come denti di drago. Ci ero appena riuscito, quando feci un salto dalla sorpresa vedendo il mio avversario comparire *davanti* a me.

In qualche modo era riuscito a tagliarmi la strada. Forse conosceva bene il cimitero. Era come una bestia infernale che mi si precipitava contro, con una sciarpa rossa svolazzante come un vessillo in una tempesta.

Tirai le redini e riuscii a sterzare a sinistra, ma era troppo tardi. I due veicoli cozzarono come galeoni e udii la scocca spaccarsi e scricchiolare per lo scontro su quello stretto sentiero.

Ma all'improvviso mi accorsi di essere passato e mi lasciai dietro l'inseguitore.

La notte nera esplose in una luce innaturale quando mi voltai a sparare altri due colpi. Il mio aggressore sembrò barcollare sul sedile mentre la sua carrozza indietreggiava, ma un istante dopo anche lui sparò, troncando il naso di un bel cherubino di marmo.

Ora avevo un certo vantaggio, perché la carrozza inseguitrice era voltata nella direzione sbagliata e si allontanava da me. Il suo cavallo lanciò un nitrito frenetico sotto le frustate.

"Arri! Arri!"

Stava cercando di invertire la marcia. Nel frattempo, la mia vettura non aveva affatto rallentato e correva a più non posso tra i campi del cimitero. I mausolei mi passavano accanto come palazzine di morti.

Cosa fare? Secondo il manuale, o meglio, secondo l'accademia di spionaggio di Lady Cecely Midwinter in Old Kent Road, dove il sottoscritto aveva svolto il suo apprendistato, avrei dovuto abbandonare la carrozza e nascondermi tra le ginestre chc avviluppavano le tombe. Se il mio assalitore fosse tornato indietro da quella parte, avrei potuto abbatterlo dal mio nascondiglio tra gli angeli.

Mentre quei pensieri mi passavano per la mente, a un tratto la nebbia si diradò e vidi il profilo di un edificio enorme a una cinquantina di metri di distanza. Era una sorta di chiesa dall'aspetto severo, torrette inquietanti, porte nere sprangate, e ci stavo andando dritto addosso.

Tirai le redini fino a sentire il cuoio tagliarmi la pelle delle mani nel tentativo di sterzare. Il cavallo lanciò un nitrito acuto e voltò a destra. La fiancata della carrozza sbatté contro le porte della chiesa e io fui sbalzato dal sedile. Ci fu un tonfo tremendo, sentii il legno spaccarsi e vidi il terreno che accelerava verso di me.

Urtai con il petto il fango indurito e mi si mozzò il fiato. Confuso e con un senso di nausea, restai steso a pancia in giù a guardare avanti, mentre la carrozza inseguitrice si fermava di fianco alla chiesa. L'uomo, in cappotto ulster, sciarpa e bombetta marrone, sembrava più piccolo, mentre scendeva. In una mano guantata stringeva la pistola.

Tentai di rotolare, ma riprendevo fiato con una lentezza esasperante. Poco lontano, appena fuori portata, la canna della mia pistola sporgeva dalle erbacce. Tesi un braccio e tentai di trascinarmi verso di essa. La sagoma avanzava implacabile, caricando la pistola. Sollevò l'altra mano per tirare giù la sciarpa dal viso. Era di nuovo Pugg, furioso e vendicativo? Nella spalla della giacca c'era un buco grosso come una moneta ma non vidi traccia di sangue. Lo avevo ferito oppure ero riuscito solo a rovinargli il vestito?

Con i polmoni che scoppiavano, tentai di mettermi seduto e di trascinarmi al riparo.

"Dannazione," ansimai. "Chi sei, pazzo maniaco?"

Lui si fermò e sembrò osservarmi.

Poi attraverso il cimitero echeggiò un grido. "Ehi! Cosa succede? Cosa ci fate qui?"

Due uomini, con lampade gialle sollevate sopra la testa, apparvero alla mia sinistra. La loro comparsa ebbe un effetto sorprendente sul mio aggressore. Rapidamente fece scivolare la pistola tra le pieghe della giacca e corse verso la sua carrozza. Salì a cassetta, frustò il cavallo e scappò via.

I due con le lampade corsero verso di me, una vista piacevole come se fossero veri angeli. “Mio Dio, sta bene?” disse uno. Il suo compagno, con una folta barba e un atteggiamento meno cordiale, domandò: “Che diavolo è successo qui?”

Lo ignorai, mi alzai in piedi a fatica e raccolsi la pistola, puntandola contro la carrozza che si allontanava. Ma era già fuori tiro. Ruotai su me stesso e strappai di mano la lampada al barbuto.

“Ehi! Cosa fa?”

“Il suo numero,” sibilai. “Il numero di quella carrozza. Riesce a leggerlo?”

Ma alla luce gialla della lanterna, il mio aggressore presto scomparve nel buio.

Ruotai la lampada in giro, illuminando il disastro che avevo combinato. La mia carrozza era quasi spaccata a metà. Il cavallo era lì vicino e brucava l’erba ai piedi di una di quelle colonne spezzate che simboleggiano la vita tagliata nel fiore degli anni. Per fortuna quella vita non era stata la mia.

“Lei stava sparando, cribbio!” strillò il mio salvatore barbuto. “Che diavolo pensava di fare? Questo è un luogo di quiete!”

I due guardiani mi accompagnarono fino a un capanno, dove il più gentile dei due, di nome Lukey, mi offrì un bicchierino di rum mentre l’altro, di nome Bob, mi lanciava occhiate furiose. Assicurai loro che i danni sarebbero stati pagati. La mattina dopo avrei inviato i Domestici per far sparire ogni traccia dell’accaduto, compreso il corpo della fedele Delilah, che probabilmente non era ancora stato scoperto e giaceva in una strada di periferia con un proiettile tra le scapole. Esausto, sporco e tutto strappato mi tirai in piedi e stavo per uscire dal capanno quando un annuncio attaccato al muro attirò la mia attenzione.

"Cos'è quello?" domandai.

"È la lista delle sepolture," rispose Lukey.

"Lo vedo, perbacco! E il quarto nome dall'alto..."

"È il mausoleo Verdigris."

"Che coincidenza," borbottai, a bassa voce. "Un... mio conoscente si chiama così. Mi chiedo se quella sia la sua tomba di famiglia. Sarebbe... prepotente da parte mia chiedere di vederlo?"

Il barbuto mi lanciò un'occhiataccia, scatarrò e sputò una massa di muco verde sui carboni del focolare. "Il Verdigris? Certo che è una prepotenza! Dopo quello che ha combinato stanotte, è fortunato che non abbiamo chiamato la polizia!"

Lukey gli posò una mano sul braccio. "Dai, Bob. Non arrabbiarti. Anche tu hai detto che c'era qualcosa di strano in quel funerale."

Assunsi un'espressione seria. "Signori, io sto indagando su alcune irregolarità connesse con quel funerale. È molto probabile che voi abbiate reso un inestimabile servizio alla corona. Ho bisogno che mi mostriate quel mausoleo. Subito!"

Alla fine Bob annuì con malagrazia, e pochi minuti dopo uscimmo nella notte umida.

La ghiaia del sentiero crocchiava sotto i nostri piedi, la lanterna di Bob proiettava un fascio di luce gialla nel buio.

Ero esausto, ma mi sforzavo di andare avanti, anche se non sapevo se avrei trovato qualcosa.

La tomba di famiglia dei Verdigris aveva le dimensioni di un piccolo cottage, in quel brutto stile con colonne corinzie e soffitto a cupola. Al centro c'era una porta di bronzo a due battenti, tenuti chiusi da un grosso lucchetto ben oliato tra le maniglie, che sembrava un portachiavi sul gilè di un gigante.

"Eccoci," latrò Bob. "Ora possiamo tornare al nostro lavoro?"

Mi avvicinai al mausoleo per leggere il nome della famiglia, in nero sul marmo bianco. Poi, nel tono di comando che mi viene facile assumere, ordinai: "Forza, la chiave!"

"Aspetti un attimo..."

"E dagli quella chiave, Bob," protestò Lukey.

"In fretta," aggiunsi.

Finalmente tirò fuori una chiave lunga e sottile e con sforzo spostò il grosso ventre in avanti per infilarla nella serratura.

Appena la girò, sfilai la catena del lucchetto e la gettai a terra.

"La lanterna, Bob," sibilai. "Dammela."

Senza aspettare risposta gliela strappai di mano, aprii la porta ed entrai nel mausoleo.

All'interno l'aria era soffocante. La forma nera e oblunga di una nuova bara si stagliava su un piedistallo, contro altre casse grigie di polvere.

"Datemi una mano," ordinai, tirando un capo della bara.

"Ma che diavolo!" gridò Bob, entrando.

"Non c'è tempo per spiegare," dissi in tono stridulo. "Posate la bara sul pavimento e togliete il coperchio."

"Fa' come dice, Bob," intervenne Lukey. "Ha qualcosa in mente."

Insieme, Lukey e io calammo la bara sul pavimento polveroso, poi mi guardai intorno in cerca di qualcosa per fare leva e togliere il coperchio.

"Dio, se la famiglia viene a saperlo..." protestò Bob.

Mi voltai dall'altro lato e lo sguardo mi cadde su una mezza dozzina di sedie impilate in un angolo, probabilmente per essere usate durante i servizi funebri. Senza esitare presi quella in cima e la spaccai sul pavimento. Recuperai una gamba e con quella mi misi a martellare sul coperchio della bara. Dopo una dozzina di colpi, il coperchio cedette con uno scricchiolio sinistro e si ruppe.

"Tiratelo via!" ordinai. "Aprite la cassa!"

Lukey si fece avanti, afferrò il legno e lo strappò via. Bob uscì dall'ombra e la luce giallastra della lanterna illuminò una vista macabra.

"Benedetta l'anima mia!" esclamò Lukey, a bassa voce.

Dentro la cassa non c'era altro che un manichino impagliato, con occhi e bocca cuciti come quelli di uno spaventapasseri.

"Ah!" gridai, trionfante. "Proprio come immaginavo!"

Era una menzogna, ma non importava.

L'UOMO CON GLI OCCHIALI INDACO

So cosa state pensando. Resurrezionisti! Rapitori di cadaveri di nuovo all'opera a Londra. I due professori (dico due perché il giorno dopo una ricerca nella tomba di Sash produsse lo stesso risultato) erano stati fatti fuori da qualche anatomista strabico con il fiato che puzzava di whisky per essere esposti infilzati nell'ospedale di Whitechapel? No, probabilmente no. Almeno, non lo pensavo. Dopotutto era il Ventesimo secolo.

No, sembrava molto più probabile che dietro quei fatti bizzarri ci fosse Tom Bowler. La sua impresa di pompe funebri in Belsize Park fu immediatamente perquisita, ma l'allegro impresario riuscì a evitare i Domestici e a dileguarsi nella notte. Sapevo dove potevo ritrovarlo e comprai un biglietto sulla prima nave in partenza per Napoli, senza aspettare di sapere se Miracle era riuscito a convincere il vecchio Quibble a concedermi udienza. Sarei partito subito. O quasi. C'era la faccenda del ballo estivo organizzato dal mio amico. Era un incontro sia d'affari, perché avevo bisogno di parlare con Miracle, sia di piacere.

Le feste di Miracle erano quasi leggendarie. La sua bella casa di Belgravia era il luogo in cui avevo colto le grazie di Avril Pugg, lo scorso dicembre. Il Natale è periodo di doni, in fondo. Mi resi conto che ero pieno di aspettative per quel ballo. Sarebbe stata una piacevole distrazione dai problemi, ma soprattutto avrei avuto l'occasione di scortare la deliziosa Bella Pok, e avrei potuto impressionarla con dichiarazioni del tipo: "Purtroppo devo partire per il continente stanotte stessa!"

Non c'era ancora stato il tempo per un'altra lezione di disegno, ma eravamo rimasti in contatto con lettere e telegrammi. Le avevo parlato del ballo e aveva accettato con piacere. Potevo avere l'onore di passare a prenderla? No, preferiva passare lei da Downing Street. Andava bene alle otto?

Passai buona parte del pomeriggio a scegliere il fiore da mettere all'occhiello. Joe Chamberlain aveva reso di moda le orchidee e il delicato fiore viola che scelsi faceva risaltare in maniera affascinante la mia carnagione pallida. Non mi sentivo pronto ad ammettere di non avere ancora un servitore, quindi andai ad aprire la porta a Bella (una deliziosa visione in cremisi), la feci voltare subito e la pilotai verso la carrozza.

Sembrava molto eccitata all'idea della festa. Le brillavano gli occhi e quando si girò a guardarmi aveva un'espressione quasi selvaggia.

"Sarò così fuori posto, signor Box!"

Le presi la mano guantata. "Sarà la più splendente di tutte, mia cara."

"Che tipo è il signor Miracle? Dicono sia molto bello."

"Lo dicono a ragione. Le piacerà, ne sono sicuro."

Stranamente, tuttavia, quando arrivammo non c'era traccia del nostro ospite. La festa sembrava sotto la direzione di Lady Constance Tutt Haffenschafft, una sua amica molto esperta in quel genere di cose.

Lady Constance, di ascendenza austriaca e vedova di un magnate del telegrafo transatlantico, era una delle padrone di casa più insolite di Londra. Un'anima calda e affabile, sopravvissuta al disastro del Tay Bridge, che come conseguenza aveva sviluppato una paura morbosa per i treni. Tra l'imbarazzo dei presenti, poteva mettersi a imitare un treno a vapore nei momenti meno opportuni. Tipico di Miracle, a cui non importava un fico secco delle convenzioni, prenderla sotto la sua ala protettrice quando il resto della società la evitava.

Ci venne incontro luccicante di gioielli, avvolta in un vestito di taffetà. "Oh! Che piacere vederti, Lucifer! Sai dove si è nascosto il giovane Miracle? Qui non c'è. *Ciuf, ciuf!* Sono arrivata presto per aiutare con i preparativi, ma dov'è quel caro ragazzo? Non lo so. *Ciuf, ciuf!* Perciò devo prendere il comando. Ma chi è questo fiore?"

"Lady Constance Tutt Haffenschafft, le presento la signorina Bella Pok."

"Signorina Pok! Incantata. In... *ciuf, ciuf...* cantata."

Bella fece un passetto indietro, sorpresa. Lady Constance fece un rapido sorriso. "Sei stato molto fortunato a trovare un'accompagnatrice così, caro Lucifer," disse, nel suo accento gutturale.

"Anch'io lo sono stata," disse Bella, lanciandomi un'occhiata.

Mi sentii ardere di piacere.

"Non sapevo che saresti venuto accompagnato," aggiunse Lady C, in un brillare di denti. "Pok. Un nome insolito. *Ciuf, ciuf!* Viene da lontano?"

"Non stasera, ma sono olandese di nascita."

"Spero non sia venuta a Londra con uno di quei treni a vapore."

Bella scosse la testa. "No, in nave."

"Grazie a Dio! Il treno è un giocattolo del diavolo! Riesco a sentirlo anche adesso. *Ciuf, ciuf!*"

Lady Constance si passò una mano sulla fronte e fece

un sospiro simile allo sbuffo di vapore di un treno. Poi il momento passò.

"Perdonatemi. Ora andate pure a prendere qualcosa da bere. Temo di dover dire qualcosa in privato al signor Box."

Mi inchinai a Bella, la quale con un sorriso divertito entrò nella sala da ballo perdendosi subito tra i vestiti di seta e le code nere dei frac.

"Sei stato cattivo," disse Lady Constance, pizzicandomi un braccio.

"Perché?"

"Sai benissimo che molte giovani nubili vengono alle feste di Christopher solo perché ci sei tu, lo scapolo più ambito di Londra. *Ciuf!* Perciò dovevi venire da solo."

Il suo corpo robusto fu scosso da una risatina.

Le diedi un colpetto indulgente su una mano. "Io sono sempre solo, mia cara Lady Constance. Inoltre sa benissimo che per me al mondo c'è un'unica donna."

Le rivolsi un'occhiata allusiva che l'avrebbe resa felice per altri dodici mesi. Lei abbassò gli occhi, modesta, e diede un colpetto con il ventaglio sul bavero in seta della mia giacca. "Oh! Adulatore. *Ciuf, ciuf!* Sai che ho comprato un vestito nuovo bellissimo? Forse potrei posare ancora per te?"

Era una buona notizia. Le avevo già fatto circa una dozzina di ritratti, sempre molto ben remunerati. Durante le sedute di posa, per qualche misteriosa ragione, la mania del *ciuf, ciuf* l'abbandonava e restava in perfetto silenzio.

Lady Constance guardò verso la sala da ballo, mi prese sottobraccio e mi condusse dentro. "Ma ti è andata molto bene, Lucifer. Quella ragazza, Pok, è come una fiamma. È bellissima!"

"Sono d'accordo."

"E ti piace molto, vero? L'ho visto subito, quando siete

arrivati insieme. Devi dirmi tutto. Sono affamata di pettegolezzi. *Ciuf!* Ora però dobbiamo andare a salvare la tua Bella da quelle vecchie capre, prima che la sua virtù... *Ciuf!* venga compromessa."

La sala era decorata con lanterne di carta e fiori estivi. Facce riflesse all'infinito da un'enorme quantità di specchi dorati si voltarono a guardarmi mentre andavo verso Bella. Oltre la soglia provai nelle viscere il vecchio brivido di eccitazione. Cosa sapevano di me quelle persone insipide e rispettabili? Riuscivano a capire che sotto i miei guanti bianchi immacolati c'erano unghie che di recente avevano raschiato la terra di un cimitero? Potevano supporre che stavo per imbarcarmi in una missione pericolosa con l'intento di salvare il loro stile di vita? Certo che no, ma non importava. In quel momento, il piacere proibito di condurre una doppia vita mi scorreva dentro come sali.

Scorsi Bella.

Era seduta, un lungo ricciolo di splendida seta scarlatta avvolto in una stola di volpe artica. Un orribile giovanotto con i capelli sporchi che gli ricadevano sul colletto era alla sua destra e blaterava qualcosa.

Ebbe un soprassalto quando arrivai accanto a lei e battei i tacchi.

"Bella," dissi.

Il giovane dai capelli unti si voltò con uno sguardo interrogativo.

"Chiedo scusa," gli dissi. "Lucifer Box. Sono venuto a salvare la mia amica, la signorina Pok, dalle sue miserabili attenzioni. Andiamo, mia cara?"

Le offrii il braccio, lei si alzò con un sorriso, si appoggiò e lasciammo il suo pretendente furioso.

"Sei una persona terribile, Lucifer," disse, passando a un tono più confidenziale.

"Sei la seconda persona che me lo dice, stasera."

"E farai di sicuro una brutta fine."

"È la conclusione naturale quando hai avuto un brutto inizio. Non avevi bisogno che venissi a salvarti?"

"Certo che sì! Quel tipo era noiosissimo e aveva il fiato di uno spaniel."

"Era mio dovere e mio diritto, quindi. Dopotutto sei la mia compagna per questa serata."

Lei si voltò a fissarmi, la luce dei candelabri riflessa nei suoi occhi viola. "Infatti."

"Allora andiamo a prendere qualcosa da bere e poi a ballare. In fretta, perché vedo Lady *Ciuf ciuf* che viene verso di noi, e la banda ha appena attaccato una polka."

Così, nel dolce tepore della sera, trascorremmo un'ora molto piacevole, con la conversazione vivacizzata dal Mumm. Gli occhi di Bella erano fissi nei miei, e mentre volteggiavamo senza sforzo nella sala desideravo con tutto me stesso di essere libero da ogni responsabilità. Perché il fardello di salvare l'impero doveva ricadere sempre sulle mie spalle?

In un momento di pausa, vidi che lei guardava qualcosa dietro di me. Mi voltai, con un leggero brivido lungo la schiena, e vidi un tipo strano davanti al caminetto.

Era molto alto, con il torace ampio, in vestito da sera impeccabile, e se ne stava in piedi a gambe larghe, con i pollici nelle tasche del gilè bianco. Annuiva e di tanto in tanto sorrideva a qualche battuta. Riccioli folti e lucidi con una leggera spruzzata di bianco gli incorniciavano la testa massiccia. Sul naso importante teneva un paio di strani occhiali con lenti color indaco. Sembrava a disagio ed estraeva continuamente l'orologio dal gilè.

Come se avesse avvertito il mio sguardo, sollevò la grossa testa e sotto la luce i suoi occhiali emisero un lampo bianco.

"Buon Dio," dissi. "E quello chi è?"

"È il duca Tiepolo," rispose Lady Constance, comparendo accanto a me con dell'altro champagne. "L'ho incontrato una volta a Biarritz. Avevo sentito che era in città."

"Chi?" Lanciai un'altra occhiata furtiva alla figura imponente davanti al camino.

"È un duca italiano," disse Bella. "Ho letto di lui nella cronaca mondana."

"Un'altra scoperta, *ciuf!* del nostro caro signor Miracle," trillò Lady Constance. "Lui è attratto da noi cani randagi."

"Infatti," commentai. "Per questo gli piaccio tanto. Ma quel tipo non sembra un randagio."

"Oh, per Christopher è come un re, mio caro. Tiepolo è l'ultimo del suo lignaggio. La sua famiglia ha combattuto con coraggio contro quel Garibaldi, negli anni sessanta... *Ciuf!* Ma poi sono stati tutti esiliati durante il Risoll... Risorgan..."

"Risorgimento," disse Bella a bassa voce.

"Esatto."

"Ha un aspetto molto nobile, vero?" osservò la mia bella compagna.

"Oh," dissi. "Eccone un'altra con un debole per i casi sfortunati."

"Ti va di conoscerlo?"

"Perché no," risposi.

Così fummo condotti alla presenza del grand'uomo.

"Vostra grazia..."

Il duca si voltò lento, stringendo gli occhi segnati da zampe di gallina.

"Ah, Lady Constance! Che piacere."

La nobildonna con la fobia dei treni fu contenta che si ricordasse di lei. Dopo uno scambio di convenevoli mi feci avanti. Vedendomi, inclinò leggermente la testa. Fu come essere osservato da un grande serpente docile. Le lenti indaco degli occhiali impedivano di vedere l'espressione dei suoi occhi.

"Le presento il signor Lucifer Box," disse Lady Constance. "Il famoso pittore."

"Mi lusinga, Lady Constance," l'adulai. "Vostra grazia..."

M'inchinai e battei i tacchi. Lui fece lo stesso.

"Tiepolo," dissi. "Purtroppo non conosco la provincia..."

"Uno dei ducati più antichi," disse con un sorriso. La voce era bassa ma sicura, come un motore potente che usasse solo una frazione della sua energia.

Si rivolse a Bella.

"La signorina Bella Pok," annunciò Lady Constance.

Senza esitare, lui le prese la mano tra le sue zampacce.

"Temo, vostra grazia," tubò lei, "di sapere molto poco sulla storia del suo paese."

"Oh, il mio infelice paese!" esclamò il duca, sollevando le mani con i palmi in fuori e sorridendo con finta angoscia. "Ma ora non è il momento di ricordare vecchi dolori. Forse, se mi facesse l'onore di cenare con me..."

A Bella brillarono gli occhi.

Mi mossi con la rapidità di una pantera gelosa. Se ne avete mai vista una, potete capirmi. "Vostra grazia," intervenni. "Sarebbe un grande onore per me se lei acconsentisse a posare per un ritratto."

Il duca piegò le labbra all'ingiù, dispiaciuto. "Purtroppo è impossibile. Partirò molto presto per il continente. Inoltre, un *ritratto...*" Fece una scrollata di spalle. "Come dicevo al nostro comune amico, il signor Miracle, – a proposito, dov'è? – la pittura non è un po'... passata di moda?"

Lady Constance si fece avanti. "Il duca è appassionato di fotografia."

"Davvero? Perbacco," dissi, irritato. "Be', in tal caso

non lo disturberò oltre con una sciocchezza come un ritratto a olio."

Bella mi lanciò una strana occhiata.

"Ha detto che è in partenza per il continente, vostra grazia?" continuai, in tono leggero.

"Sì."

"Torna in Italia?"

Lui si fece scuro in volto.

Mi coprii la bocca con le dita, come rimpiangendo di aver parlato. "Certo che no! Che sciocco! A loro non piacerebbe rivedere un protagonista dei vecchi tempi. Dove trascorre il suo esilio?"

"Se vuole scusarmi, Lady Constance," replicò lui. "Signorina Pok..."

"So qualcosa di quei tempi," lo interruppi. Era colpa dello champagne, credo. "Mio padre mi ha detto tutto al riguardo. L'Italia allora attraversava un periodo difficile, Bella. Non era nemmeno ancora Italia, in realtà. Era dominata dai francesi, dagli spagnoli e persino dai rudi austriaci, esclusi i presenti, ovviamente, Lady Constance."

Il duca mi fissò con uno sguardo freddo. "Erano tempi duri. Ma noi li avremmo superati senza problemi, se non fosse stato per il signor Giuseppe Garibaldi."

"Forse lo conosci," dissi a Bella. "Ha riunito la nazione, sotto il re Comesichiama. Sì. Comunque domani parto proprio per l'Italia. Porterò alla nazione i suoi saluti, va bene?"

Le labbra del duca si serrarono in una stretta linea. "Scusatemi. Devo... cioè, io..."

Sembrava piuttosto contrariato. Fece un breve inchino alle signore e scomparve nella folla.

"Lucifer!" disse subito Bella.

"Sì?"

"Sei stato molto scortese con quel povero esule."

Feci un sorriso allusivo a Lady Constance, la quale ridacchiò come una ragazzina e mi fece cenno di andare. Presi Bella sottobraccio e la pilotai verso il balcone. "Mia cara Bella, questi cosiddetti aristocratici pomposi si somigliano tutti. Non è un male che gli abbia ricordato che è un ex duca di un ex ducato. Molto probabilmente quando tornerà a casa prenderà a calci il suo valletto, ma questo non è un problema nostro. Ora suggerisco di prendere un po' d'aria per lasciar evaporare i residui della sua retorica. Inoltre, ho scoperto che non mi piaceva l'idea che tu cenassi con qualcun altro."

Inclinò la testa da un lato, maliziosa, e mi regalò un sorriso disarmante.

Attraversammo la portafinestra e uscimmo sul terrazzo caldo. Da un lato e dall'altro, scalinate con balaustra scendevano verso il vasto giardino di Miracle.

"È molto bello qui al chiaro di luna," disse lei, guardando siepi e fontane.

"Già," convenni. "Di giorno questo posto è un tripudio di colori. Una volta ho fatto un ritratto a Lady Constance davanti a quella buganvillea."

"Le è piaciuto?"

"Era tutta un *ciuf, ciuf.*"

Bella ridacchiò, poi ebbe un piccolo brivido e subito mi tolsi la giacca.

"Permettimi."

Lei la prese e la drappeggiò intorno alle spalle. "Forse un giorno farai un ritratto anche a me?"

"Non preferiresti farti fotografare dal duca?"

"Non c'è bellezza nella carta e nei prodotti chimici, Lucifer," mormorò.

"Certo che no. Per me… sarebbe un grande onore farti un ritratto, Bella. Come lo vorresti?"

"Ah, forse potrei essere Giovanna d'Arco. O Elena di

Troia," disse, gettando indietro le spalle e sollevando la testa orgogliosa.

"Mentre era a Troia o mentre Zeus la violentava? Ah, no, quella era Leda, giusto?"

Mi avvicinai a lei. Una vena pulsava sulla sua gola.

"Credo che mi piacerebbe," disse piano.

"Essere ritratta o..."

"Violentata?" Scoppiò nella sua risata argentina. Non si mosse quando il mio braccio sfiorò il suo. "A Zeus piacevano tanto queste cose, vero? Apparire come un cigno, o come una pioggia d'oro..."

"So così poco di te," dissi all'improvviso. "Ma non voglio fare il ficcanaso."

"Ficcanasa pure."

"Sei davvero la *signorina* Pok?"

"Sì. Una volta sono stata fidanzata. Con un conte, ci crederesti?"

La guardai alla luce delle stelle. I suoi occhi brillavano come frammenti d'ametista. Riuscivo benissimo a credere che principi, re e imperatori potessero perdere la testa per lei.

"Devo confessare che ho già posato per un ritratto."

"Davvero?"

"Sì. Il conte ha pagato per farmelo fare."

"E com'è venuto?"

"Né bello né brutto."

"E il conte com'era?"

"Indifferente, come il quadro."

"Mia cara," cominciai, prendendole la mano. "Mi dispiace oltre misura dover andare via."

"In Italia?"

Annuii.

"Affari o piacere?"

Abbassai gli occhi sulla sua mano delicata coperta dal

guanto. “Affari. Solo una faccenda di estrema importanza può strapparmi da te.”

“Preferiresti restare a Londra?”

“Preferirei restare con te,” dissi a bassa voce. “E proseguire... la tua istruzione.”

Le presi la mano tra le mie. Si voltò, la curva della guancia illuminata come una falce di luna. Dischiuse le labbra e sentii il suo respiro caldo.

All’improvviso si udirono passi veloci sulla ghiaia più in basso, e scorgemmo una figura avvicinarsi alla terrazza. Ci voltammo entrambi. Aveva il bel viso arrossato e la cravatta sghemba. Era Christopher Miracle!

Salì i gradini e si fermò ondeggiando leggermente quando mi vide.

“Box!” gridò.

“Miracle! Dove sei stato? Lady Constance è al comando del forte, ma...”

“Grazie a Dio sei qui. Devi aiutarmi! Mio Dio, è terribile. Terribile!”

Gli posai una mano sul braccio. “Mio caro Christopher. Cos’è successo?”

Lui lanciò un’occhiata a Bella.

“Bella,” dissi, in tono calmo. “Forse è meglio che torni alla festa...”

Lei scosse la testa. “Preferirei restare ed essere d’aiuto, se posso.”

Miracle mi afferrò il braccio. “Lei è scomparsa, e loro pensano che io c’entri qualcosa!”

“Chi è scomparsa?” chiese Bella, preoccupata.

“Vieni, Christopher. Andiamo in un posto più riparato. Bella, puoi controllare che nessuno faccia caso a noi?”

Rientrammo nella sala da ballo, e tenendoci rasenti alle tende riuscimmo a pilotare Miracle in un corridoio rivestito con pannelli di legno, senza che nessuno ci vedesse.

Aprii una porta e ci trovammo in uno studio buio.

Bella accese una lampada, mentre io facevo accomodare Miracle su una poltrona e gli mettevo nelle mani tremanti un tumbler di whisky.

Il bicchiere gli batté sui denti quando bevve un sorso. "Dicono che sono l'ultimo ad averla vista. Ora è scomparsa e… anche se la polizia non lo dice chiaramente, sospetta che le sia accaduto qualcosa di brutto, ne sono certo!"

"Miracle! Calmati. Chi è scomparsa?"

Mi guardò, perplesso. "Non l'ho detto? Ma la signora Knight. La signora Midsomer Knight."

"Chi?"

"La donna di cui ti ho parlato, ricordi? Devi ricordarti di lei."

"Chi, la creatura velata?"

Lui annuì, abbandonando la testa tra le spalle sconfitte.

"Coraggio," disse Bella, in tono gentile. "Beva e ci dica tutto."

Miracle annuì e si massaggiò il viso stanco. "Ieri, alla mia solita lezione di disegno, sono arrivato in anticipo, e per la prima volta anche lei. La signora Knight, voglio dire. Era appena scesa dalla carrozza di quello spettro di suo marito."

Annuii. "E poi?"

"Abbiamo salito insieme i gradini dell'istituto. Ha detto che il marito aveva affari urgenti fuori città, perciò l'aveva accompagnata in anticipo. Era un problema? Ho risposto di no, ovviamente, bastava che trovasse qualcosa da fare fino all'arrivo delle altre."

"Che ora era?"

"Le nove e mezza. Appena entrati è scomparsa… in bagno. E non l'ho più vista, lo giuro!"

"Non è tornata in aula?"

"Mi sono messo al lavoro e mi sono dimenticato di lei.

Alle dieci sono arrivate le altre. Litigavano tra loro, perciò ho avuto altro a cui pensare..."

"Nessuna delle altre allieve ha notato la sua assenza?" domandai.

Lui scosse la testa. "No. O almeno, nessuna ha detto niente."

"E quando la faccenda ha cominciato a diventare più sinistra?" volle sapere Bella.

"Alla fine della lezione, quando è arrivato il marito. Non avevo idea di dove fosse la signora. È scoppiato un gran trambusto e alla fine è arrivata la polizia. È stato ritrovato un guanto che appartiene alla signora Knight. Macchiato di sangue, Lucifer. Nel bagno delle donne!"

"E la polizia sospetta che le sia accaduto qualcosa di brutto?"

"Siamo rimasti soli nell'edificio per una mezz'ora, prima dell'arrivo delle altre. Il signor Knight ci ha visti salire le scale insieme ed entrare nell'istituto. Non so dove diavolo sia finita, ma non c'entro nulla. Che Dio mi aiuti! Ho dovuto giurare sul mio onore di non lasciare la città."

Esalai sonoramente. "Be', è un bel problema."

"Mi hanno interrogato a lungo, e solo da poco mi hanno lasciato andare. Ma non avevo nulla da dirgli."

"Comunque non ti hanno arrestato."

"Non ancora. Ma non manca molto."

Sentimmo delle voci in corridoio. Risuonarono i *ciuf, ciuf* indignati di Lady Constance, poi passi sulla moquette. Bella mi guardò timorosa. Udimmo aprire prima una porta, poi un'altra, che vennero subito richiuse.

Miracle ebbe un brivido, gli occhi spalancati dalla paura.

Si aprì la porta dello studio ed entrò un ometto con ciuffi di peli che gli uscivano da naso e orecchie. Il resto del viso era nascosto da una bombetta e da basettoni stile Piccadilly fuori moda da tempo.

"La prego di scusare l'intrusione," disse, guardando prima me, poi Bella. "Signorina. Sono l'ispettore Flush, di Scotland Yard."

Alzò il cappello e rivolse un'occhiata grave al povero Christopher.

"Signor Miracle, purtroppo devo chiederle di seguirmi in centrale. Sono emersi... degli sviluppi."

"Sviluppi?"

Alzai una mano. "Un momento, ispettore. Prima di portare via il mio amico sulla base di accuse dubbie, non sarebbe meglio mettere in ordine i fatti? Il signor Miracle stava giusto descrivendoci gli eventi. Gli usi la cortesia di permettergli di finire."

Flush scrollò le spalle con un tremolio del triplo mento. "È una cortesia che gli useremo anche in centrale."

"Quali sviluppi?" gridò Miracle, aspro.

Con un gesto più drammatico del necessario (quell'uomo mi piacque subito), Flush si tolse il cappello e lo tenne sul petto. "Abbiamo trovato la donna scomparsa."

"Illesa, spero," intervenne Bella.

"No, signorina," rispose l'ispettore. "Morta."

L'ORRORE NEL TUBO DI CARTONE

Era morta davvero. Un corpo gonfio ripescato nel Tamigi. Anche se i ratti le avevano mangiato il viso, il vestito, il velo e alcuni documenti trovati sul cadavere avevano portato il marito a identificarla. Tutto molto stancante.

E il povero Miracle era stato formalmente accusato di omicidio. Ottenuto il permesso di fargli visita, lo rassicurai meglio che potei. Certo, in un momento simile non potevo partire per l'Italia, e non avrei avuto pace finché non fosse stato ristabilito il suo buon nome. Gli dissi varie cose del genere.

Persi il battello per Napoli e quello stesso giorno andai a trovare l'ascetico banchiere, il signor Midsomer Knight.

"Signor Box, per caso è stato fermato da Scotland Yard in relazione a questa faccenda?" sibilò. "Perché non sono davvero affari suoi."

Mi guardò freddo quando mi sedetti di fronte a lui nella sua casa brutta e con troppi mobili Norwood. Allargai le mani in un gesto di supplica. "È solo che credo nella totale innocenza del signor Miracle, e voglio contribuire come posso per assicurare alla giustizia il vero colpevole di questo crimine orrendo."

Knight annuì appena, e continuai: "Può dirmi in che modo sua moglie si è iscritta alle lezioni di disegno del signor Miracle?"

Lui ci pensò su un attimo. “C’è stato bisogno di convincermi, signor Box, inutile mentire.” Posò le mani sul pomolo del bastone e si sporse in avanti come un pastore sul podio. “Credo che il posto di una donna sia al fianco del marito. Tuttavia, tra i piacevoli interessi di una signora possono rientrare un po’ di musica, un po’ di francese e un po’ di... disegno.”

“Sembra pensare che sua moglie si stesse preparando a diventare una governante di provincia.”

“Cercavo solo di proteggerla,” reagì. “Perché era... sfigurata, capisce? Non avrebbe potuto sopportare lo scherno, le occhiate furtive...”

“Ma alla fine le ha concesso un po’ di... come chiamarla? Emancipazione femminile?”

Knight mi guardò con distacco. “È stata molto insistente. Ne sono rimasto sorpreso, lo ammetto. Ma dopotutto ho pensato che le avrebbe fatto bene.” Chiuse gli occhi. “Che sciocco sono stato. Ma lei aveva una... ostinazione... che volevo domare. Era una conseguenza infausta della troppa liberà che le lasciava il suo primo marito.”

Inclinai la testa di lato. “Il suo *primo* marito?”

“Un libero pensatore. È stata una fortuna per lei che sia morto.”

Sospirai. “A quanto ne so, signor Knight, nulla impedisce che sua moglie abbia lasciato lo studio di Miracle poco dopo che lei l’ha accompagnata lì.”

“Per andare dove?”

“In uno dei posti in cui lei le impediva di andare.”

Il viso pallido di Knight arrossì. “Che diavolo intende dire?”

Agitai una mano per placarlo. “Sto solo pensando ad alta voce. Ora vorrei farle una domanda di cui comprendo la natura delicata: potrebbe dirmi come sua moglie si è procurata quelle ferite?”

"La polizia mi ha detto che... i *ratti*..."

"No, no. Le sue vecchie ferite."

Il banchiere restò impassibile. "Un incendio."

"Quando era più giovane?"

"Sì. Credo avesse ventisette, ventotto anni."

"Lei non la conosceva, all'epoca?"

"No. Ci siamo sposati due o tre anni dopo. In realtà, tra poco avremmo festeggiato il nostro anniversario."

Frugò nel gilè ed estrasse un pacchetto. Lo aprì sul tavolo, rivelando un paio di modesti orecchini ingioiellati. "Dovevano essere il mio regalo. Dovrei riuscire a farmi ridare indietro i soldi."

Tirò su con il naso e rimise in tasca gli orecchini.

"Come vi siete conosciuti?" domandai.

"Quando il suo primo marito morì all'estero, la mia banca mi inviò sul posto per consigliarla sugli aspetti finanziari. Diventammo... intimi. Un giorno le chiesi di sposarmi e lei acconsentì. Fu un accordo molto conveniente."

Mi domandai se rendesse così attraenti anche i prestiti bancari.

Quando tornai a casa, con grande stupore trovai Delilah ad attendermi fuori in carrozza. "Buonasera. Mi manda il signor Reynolds. Ha sentito dei guai del signor Miracle e si chiedeva se può essere d'aiuto."

"Molto gentile da parte sua. E che piacere rivederti in salute, Delilah. Ci hai fatto prendere un bello spavento l'altra sera, sai?"

Lei scese dalla carrozza mentre aprivo la porta. "A meno che non mi tagliate la testa e mi piantiate una picca nel cuore, sarò ancora qui per parecchi anni."

Entrammo in casa e un attimo dopo mi bloccai, perché Delilah mi sbarrò la strada con un braccio massiccio.

La porta del soggiorno era semiaperta. Qualcosa non andava.

"Cosa c'è?" sussurrai, spostando gli occhi qua e là.

Lei si fermò per prendere un tubo di cartone che giaceva sul rivestimento in sughero dell'ingresso. Un capo del tubo era frastagliato, come se fosse stato aperto a morsi.

Lei si mise davanti a me e mi fece cenno di seguirla. Entrammo in silenzio nella stanza.

Mi bloccai. Davanti a noi, circondato dalle lettere da consegnare, c'era il corpo di un postino in divisa, stecchito.

"Cristo! Guardi la sua faccia!" disse Delilah. La pelle del viso del postino era terribilmente infiammata e gonfia, nera quasi quanto i suoi stivali. "Pensa che sia stato il poliziotto del numero 10 a farlo entrare?"

Annuii. "Credo di sì. Stavo aspettando qualcosa. Sì, deve essere andata così." Tra le mani dell'uomo, strette ad artiglio, c'era un pacchetto quadrato rivestito di carta marrone. "Sta' indietro," ordinai, posando un ginocchio a terra per esaminare il cadavere. "Ah!"

Sul polso destro c'erano due fori come due punture, e la pelle intorno era gonfia e annerita.

"È stato morso da qualcosa," sussurrai.

Delilah guardò il morto. "Qualcosa che si trovava in questo tubo?" Incrociò le braccia, con l'aria di essere a disagio nella stanza semibuia. "Qualunque cosa fosse," disse a bassa voce, "probabilmente è ancora qui."

"Senza dubbio."

Guardai il tappeto turco. Nella penombra, ogni cosa sembrava prendere una forma serpentina.

"Resta dove sei, Delilah," mormorai. "Attraverso la stanza e apro le tende. Poi daremo una bella occhiata per trovare quel..."

"Stia fermo, signore!" ansimò Delilah con orrore. "Per l'amor di Dio, non si muova!"

Non avevo bisogno di incoraggiamento, perché qualcosa di morbido si mosse lungo la gamba dei pantaloni, facendomi il solletico. Paralizzato sul posto, riuscii a voltare la testa per vedere la creatura, ma nell'ombra vidi solo una forma lunga una trentina di centimetri, che saliva inesorabile lungo il polpaccio.

"Cosa devo fare?" sibilò Delilah.

Alzai gli occhi al cielo. "Toglimi di dosso questo coso!"

Repressi un brivido e mi sforzai di non gridare, mentre la creatura, con un orribile movimento ondulatorio, ormai era arrivata alla coscia.

"Luce," sussurrai.

Delilah annuì. Andò alla finestra e sollevò un po' alla volta le veneziane. Una luce lattiginosa inondò la stanza.

Il grido disgustato di Delilah non mi aiutò a calmare la paura.

Azzardai un'occhiata in basso. Attaccato alla mia gamba c'era l'animale più disgustoso sul quale avessi mai posato gli occhi. Di un giallo nerastro, era una specie di incrocio tra uno scorpione e un millepiedi, con uno spesso carapace che rifletteva la luce come perle d'ambra infilate su una collana. La testa, dalla quale spuntavano le due chele aggressive che sicuramente avevano fatto fuori il postino, si muoveva lenta da un lato e dall'altro, oscillando in un modo da far accapponare la pelle.

"Che cos'è?" gridò Delilah.

"Non lo so e non m'importa," riuscii a gorgogliare a labbra strette. "Ma abbiamo un vantaggio dalla nostra."

"Quale?"

Fissai ancora un attimo quella specie di abominevole insetto. Ogni parte del mio corpo inorridiva al suo tocco. Dovetti fare uno sforzo per non afferrarlo e strapparlo via.

"Credo sia cieco," sibilai. "Dobbiamo evitare di... agitarlo."

Delilah annuì lentamente. "Dov'è il suo bastone? Potrei usarlo per gettarlo a terra."

"No!" deglutii, cercando di nascondere l'agitazione. "Mi morderebbe prima di cadere, sciocca." La creatura si mosse di nuovo, aggrappandosi con le zampine al tessuto dei pantaloni.

"Vieni qui," dissi piano. Delilah ubbidì. "Ora mettiti alle mie spalle..."

Avevo la fronte imperlata di sudore salato.

Delilah prese posizione una ventina di centimetri dietro di me.

"E adesso?" domandò, con voce stridula.

"Ora devi abbassarmi i pantaloni."

"Cosa?"

Mi costrinsi a controllare il respiro. La creatura risalì ancora lungo la gamba, fin quasi all'inguine. "Non discutere," dissi alla fine. Sbottonami le brache. Un... bottone... alla volta."

Fece come le avevo detto. Allungò la mano destra su un fianco e trovò il primo bottone sotto la cintura dei pantaloni. Le sue dita grosse e arrossate tremavano, mentre manovrava il tessuto per staccare l'asola dal bottone. Aiutandosi con entrambe le mani, dopo molta fatica riuscì a liberare prima un bottone, poi quello dopo. I pantaloni calarono appena.

"Bisogna tenerli su!" gracidai. "Se cadono di colpo, quelle zanne affonderanno nella mia carne."

"Va bene," sussurrò Delilah. "Ora passo all'altro lato. Lei può..."

Potevo. Con una lentezza estenuante spostai una mano sulla cintura per tenere su i pantaloni.

Delilah era già al lavoro sui bottoni del fianco sinistro. Il primo lo liberò facilmente, il secondo le diede più da fare.

"Questo qui è difficile," borbottò. "Al diavolo il reparto Sartoria e i suoi trucchi del cavolo. Bisogna fare piano, altrimenti..."

Le mie pulsazioni accelerarono di colpo quando liberò il secondo bottone con uno schiocco e i pantaloni scesero un po'.

L'insetto mosse la testa, come se fosse in ascolto. Le antenne smisero per un attimo di muoversi.

Delilah si dedicò ai bottoni dietro, ma capii dai movimenti della creatura che non avevamo più tempo.

"Sta per mordermi!" strillai. "Forza, Delilah. Al mio via, tira giù i pantaloni sopra quell'insetto schifoso."

Ebbi la sensazione di ritrarmi dalla mia stessa carne, mentre guardavo sollevarsi la testa lucente del mostro, le chele affilate come rasoi gocciolanti veleno...

"Ora, Delilah, ora!" gridai.

Con velocità impressionante lei mi abbassò i pantaloni fino alle caviglie e li avvolse intorno all'insetto. Senza perdere neanche un secondo, pestò ripetutamente con il tacco della scarpa la forma che si intuiva sotto il tessuto. Feci una involontaria smorfia di orrore.

Un attimo dopo avevo estratto il revolver e sparai un colpo tra i piedi. Solo quando vidi salire il fumo dalla macchia collosa trovai la forza di liberarmi del tutto dai calzoni e gettarli in un angolo.

Un secondo attentato alla mia vita! Sembrava che qualcuno fosse determinato a impedirmi di arrivare in fondo a quella strana faccenda. Ma chi poteva essere?

Dissi a Delilah di preparare il mio baule e crollai su una poltrona con in mano un bicchiere di brandy, meditando sulla mortalità umana. Mentre lei si affaccendava al piano di sopra, guardai la parte meno letale della mia corrispondenza. Aprii il pacchetto e trovai, come mi aspettavo, un vecchio libro con le pagine friabili e un foglietto che diceva: *È l'esca! Appuntamento con Quibble. Sette e mezza. Via San Fontanella, 387. M.*

Il caro vecchio Miracle non mi aveva deluso. Anche dal carcere sembrava ancora capace di servirsi dei suoi contatti. Aveva fissato un appuntamento con lo sfuggente Quibble e ora avevo qualcosa per convincere il professore a condividere i suoi segreti. Mi rigirai il libro tra le mani.

Tra le lettere portate dallo sfortunato postino c'era un biglietto dal profumo delicato della divina Bella Pok. Lo avvicinai al volto e sorrisi come uno scolaretto innamorato. Diceva:

Arrivederci, diabolico signor Box. Al nostro prossimo incontro.

Lo conservai con cura tra le mie camicie. Il pensiero di tornare da una donna come Bella era abbastanza per sostenermi nel pericolo. A quel punto dovevo cercare di risolvere la faccenda di Miracle con la massima rapidità possibile. Non potevo permettermi di mancare all'appuntamento con Quibble. Non credevo che avrei avuto una seconda opportunità.

CIÒ CHE KITTY BACKLASH AVEVA DA DIRE

Un'ora più tardi, l'ispettore Flush mi sorrideva allegro dall'altro lato della sua scrivania.

Eravamo nell'ufficio marrone che sembrava casa sua. C'era un piccolo fornello a spirito nell'angolo e tanto cibo in scatola da indurmi a credere che l'ispettore restasse in ufficio fino a tardi. Poi notai la striscia di pelle bianca sul dito dove una volta c'era un anello. Forse la signora Flush era uscita di scena da poco.

Ero andato a Scotland Yard aspettandomi di essere indirizzato a qualche sottoposto, invece avevo trovato l'ispettore in persona, benché senza colletto e con in mano quella che mi sembrava una tazza piena di brandy.

"Vede," dissi. "È possibile immaginare che la povera signora Knight abbia lasciato il Mechanical Institute e sia stata uccisa altrove, proprio come è possibile immaginare che Christopher Miracle l'abbia ammazzata nel suo bagno."

Flush fece un gesto vago. "Il signor Miracle non è in grado di produrre un testimone che confermi le sue attività tra le nove e mezza e le dieci. Può averla strangolata e lasciata lì per poi andare a gettarla nel fiume."

"E crede che avrebbe tenuto la lezione senza scomporsi?"

"Alcuni assassini possiedono un'eccezionale freddezza."

Sospirai esasperato. "Ma quale sarebbe il movente!"

Flush sorrise soddisfatto ed estrasse dalla giacca una lunga busta color crema. Me la mostrò come un'esca.

"Che cos'è?" chiesi.

"Una copia del testamento della signora Knight. Tra numerosi piccoli lasciti, c'è la somma di cinquecento sterline al suo devoto insegnante di disegno, il signor Christopher Miracle."

"Cosa? Be', ma che importa? Miracle è ricchissimo."

"Tanti hanno ucciso per molto meno."

Gli presi la busta dalle mani e ne esaminai il contenuto. "Hm. Secondo questo ragionamento, si può sospettare anche del marito."

"Il marito?"

"Sì. Gli ha lasciato duemila sterline, una rendita ereditata dal suo primo marito che... a quanto pare lui non riusciva a controllare, mentre la moglie era in vita."

"Il signor Knight è stato visto allontanarsi in carrozza dal Mechanical Institute."

"Può essersi servito di qualcuno per uccidere la moglie."

"Signor Box..."

"Lei l'ha conosciuto, Flush. Anche se il denaro non fosse il movente, lui disapprovava il fatto che la moglie avesse qualsiasi tipo di vita sociale. Quando lei ha iniziato a diventare più sicura di sé e indipendente, l'ha strangolata perché non poteva tollerarlo."

Flush mi lanciò un'occhiata fredda. "Sta correndo con la fantasia. Cosa mi dice del guanto?"

Agitai la mano, impaziente. "È facilissimo rubare un guanto a una signora! E da dove viene il sangue? Il coroner ha detto che è stata strangolata, se non sbaglio."

Flush sembrò riflettere per un momento. "E va bene, terrò a mente le sue teorie, signor Box. Ora, se vuole scusarmi, ho molto da fare. Questo purtroppo non è l'unico caso di cui devo occuparmi."

Mi fece uscire in un corridoio tetro. Sconsolato, con le mani in tasca, mi diressi verso l'uscita. Guardavo i muri ma senza prestare attenzione ai manifesti con le brutte facce dei ricercati attaccati alle bacheche, né alle macchie di fuliggine sui muri sopra le lampade a gas crepate. Non sapevo cosa fare. Era imperativo che partissi subito per Napoli, ma come potevo lasciare Miracle in quella situazione? Dovevo aumentare i miei debiti con Joshua Reynolds e chiedergli di usare la sua influenza? Le mie riflessioni furono interrotte di colpo da una voce rauca.

"Dio! Non farmi del male. Non farmi del male, per favore!"

Mi voltai a sinistra e vidi un agente in divisa scortare fuori una donna. Sembrava una donna delle pulizie, con le gonne blu elettrico tutte scomposte e i capelli spettinati.

"Non puoi semplicemente buttarmi fuori!"

"Vedrai se non lo faccio," rispose il poliziotto.

"Ma riguardo alla mia amica?"

"Tu puzzi di gin. Te l'ho detto, abbiamo cose più importanti da fare che correre dietro ai tuoi amici immaginari. Ora fuori!"

Aprì la porta ed entrò una zaffata d'aria calda. Mentre la porta a molla si richiudeva, la donna gracchiò: "Lui l'ha fatta fuori, lo so! Quel Miracle!"

Drizzai le orecchie e raggiunsi in fretta la porta, che l'agente mi tenne aperta.

"Buonasera, signore."

Risposi con un cenno del capo e uscii nella notte.

La donna si stava rialzando sui gradini.

"Mi scusi, signora," dissi, offrendole il braccio. "Le serve aiuto?"

Lei mi lanciò un'occhiata sospettosa, poi mi afferrò la manica e si tirò su.

"Lasci che mi presenti," sorrisi. "Lucifer Box."

"Kitty," disse lei, deglutendo, nervosa. "Kitty Backlash."

"Non ho potuto evitare di sentire quello che ha detto. Parlava di un miracolo?"

Scosse la testa. "No, di quel signor Miracle. Ho letto la storia sui giornali. L'ha uccisa lui."

"La signora Knight?"

"No, la signora Frenzy!"

"Chi?"

Cosa stava succedendo? Il povero Miracle era accusato di *due* omicidi?

Kitty Backlash sospirò, producendo un suono spiacevole. "Non possiamo andare a bere qualcosa? È una storia lunga e strana, e oggi ho attraversato a piedi mezza città."

"Ma certo. Venga."

Trovammo un pub rumoroso e allegro nella strada dopo. Ordinai due gin per la mia ospite, abbastanza da mostrarle che potevo essere generoso ma senza esagerare, per farmi raccontare la storia finché era ancora abbastanza sobria.

"Ora, signorina Backlash," dissi, sedendomi accanto a lei a un tavolo d'angolo. "Continui pure."

Bevve un sorso di gin e si passò una mano tremante sul viso.

"È difficile pensare con chiarezza, dico sul serio. Ma comincio dall'inizio, se capisce cosa intendo."

La osservai con attenzione. Il suo brutto viso sembrava ancora più brutto, riflesso negli specchi lucenti del pub.

"La mia amica si chiama Abigail Frenzy. Fa la cameriera, o meglio faceva. Lavorava per uno straniero dalle parti di Barnes. Un giorno mi dice: Kitty, ho avuto una gran fortuna. Rispondo, Non farai più la cameriera? E lei ride e dice: Mi è andata bene. Cinque sterline solo per stare seduta e scarabocchiare tutto il giorno."

Drizzai la schiena sulla sedia. "Cosa voleva dire?"

Kitty Backlash si grattò il mento. "Se ho capito bene, il suo datore di lavoro è andato da lei, mesi fa, e le ha chiesto se voleva guadagnare di più. Ora, Abigail non è una puttana, e di sicuro ha pensato che l'uomo avesse idee sconvenienti. Anche se non è più di primo pelo, deve aver fatto una bella faccia. Ma lui ha detto, No, non è niente del genere. Le spiega che si è incapricciato di una signora, ma il marito è un terribile bruto e non riesce mai ad avvicinarla. L'unica volta che lei è sola è quando va a prendere lezioni d'arte giù a Chelsea."

Mi chinai in avanti, tutto orecchie. "Come si chiama il datore di lavoro della sua amica?"

"Non ricordo il nome. Straniero, comunque. Grande e grosso. Italiano."

"Italiano? Perbacco." Fui scosso da un piccolo brivido.

Kitty Backlash vuotò il secondo bicchiere di gin. "Insomma le dice, Ti darò cinque sterline alla settimana se prendi il posto di questa signora per un paio d'ore. Abigail risponde, Sarà mica la mia gemella? Tutti noteranno lo scambio. Lui sorride e dice di non preoccuparsi, perché quella povera anima è sempre nascosta dietro un velo, a causa di terribili bruciature che si è procurata quando era più giovane."

"E cos'ha risposto Abigail a questa curiosa richiesta?"

"All'inizio non voleva saperne, ma poi ha riflettuto che erano tanti soldi per una cosa da niente. Alla fine è sempre questione di soldi, glielo dico io."

"L'ho sentito dire. Continui."

"Niente, accettò il lavoro. Il suo padrone aveva pensato a tutto. La signora veniva all'istituto accompagnata dal marito. Indossava sempre lo stesso vestito viola e un velo. Appena entrata andava in bagno, mi scusi se parlo senza giri di parole, e quella che usciva dal bagno era la mia amica, vestita proprio come lei. Una dentro, l'altra fuori."

“Come le statuine di un carillon,” dissi a bassa voce.

“Esatto! Proprio così. Abigail andava a fare la lezione e la signora ne approfittava per stare un’ora o due con il suo amante.”

“Signorina Backlash,” dissi. “Non so dire quanto sono contento di averla incontrata. Ora mi dica cos’è successo dopo.”

Lei fece un respiro profondo e mi mostrò il bicchiere vuoto. “Difficile parlare, con la gola secca.”

“Avrà tutto il gin che vuole, ma vada avanti con la sua affascinante storia.”

“Un paio di settimane fa è venuta a trovarmi e mi ha raccontato tutto. Ma era nervosa. Pensava che il signor Miracle si fosse insospettito, perché lei non era brava nel disegno. Poi, questa settimana, *puf*, è scomparsa.”

“Non è andata a cercarla nella casa dove lavorava?”

“Certo che sì! Ma quel gentiluomo straniero è in partenza, stanno chiudendo la casa e mi hanno mandata via in malo modo. Sono andata alla scuola, sperando di vedere il signor Miracle, perché forse lui sapeva dov’era finita Abigail. Poi ho sentito che è stato arrestato per omicidio e non sapevo cosa fare, così sono andata alla polizia, ma non vogliono ascoltarmi. Oh, mio Dio.”

“Va tutto bene,” la calmai. “Tutto bene. Oste! Altri due gin a questo tavolo! Mi dica, Kitty. La sua amica aveva per caso… dei segni particolari sulla sua persona?”

Non c’è nulla di più deprimente di una visita all’obitorio della polizia.

Le mattonelle bianche di quella costruzione lunga e bassa brillavano sotto la luce a gas, mentre l’ispettore Flush mi accompagnava dentro. La sala ospitava tre tavoli lunghi, la cui superficie presentava delle brutte macchie, come il ceppo di un macellaio. Solo uno di essi era occupato, quello più lontano dalla porta.

"Ora mi ascolti, signor Box," disse l'ispettore, con la sua voce baritonale. "Non possiamo mostrare i cari estinti a chiunque abbia una teoria sulla loro morte. Finché non mettiamo le mani su chi ha ucciso la signora Knight..."

"La donna su quel tavolo, ispettore," lo interruppi, "non è la signora Midsomer Knight."

Quel commento lo lasciò di stucco. "Ma il marito l'ha identificata," protestò.

"Ha identificato un cadavere gonfio con il viso mangiato dai topi... o tagliato via."

Flush si grattò un orecchio e scosse la testa. "Un marito riconosce la moglie."

"Forse no. Non sono riuscito a sapere i dettagli, ma ho l'impressione che tra i Knight non ci siano mai stati rapporti carnali."

Flush non sembrò contento. "Come lo sa? Ha indagato per conto suo?"

Battei una manata sul tavolo macchiato e me ne pentii immediatamente. Le mie mani sono delicate e non bisogna maltrattarle. "Dannazione, Flush, è importante! Se ho ragione lei qui ha un'altra donna assassinata."

"E chi sarebbe?"

"La signorina Abigail Frenzy."

"Chi?"

"Le spiegherò tutto, ma prima mi lasci vedere il corpo," dissi, esasperato.

L'ispettore sospirò. "E va bene. Ma se è uno scherzo di qualche tipo, le strapperò gli organi vitali, signor Box."

"Occhi e polmoni, se li vuole. Ora procediamo?"

"Spero non sia schizzinoso."

Mi sono sempre chiesto come si finisca a lavorare con i defunti. Chi vorrebbe fare una cosa del genere, se non persone che ne ricavano un'eccitazione morbosa? Come quando un maestro di canto vuole migliorare la voce di un ragazzino, si sospetta sempre un motivo sinistro.

E così un tizio con i capelli rossi e gli occhi sporgenti, alquanto sospetto, tirò indietro il lenzuolo con gusto, come un mago da palcoscenico, scoprendo il cadavere senza faccia.

Gli diedi un'occhiata per fargli capire che non era il caso di divertirsi troppo, e si ritirò accanto a Flush, che aveva assunto un colorito verdastro.

Il corpo apparteneva a una donna sui quarantacinque anni. Il torso era macchiato di viola (il vestito bagnato le si era scolorito addosso, lo capii subito) e i suoi capelli fini erano appiccicati al cranio e trattenevano alcune alghe. I ratti, o una lama poco affilata, non avevano lasciato molto del viso, ormai poco più di un buco sanguinolento. Tutto quel caso sembrava uno studio in rossi e neri.

Mi chinai a esaminare il collo, pieno dei lividi lasciati dalle mani dello strangolatore. Poi voltai appena il cadavere, che produsse un brutto suono ticchettante, come un sacco di coralli sbattuto contro un muro.

"C'è una lente?" chiesi all'assistente.

Lui andò a prenderne una. Me la diede e mi chinai a esaminare le orecchie del cadavere. "Visto?"

"Visto cosa?"

"I lobi non hanno i fori per gli orecchini."

"E allora?"

"La signora Knight li aveva," gridai, trionfante.

"Come diavolo..."

"Mi sono preso la libertà di fare due chiacchiere con il suo affascinante marito. Di recente le aveva comprato un paio di orecchini, come regalo d'anniversario."

Flush arrossì. Continuai.

"Chi ha ucciso questa donna ha avuto anche l'accortezza di distruggerle il viso, per farci credere di avere davanti il corpo della signora Knight."

"Cosa? Aspetti un attimo," disse Flush. "Che diavolo sta dicendo? E chi è questa Abigail Frenzy?"

Tamburellai la lente sul mento. "Il punto è, se questa è la sostituta, dov'è la signora Knight?"

Ricoprii con il lenzuolo l'orrore di quel corpo martoriato.

"Forse è ancora viva!" esclamai, rivolto più che altro a me stesso. "Flush, se vuole venire con me allo Swan With Two Necks, dietro l'angolo, le presenterò una interessante signorina di nome Kitty Backlash. Dopodiché, sono certo che rilascerà senza indugio Christopher Miracle."

Alla fine, dopo aver sentito il racconto di Kitty Backlash, l'ispettore mandò a chiamare il signor Knight. Compiaciuto della mia esibizione, attesi nell'ufficio di Flush che Delilah venisse a prendermi con la carrozza. Kitty mi aveva dato l'indirizzo del datore di lavoro straniero della sua amica. Ora dovevo solo precipitarmi sul posto e fermarlo prima che avesse il tempo di sparire. Non potevo avere l'assoluta certezza di chi fosse, ma avevo i miei sospetti. Qualc italiano grande e grosso, che conosceva Miracle e che avevo incontrato di recente, si stava preparando a chiudere casa e a partire per il continente? Dopo aver arrestato il duca, ero convinto che avrei potuto lasciare il caso nelle piccole mani capaci di Joshua Reynolds, e occuparmi della faccenda dei professori scomparsi.

Riflettendo su tutto questo, riguardai ancora una volta gli effetti personali della signora Knight. C'era il verbale del racconto del viaggio a Chelsea fatto dal marito. C'era il testamento in cui risultava la rendita lasciatale dal primo marito.

"Un libero pensatore," l'aveva definito il signor Knight.

Guardai pensieroso i fogli stampati.

Poi lo notai.

Rilessi le parole quattro volte, prima di ricadere sulla sedia con il gelo nel sangue.

In inchiostro nero sbiadito c'era il nome del primo marito della signora Knight. L'altro uomo nella fotografia dei Quattro di Cambridge.

Maxwell Morraine.

LA BIBLIOTECA DI EMMANUEL QUIBBLE

Alle belle ragazze piacciono i marinai. Ed è una fortuna che gli piacciano anche gli agenti del servizio segreto, perché il sottoscritto non è certo un uomo di mare. Alcuni giorni dopo, mentre gli altri passeggeri osservavano l'ampia curva del porto di Napoli dalla prua della nave *Mandragora*, io ero nella mia cabina, due ponti più in basso, la testa avvolta in un asciugamano bagnato, e facevo la conoscenza ravvicinata di un water.

Sentii bussare alla porta ed entrò un tirapiedi.

"Il signor Box?"

"Mhmhm?"

"Siamo arrivati, signore. Siamo a Napoli, e sono venuto ad avvisarla come mi aveva detto di fare."

"Mhummhmhm!"

"Faccia pure con comodo. Al trasporto ci penso io."

Uscì e chiuse la porta.

Fui trasportato a braccia dalla mia cabina, come un essere malaticcio, e caricato su una carrozza senza nemmeno riuscire a darmi un'occhiata intorno, perché il mio stomaco continuava a rivoltarsi e la testa a girarmi, malgrado fossimo di nuovo sulla terraferma. Premetti un fazzoletto sulla bocca per combattere la puzza dei moli e venni portato fino al mio hotel poco lontano.

Davanti a me sorgeva un edificio di un giallo solforoso, e prima di essere condotto nell'atrio riuscii a vedere il sole caldo e il cielo azzurro. Per un lungo momento restai immobile, ondeggiando nella penombra improvvisa, mentre il portiere si occupava dei dettagli. Presto fui accompagnato all'ascensore e portato su, nel rifugio della mia stanza.

Il ragazzo aprì la porta, entrai e mi lasciai cadere finalmente sul letto. Mentre mi addormentavo, lo vidi abbassare le tapparelle e la luce gialla e accecante scomparve.

Arrivò il sonno, e poi altro sonno.

Sognai bare aperte e uomini di paglia che si alzavano da esse, inseguimenti in carrozza attraverso i paesaggi appesi nello studio di Miracle e un mostruoso reggimento di donne velate, le quali si toglievano le bende macchiate che coprivano loro la testa in un orrido baccanale stile Salomè.

Mi svegliai nella stanza fresca e buia dopo ore che mi parevano mesi. Una delle donne velate sembrava avermi seguito dal sogno e il suo vestito fluttuava nella brezza come un sudario. Poi mi tirai a sedere e mi resi conto che si trattava delle tende.

Mi sentivo molto meglio e avevo una fame tremenda. Sollevai le tapparelle e guardai il porto in basso. M'investì una zaffata d'aria calda e fragrante come incenso. Il tempo, che per quasi tutta la traversata era stato brutto, si era messo al bello, rivelando un glorioso cielo azzurro e un sole forte e salutare. L'ampia strada davanti all'albergo era affollata di carrozze e coppie a passeggio, i parasole bianchi brillavano così forte da far male agli occhi. Poco lontano incombeva il brutto Castel dell'Ovo, sotto le cui fondamenta rocciose magri ragazzini abbronzati, scivolosi come anguille, si tuffavano tra le onde spumose.

Naturalmente il paesaggio era dominato dal grande vulcano, il Vesuvio, una forma fantastica e azzurrina, i pendii più bassi verdeggianti, la cima da cui usciva solo un filo di fumo, come il segnale dal camino del Vaticano per l'elezione di un papa.

Feci un respiro profondo, mi riparai gli occhi dal sole con una mano e con l'altra estrassi l'orologio dal taschino del gilè. Sorrisi, contento. A mezzogiorno avevo appuntamento con Cretaceous Unmann, quindi mi restava giusto il tempo per fare un bagno e cambiarmi. Disfeci i bagagli e sistemai sul comò spazzola per capelli e acqua di colonia. Per ragioni sentimentali avevo portato con me il lanciere di metallo che Bella aveva disegnato quel giorno memorabile. Sarebbe servito a ricordarmi di lei finché quel caso curioso fosse stato risolto, permettendomi di tornare al suo fianco.

Fare un bagno mi aiuta molto a pensare. Con il vapore che saliva intorno alle orecchie, rimuginai sugli eventi appena trascorsi. Come forse avrete indovinato, cari lettori, il datore di lavoro di Abigail Frenzy, nonché la mente dietro la sostituzione di persona, era il duca Tiepolo. Ma quando gli uomini dell'ispettore Flush erano andati a prenderlo avevano trovato la casa chiusa e deserta. Quella faccenda poteva anche essere del tutto scollegata da quella dei professori scomparsi, se non fosse per il fatto che la signora Knight era stata sposata con Maxwell Morraine. Ma come diavolo potevo sbrogliare una matassa tanto ingarbugliata?

Un paio d'ore dopo, splendente in un completo grigio tortora nuovo, scesi al pianterreno e mi buttai nella vecchia Napoli.

La fresca aria di mare e il sole sul viso erano un tonico dopo il fetore Londra, così me la presi comoda e passeggiai nella città affollata. Superai la mezzaluna della chiesa dei Bianchi, poi mi sedetti al caffè Gambrinus, uno splendido faro di stravaganza al quale mi ero appassionato durante la mia visita precedente. Ah, che giovane inesperto ero, a quei tempi. Ricordavo gli abbaglianti interni pieni di specchi, le torte e il caffè nero e amaro, Guy de Maupassant che si lamentava del conto e naturalmente il tentativo di assassinare il principe di Galles, sventato grazie a una meringa avvelenata (era stato uno dei miei primi trionfi).

Il caffè dava sul teatro dell'opera e su una piazza brulicante di vita. Un sorridente venditore di gelati reclamizzava ghiaccioli a pochi metri da me, la bocca piena di denti marroni. Monelli sudici che ridevano istericamente, fastidiosi come zanzare, molestavano i turisti. Su tutto si poteva udire qualcuno che nel teatro studiava un'aria d'opera, un meraviglioso baritono che si mescolava alla perfezione con l'odore di panini freschi e caffè.

Presi il vecchio libro che mi aveva inviato Miracle per adescare il professor Quibble, e avevo appena ordinato un *pressé* a un cameriere grasso in grembiule immacolato, quando arrivò Unmann. Mi salutò, prese una sedia e mi diede una stretta di mano debole come quella di un neonato. Unmann era quello che si potrebbe definire un insipido naturale.

"Signor Box, come sono contento di vederla! Joshua Reynolds mi ha telegrafato avvisandomi del suo arrivo. È sulla pista dell'assassino di Poop, immagino."

"Forse sì. Ha rintracciato la carta su cui è stato scritto il messaggio?"

"Sì. 'K al C.V.' era scritto sull'ottima carta intestata dell'hotel Vesuvio."

"Ma Poop abitava in città. Cosa ci faceva in albergo?"

Unmann scrollò le spalle. "Non ne ho idea. Forse teneva d'occhio qualcuno?" Si fregò le mani, eccitato. "Ma mi permetta di farle da guida, signor Box! Userò ogni briciola delle mie conoscenze..."

"I suoi contatti saranno essenziali, Unmann," dissi, sorseggiando il mio *pressé*. "Mi interessano le attività di una donna e di suo marito. Hanno vissuto qui negli anni settanta."

"Capisco." Prese matita e taccuino. "I loro nomi?"

"Signor Maxwell Morraine e signora."

Scrisse tutto con cura. "Ha a che fare con la morte di Poop?"

"Non ne sono ancora sicuro. Ma penso che la persona che l'ha ucciso voglia uccidere anche me."

"Mio Dio!"

"Hanno già attentato due volte alla mia vita," dissi, con studiata naturalezza. Gli feci un rapido resoconto dell'inseguimento in carrozza finito nel cimitero e dell'incidente con il millepiedi velenoso. Omisi l'aggressione di Pugg nel bagno turco.

"All'inizio pensavo che non fossero collegati a questo caso, ma ora non ne sono più tanto sicuro. Non erano aggressioni casuali e sono certo che ci riproveranno, stavolta con maggiore astuzia. Anche lei deve essere preparato ad affrontare gravi pericoli." Serrai la mandibola in un'espressione ferma.

"Buon Dio," sussurrò Unmann.

Quel povero diavolo si era bevuto le mie parole. Speravo fosse abbastanza per convincerlo a non mettersi in mezzo. Era quel genere di utile idiota che rappresenta il fondamento della diplomazia, ma davvero era *questo* il meglio che si riusciva a trovare, oggigiorno? Se il re Edoardo avesse avuto idea di quello stato di cose, si sarebbe tolto *un altro* bottone dal gilè.

"Inoltre ho bisogno di sapere se un uomo noto come duca Tiepolo è rientrato di recente in Italia."

Unmann smise un attimo di prendere appunti. "In modo illecito?"

"Direi di sì. È stato esiliato dal nuovo governo. Tiepolo ha qualcosa a che fare con il nostro caso."

Schioccai le dita e ordinai un caffè anche per lui. Quando arrivò, lo bevve in un solo sorso.

"E per finire," continuai, "mi servono tutte le informazioni che riuscirà a trovare sull'impresa di pompe funebri di Thomas Bowler, che opera a Londra e qui a Napoli."

Unmann annuì, scarabocchiando in fretta sul suo taccuino.

"Vuol restare a pranzo?" domandai, sentendo brontolare lo stomaco.

"Non posso," rispose. "L'ufficio è un disastro, e devo ancora smistare tutte le carte di Jocelyn. Una grande responsabilità, aver preso il suo posto. Le farò avere le informazioni che ha chiesto appena possibile, signor Box. Le manderò un telegramma al Santa Lucia se ci sono novità. Ora devo scappare." Guardò il libro destinato a Quibble. "Lettura per le vacanze, eh? Posso chiedere..."

"Non può. Top secret." Gli rivolsi il mio ampio sorriso. "Buona giornata."

Con un cenno del capo, Unmann si allontanò. Dopo un po' ordinai uova strapazzate e salsiccia piccante e dedicai la mia attenzione al libro. Era una specie di romanzo, da quello che potei capire. E doveva essere molto prezioso, per suscitare l'appetito del famoso sir Emmanuel Quibble.

Secondo le mie ricerche, lo studioso era sempre stato un uomo eccezionalmente dotato. Aveva dimostrato grande talento per la musica e le arti prima di rivolgere la mente alla scienza, alla veneranda età di sette anni, dopo aver condotto un esperimento con un tordo e un tubo a vuoto. Purtroppo, pochi anni dopo una caduta da cavallo gli aveva causato un problema alla spina dorsale che l'aveva confinato per sempre su una sedia a rotelle. La sua cattiva salute era diventata una specie di mania, e ora si diceva che prosperasse sulla sua reazione allergica al Diciannovesimo (no, continuo a dimenticarmene), al Ventesimo secolo. Negli ultimi anni si era ritirato del tutto dalla vita attiva, si era trasferito in Italia e si compiaceva della sua biblioteca senza pari di letteratura arcana. Ora mi era stato concesso il raro privilegio di entrare nel suo santuario. Cos'avrei trovato?

Restai seduto a occhi chiusi, ascoltando il canto attutito che risuonava sotto il sole. Come amavo l'Italia! Il calore mitigato dall'aria salmastra, le libellule che volavano sopra le tovaglie bianche inamidate. Notai una donna seduta pochi tavoli più in là. Mi dava le spalle e ne approfittai per bearmi della sua squisita carrozzeria.

Indossava uno splendido vestito giallo canarino, con un colletto alto e trasparente che le stringeva la gola. I capelli erano nascosti sotto il bordo di un enorme cappello ovale. So bene che poche cose sono ingannevoli come una persona vista di spalle. Quante volte avete notato, a teatro o in metropolitana, una donna il cui collo di cigno ha stimolato in voi una lussuria incondizionata? Solo per scoprire, non appena si è chinata per leggere, allacciarsi una scarpa o scendere le scale, che la faccia sembrava quella di una pescivendola della Transilvania.

Ordinai un tè al limone e restai con il mento appoggiato su una mano contemplando la graziosa donna che da un momento all'altro si sarebbe voltata e avrebbe così rivelato il viso di una gorgone.

Anche lei sembrava ascoltare il canto, con la testa inclinata, attenta. Immaginai che stesse sorridendo. Alla fine si spostò sulla sedia e il sole le illuminò il viso.

La mia tazza sbatté sul piattino.

Era Bella Pok.

Mi alzai e le andai di fronte, sollevando il cappello. Lei si riparò gli occhi con una mano e mi sorrise come se ci fossimo incontrati per caso al Café Royal.

"Lucifer!" esclamò. "Che bellezza! Pensavo di dover girare tutta Napoli per trovarti, e invece eccoti qui."

Indicò una sedia e mi sedetti. "Non si tratta di una coincidenza, immagino."

"Nemmeno per sogno," disse, con un sorriso. "Non puoi aspettarti che una ragazza torni alla sua triste vita quotidiana dopo essere stata coinvolta nell'avventura del signor Miracle. Qualunque cosa stia succedendo, voglio farne parte. Ti prego, di' che mi prenderai con te!"

Sono proprio le parole che uno spera di sentire da una donna come lei.

Tuttavia scossi la testa. "Non sta succedendo nulla. Come ti ho detto, qui a Napoli ho degli affari in corso e spero che mi resti il tempo di fare qualche schizzo. Sai quanto è importante per noi imbrattatele restare in esercizio."

Lei mi fissò con freddezza. "Non deludermi," disse.

Sospirai. "Temo di doverti scortare al tuo hotel. Poi ti metterò sulla prima nave per l'Inghilterra."

"Non mi *metterai* proprio da nessuna parte."

"Bella..."

"Voglio stare al tuo fianco, Lucifer!"

"Non se ne parla!" scattai.

"Ma se non c'è nulla da temere, perché no? Sono così imbarazzante, per te?"

"Certo che no."

"Allora?" Sospirò e sembrò come accasciarsi sulla sedia, il bordo del cappello che eclissava il sole abbagliante. "Cosa devo fare per convincerti?"

Alla fine non dovette fare molto. Il fatto è che ero tremendamente infatuato di lei e il coraggio con cui mi aveva seguito a Napoli me la rendeva ancora più cara. Bevemmo un kir o tre, lei perorò la sua causa, e alla fine riuscivo solo a pensare al suo bel viso luminoso e alla bocca invitante che desideravo tanto baciare.

"E va bene," cedetti, alla fine. "Se vuoi davvero restare, sei la benvenuta. Ma non sono in vacanza. Dovrai scusarmi se mi capiterà di scappare via nei momenti meno opportuni."

"Ma certo."

"Ora posso accompagnarti al tuo hotel?"

Alloggiava, tra tutti i posti possibili, proprio al Vesuvio. Ci accordammo per vederci lì il giorno dopo e tornai al Santa Lucia fischiettando, se proprio volete saperlo.

Be', lei mi avrebbe certamente aiutato a distrarmi dalle preoccupazioni del caso. Il pericolo era che ci riuscisse fin troppo bene. Avevo del lavoro da fare a Napoli. Non era una luna di miele.

Mi vestii per la cena, poi fermai una carrozza e berciai l'indirizzo di Quibble nel mio italiano-sempre-perfetto. Perché, chiaro, sono un maestro nelle lingue straniere. Oltre all'italiano parlo un po' di francese, un po' di tedesco e un latino zoppicante. Sono anche piuttosto bravo a parlare americano.

Aggiunsi un "Subito!" e partimmo lungo i ripidi pendii della città vecchia verso Capodimonte.

Il tempo si era messo al brutto per la serata. La carrozza fendeva una nebbia appiccicosa che avvolgeva palazzi dalla vernice scrostata, mentre salivamo sempre più in alto. L'umidità era così spessa che il traffico sembrava quasi immobile. Il rumore degli zoccoli sui ciottoli era attutito, come fosse un funerale.

Salimmo ancora un po', la nebbia si disperse e rivelò campagne verdeggianti piene di ulivi, poi finalmente la carrozza si fermò. Sei o sette piccoli villini circondavano una villa più grande, come maialini intorno a una scrofa morta.

Doveva essere un posto triste anche nei momenti migliori, ma in una serata opprimente come quella sembrava funereo. Dissi al vetturino di aspettare e percorsi un sentiero soffocato dalle erbacce fino al cancello. Il ferro battuto era avvolto dai rampicanti, come se una folla inferocita fosse stata trasformata da un incantesimo in una massa di vegetazione marcia di pioggia.

Tirai la corda del campanello e mi passai un dito nel colletto rigido.

Poco dopo il cancello si aprì, cigolando e sussultando su un tappeto di foglie morte.

"Buonasera," dissi all'anziano maggiordomo che emerse a un lato del cancello.

"Buonasera a lei. Il signor Box, vero? Sir Emmanuel la sta aspettando."

"Lei è inglese?"

"Naturalmente. Tutto il personale lo è. Mi chiamo Stint. Posso consigliarle di allentare un po' gli abiti?"

"Come, scusi?"

"Dentro fa un po' caldo," spiegò con voce ansimante.

Sembrava una colonna di fumo in livrea. Occhi chiari, viso pallido, capelli e baffi bianchi. Con mia grande sorpresa, notai che sotto l'uniforme consunta non indossava la camicia.

Aprì la porta con un calcio, per sbloccare il legno gonfio di umidità. Mi scortò lungo un corridoio soffocante con i fiori colorati della tappezzeria sbiaditi fino a essere diventati di un grigio tetro. Accatastati lungo i muri, con le rilegature in tela consunte dall'età, c'erano centinaia di libri.

"È... piuttosto buio, Stint," dissi alla fine, togliendomi la giacca.

"Non ci sono lampade." Scosse la testa, dispiaciuto. "A sir Emmanuel non piace la luce, capisce? Sto cercando di persuaderlo ad apprezzare le virtù dell'elettricità, ma credo che quel giorno non arriverà mai, come si dice."

Entrai in una stanza, anche quella piena di libri. Coprivano le pareti, riempivano il pavimento ammucchiati negli angoli in ombra. Una tale massa di vecchia pelle e dorature sbiadite avrebbe dovuto dare alla stanza un'aria allegra, ma il fuoco che ardeva nel caminetto la trasformava in una serra.

Le fiamme illuminavano la figura di Emmanuel Quibble, vestito di nero come un ragno gigantesco. L'impressione era rafforzata dai numerosi leggii che sporgevano dalla sua sedia a rotelle su sostegni telescopici, per permettergli di consultare anche otto o nove volumi alla volta.

Con una mano blu come porcellana cinese, avanzò sulla carrozzina. L'altra mano, inevitabilmente, stringeva un libro posato sulla coperta che gli copriva gambe. Doveva avere poco più di sessant'anni, ma ne dimostrava il doppio. I capelli radi erano di un biondo traslucido, come se gli avessero incollato alla testa della paglia vecchia. Intorno alle labbra aveva un alone rosso e irritato, dovuto all'abitudine di leccarsele di continuo. Gli occhi erano pressoché invisibili, dietro un paio di pince-nez antichi, sudici e dalle lenti spesse come fondi di bottiglia.

Vedendomi ridacchiò e mi tese la mano. Afferrai con delicatezza le nocche che parevano mele avvizzite.

"Sir Emmanuel," tubai. "È un onore."

"Certo che lo è. Lucifer Box, giusto? Mai sentito nominare. Lei è un pittore, se non sbaglio," disse, aggiustandosi gli occhiali sul naso. "Di solito non ricevo visite, ma mi è stato detto che lei ha qualcosa che potrebbe interessarmi. Prego, si accomodi. Non faccia caso ai libri. Li sposti pure. C'è un comodo spazio lì, vicino ai *Racconti di disavventure chirurgiche* di Bleasdale. Sì, proprio lì."

Mi sedetti su una sedia accanto al fuoco scoppiettante.

"Ha freddo?" mi chiese all'improvviso.

Stavo già sudando orribilmente. "Sto bene così, grazie."

Quibble scosse la testa, cupo. "Qui dentro è come una tomba. Non riesco mai a scaldarmi. La servitù si lamenta che l'aria è soffocante, ma come possono opporsi a un fuoco in dicembre!"

"Siamo in luglio, signor Quibble," azzardai.

"Sul serio?" si produsse in una risatina isterica, sfoggiando denti minuscoli. "Forse ho il sangue troppo freddo. I miei medici mi dicono che ho la pelle sottile."

Sorrisi, indulgente. "Mi chiedo perché non si fa rilegare."

"Cosa?" Mise una mano a coppa intorno all'orecchio.

"Dovrebbe farsi fare una rilegatura, sir Emmanuel," gridai. "Come un libro della sua famosa collezione."

La battuta gli piacque e fece un'altra risatina. "Ottima idea! Conosco le persone giuste per questo lavoro. Grindrod e Spicer, a Camden Town. Vediamo. Hmm." Tese le braccia secche davanti a sé e le guardò con attenzione, come valutando le misure di un vestito. "Sì, cartone blu con finiture in pelle di vitello. E credo che dovrei essere conservato proprio sopra la sua testa, signor Box, tra *Patologia del gozzo* di Patterson e *Il movimento rabelaisiano.* Posso offrirle un madeira? No? Allora mangiamo."

Suonò una campanella di vetro. Sollevai la borsa di pelle e presi il libro che mi aveva inviato Miracle. Quibble lo adocchiò, avido.

"Che cos'è? Mi faccia vedere."

Sollevai il volume e lo tenni alla luce del fuoco. Il titolo brillò come oro liquido.

Quibble fece un gridolino e corse verso di me sulla sedia a rotelle.

"È proprio lui? Può essere? *Daniel Liquorice!*"

"È lui."

Glielo porsi e lo afferrò con mani tremanti. "Credo sia piuttosto raro," commentai.

"Raro?" Quibble tremava di piacere. "È praticamente unico. *Daniel Liquorice!* Nelle mie mani!"

Lo aprì con grande cura e lo sollevò verso il viso occhialuto. "'Un racconto del viaggio di un gentiluomo nelle Indie orientali di sua maestà,'" lesse. "Il capolavoro perduto di Heggessey Todd! Dove l'ha trovato, signor Box? Dove?"

Si agitava sulla carrozzina come un grosso neonato e muoveva la lingua in piccoli cerchi sulle labbra.

"Ho le mie fonti," dissi, per incuriosirlo ancora di più. "Forse durante la cena troveremo un accordo."

"Sì, sì! Naturalmente. Lei deve mangiare."

Suonò di nuovo la campanella con piglio urgente. Un servitore si presentò alla porta. Quibble abbaiò degli ordini, poi si rivolse di nuovo a me.

"Signor Box, le dispiace?"

Con un gesto della mano scheletrica indicò la carrozzina. Mi alzai e lo spinsi fino alla sala da pranzo.

Dietro altre pile malferme di libri si vedevano i ritratti di quelli che sembravano gli antenati di Quibble. Gli occhi dipinti fissavano l'osservatore in una supplica muta, come se i loro proprietari fossero sul punto di annegare in un mare di carta ingiallita.

Spinsi quell'uomo rinsecchito fino a un capotavola, dove si sistemò cullando tra le braccia il libro come se fosse un bambino. "Dica il suo prezzo, signor Box. Sogno di possedere questo libro fin da quando..."

"Non voglio denaro, sir Emmanuel," mormorai. "Ma informazioni."

"Informazioni?"

Andai al capotavola opposto, dove un servitore tirò indietro la sedia. Come Stint, indossava una livrea ammuffita con una patina di polvere sui bottoni d'argento e le spalline. Era un giovane alto, con il viso liscio come un ciottolo di fiume e i capelli cortissimi. I suoi occhi erano di un azzurro profondo sotto le sopracciglia nere come segni tracciati con il carboncino.

Scoprì la zuppiera e posò il coperchio accanto a me, con uno sguardo che posso descrivere solo come impudente. Sorrise.

"Buonasera," disse, versandomi nel piatto della zuppa di barbabietole. La voce era velata, tabaccosa. Un'altra reliquia della vecchia Inghilterra.

"Buonasera," risposi.

Si chinò fino ad accostare il viso al mio. Odorava di miele. "Charles Jackpot, signore."

E a un tratto, che io sia dannato, mi strizzò l'occhio. "Ma può chiamarmi Charlie."

UN *DERRIÈRE* LONDINESE

Non dissi nulla e mi concentrai sulla zuppa.

Era passabile, niente di speciale. Poi fu servito un salmone in crosta e dopo che il mio nuovo amico Jackpot ebbe portato via i piatti, fu il turno di una splendida anatra. Chiaramente, Quibble era impermeabile alla cucina italiana.

Evitai di usare il tovagliolo sporco e mi leccai le dita, mentre il cameriere ritirava i piatti. Non parlava, si limitava a fissarmi con sguardo sfacciato. Nel bagliore del fuoco, aveva il viso di un santo rinascimentale. Era snervante.

Mi schiarii la voce, tolsi la polvere da un bicchiere di cristallo e mi versai una dose generosa di vino. Seguii con lo sguardo Charles Jackpot che tornava in cucina.

Quibble girò una pagina del libro. "Ora parliamo d'affari, va bene? Non avrò pace finché non saprò che questo libro è mio. Il tempo e le maree, come sa, non aspettano nessuno."

Allungò il collo e gettò un'occhiata nell'altra stanza, come se non sopportasse di restare separato troppo a lungo dalla sua biblioteca. "Se vuol sapere di preciso quanto aspettano, ho un volume sull'argomento. Credo si trovi tra *Sui pericoli della bicicletta* e *Coproliti del permiano*." Si leccò le labbra, coprendo di saliva le screpolature. Tossì, un suono come di carta che bruciava in un forno.

"Dove... dove l'ha trovato?"

"Era tra... gli effetti personali del professor Frederick Sash."

Quibble drizzò la testa. "Effetti? Non è mica morto, vero? Sash, voglio dire."

Annuii. "E il suo corpo è stato rubato. Insieme a quello di un altro personaggio che appare in questa vostra foto insieme: Eli Verdigris." Gli allungai la foto.

"Anche Verdigris? Come?"

"Resta un mistero sul quale sto indagando. E credo che lei possa essermi di grande aiuto."

Quibble fece un sospiro pesante. "Qui non vengo mai a sapere nulla. A volte penso sia stata una follia lasciare la madrepatria, ma lì non riuscivo a combinare nulla. Troppe distrazioni! Il mio grande fardello è il lavoro. Ci sono tante cose che sono chiamato a fare." La lingua agitata girò intorno al buco bagnato che era la sua bocca.

"Cosa può dirmi dell'altro uomo nella foto, Maxwell Morraine?"

"Morraine*?*"

"Sì. Di sicuro saprà che è morto qui, alcuni anni fa."

Il vecchio mi fissò con uno sguardo malevolo. "Chi è lei? Perché mi ha portato questo libro come se fossimo al mercato delle vacche? Qual è il vero motivo della sua visita, eh?"

Mi agitò in faccia la fotografia, la bocca avvizzita contorta in un ringhio. "Vuole riportare a galla tutta quella storia!" gridò. "Be', niente da fare, ha capito? Lasci che i morti riposino in pace."

"Quando dice 'tutta quella storia' a cosa si riferisce?"

Afferrò la campanella di vetro e cominciò a suonarla così forte da rischiare di romperla.

Scattai in piedi. "Mi perdoni, sir Emmanuel, ma sono convinto che lei sia in grave pericolo..."

"Stint!"

La porta si aprì, incorniciando il servitore pallido. "Signore?"

Quibble si contorceva sulla carrozzina, scuotendo la testa bulbosa e di conseguenza i tentacoli reggilibri. I suoi capelli sparsi ricaddero dietro le orecchie. "Accompagna fuori quest'uomo! Non permettergli mai più di entrare in casa mia."

"Sir Emmanuel, la prego..." iniziai.

Stint apparve accanto a me. "Se non le dispiace, signore."

"Credo che un segreto sepolto da molto tempo minacci la sua vita, sir Emmanuel, e quella di un mio amico di animo nobile. Per favore, mi aiuti a trovare..."

"Fuori!"

Fui scortato di nuovo attraverso i corridoi bui e praticamente buttato fuori nella notte umida.

Non era andata molto bene, sembrava.

Il vecchio Stint scosse la testa, dispiaciuto. "Le chiedo scusa, signore. Non ho mai visto il padrone così sconvolto."

"Stint," dissi in tono serio. "Ho ragione di credere che la vita di sir Emmanuel sia in grave pericolo. Lo sorvegli da vicino e mi contatti se dovesse notare qualsiasi cosa sospetta. Mi ha capito?"

Annuì.

"Alloggio all'Hotel Santa Lucia. Ricordi, *qualsiasi* cosa sospetta. E dica al suo padrone che il libro glielo regalo. È un pegno della mia buona fede."

Spinsi il cancello cigolante e tornai nel vialetto d'accesso. L'aria adesso sembrava piacevolmente fresca, dopo il caldo torrido in casa di Quibble. Mi stirai e feci un respiro profondo, prima di avviarmi verso la carrozza in attesa.

A un tratto, tuttavia, udii il rumore di un fiammifero sfregato su una superficie ruvida e poi vidi un punto di luce ambrata nell'ombra: qualcuno aspirava il fumo di una sigaretta.

Tornai verso il cancello e non fui troppo sorpreso di vedere dall'altro lato il servitore Jackpot. Mi sorrise, la sigaretta s'inclinò verso l'alto e strinse gli occhi azzurri contro le volute di fumo.

"Buonasera," borbottò.

Toccai il bordo del cappello con le dita e feci per tornare verso la strada.

Lui si guardò intorno, poi spinse il viso contro le sbarre e parlò in un sussurro urgente. "Se vuol vedere una cosa importante, signor Box, troviamoci in città. Domani a mezzanotte."

"Trovarci? Perché?"

"Via Santa Maria di Costantinopoli. La casa con la luce cremisi. Non se ne pentirà."

Adesso era il mio turno di sorridere. "No? E cosa puoi avere che possa interessarmi?"

La sua risposta mi lasciò di sasso per un paio di secondi. Fece un passo indietro e con pollice e indice di una mano formò un semicerchio.

Prima che avessi il tempo di reagire sollevò due dita dell'altra mano. Compresi il messaggio. Una "C" e una "V".

Annuii.

Lui gettò la sigaretta nel buio. "Mezzanotte. Domani."

E scomparve.

Il giorno dopo, come d'accordo, passai a prendere Bella Pok al suo albergo. Il sole ci aveva abbandonati e il cielo minacciava tempesta; inoltre un vento lamentoso echeggiava dappertutto. Dopo colazione, su sua insistenza, prendemmo un calesse a due ruote per fare un giro sulla strada costiera, finché raggiungemmo la pianura che si stendeva fino ai piedi del grande vulcano, il cui picco era quasi invisibile nella nebbia giallastra.

Bella aveva una gran voglia di prendere la famosa ferrovia funicolare, costruita con grande ingegno e non poco coraggio, che saliva lungo il pendio del vulcano e terminava poco prima del cono con il cratere.

"Sono sicuro che esistono modi più interessanti di passare il tempo," le dissi, sfoggiando il mio ampio sorriso.

Bella mi toccò un braccio con la mano guantata. "Ma non lo trovi affascinante, Lucifer? Quest'energia ribollente sotto i nostri piedi, la lava infuocata in attesa dell'occasione per eruttare?"

Sì, era affascinante. Ma in quel momento non era alla lava infuocata del Vesuvio che stavo pensando.

Alle falde del pendio c'era una piccola stazione che sembrava un fortino nel deserto, il tetto piatto coperto di polvere vulcanica. Acquistai i biglietti e aspettammo, mentre il vento soffiava mulinelli di polvere e vecchi giornali tra i piedi dei viaggiatori. Quando un grosso orologio batté le due salimmo sul trenino angusto. Il sole si rifletteva sui cavi che si stendevano verso l'alto fin quasi alla cima del vulcano.

La carrozza, costruita in modo curioso e simile a una rampa di scale semovente, era mezza vuota. Bella si sedette su uno dei gradini, guardando fuori dal finestrino sporco con curiosità eccitata. Accanto a noi c'erano una donna anziana che lavorava a maglia e due ragazzi americani, in pacchiani completi a scacchi e con grandi cappelli, che proclamavano ad alta voce la bellezza maestosa di quella montagna, anche se dal treno vedevamo solo cenere untuosa. Mentre risalivamo il pendio spoglio, sopra il treno si addensavano nubi solforose che producevano sui vetri una condensa tossica.

A un tratto notai un giovane seduto sul gradino sopra il mio. Con una rapida occhiata vidi un bel completo nero e lunghi capelli ramati. Aveva grandi occhi castani, il naso camuso, come se lo tenesse premuto contro un vetro. Sollevò il cappello e fece un gran sorriso.

"È impressionato?" domandò.

Non capii se intendesse dal vulcano o da lui.

"Molto," risposi.

Bella alzò lo sguardo e il giovane sorrise.

"Mi scusi, lei è il signor Box, vero?"

Annuii.

"Io mi chiamo Victor," disse, tendendo la mano guantata. La strinsi e gli presentai Bella.

Lui le baciò la mano. "Il nostro comune amico, il signor Unmann," continuò, "si scusa e la prega di accettare me come guida al suo posto."

"Ah," dissi, perdendo ogni speranza di ricevere utili informazioni dal mio cosiddetto uomo sul campo.

"Lei conosce bene il vulcano?" chiese Bella.

Il giovane fece un respiro profondo, nonostante l'aria nociva. "Per me il Vesuvio è come una droga. Non riesco a non venire su questi pendii appena ne ho l'occasione, anche se vivo qui a Napoli."

"Sì," commentai, tossendo. "Dà proprio alla testa. Conosce il signor Unmann da molto?"

"Oh, siamo... come si dice? Vecchi compari. Ora mi dica, dopo essere saliti e scesi dal Vesuvio, che è come un duca vecchio e rispettato, cosa vi piacerebbe vedere? Napoli è una città entusiasmante."

Bella iniziò a nominare praticamente tutte le chiese della città, e mi sentii sollevato quando il controllore gridò "Siamo a destinazione!" e la carrozza si fermò scricchiolando nella stazione più alta.

Victor si alzò agile e ci aiutò a scendere, in una nuvola

di vapore pieno di cenere. Non ero contento che quell'italiano invadesse il mio pomeriggio con Bella e progettai di liberarmi di lui non appena fossimo scesi alla stazione della funicolare in basso.

Mettemmo piede sul nero suolo vulcanico. Bella guardò a terra e sollevò un piede.

"Ti senti bene, mia cara?" domandai.

Sorrise. "Sto giusto controllando che le scarpe non vadano in combustione spontanea."

A soli trecento metri dal punto in cui eravamo, l'immensa caldera del vulcano brillava di una luce arancione e dalla roccia bollente si sollevavano volute di fumo bianco. Il calore era così forte che sentivo ritrarsi i peli delle mani. Perché non avevo pensato a portare dei guanti? Il sole napoletano mi stava già procurando un'abbronzatura da marinaio.

Voltai le spalle a quel forno. Victor restò immobile e scosse la testa, meravigliato. "Che splendore!"

"È tranquillo da un po' di tempo, giusto?" chiesi.

Sorrise. "Un gigante dormiente."

"Ma è improbabile che presto si agiti nel sonno, vero?"

"Non si può mai dire," trillò, tutto allegro. "Coraggio, avviciniamoci di più."

Fece strada. Era facile individuare i torrenti di lava più recenti, pietrificati tutto intorno a noi. Schermai gli occhi dal bagliore ribollente.

Victor chiuse i suoi. Refoli di fumo lo avvolsero come vipere fantasma e restammo fermi per qualche secondo in quel paesaggio annerito. Bella salì su un grande masso squadrato e indicò la pianura verdeggiante. "Cos'è quello?"

Molto più in basso di noi si stendeva un gruppo di edifici biancastri, dispersi nel verde come il gioco di costruzioni di un bambino.

“Quella è Pompei,” disse il giovane. “Osservatela bene, se volete comprendere il potere tremendo che si annida nelle viscere della terra.”

Restammo ancora un po’ tutti e tre a chiacchierare in cima al Vesuvio. Bella sembrava entusiasta della nostra nuova conoscenza, ma io ne ero stranamente infastidito. Forse per colpa dell’imminente appuntamento con il misterioso Jackpot. Ad ogni modo, fui lieto di risalire sulla funicolare e iniziare la discesa a valle.

Bella notò la mia preoccupazione.

“Sembri turbato, Lucifer,” disse, avvicinandosi a me nel vapore.

Le diedi un buffetto sulla mano. “Perdonami. Oggi non sono a mio agio nella mia pelle, se capisci cosa intendo.”

Lei annuì, sorridendo. “Che peccato. È una pelle così bella.”

Ci guardammo negli occhi per un attimo, blu nel verde. Avevamo tutta la sera davanti a noi. Era forse un invito?

Ma a un tratto, ogni pensiero di un’allegra serata con lei scomparve dalla mia mente. Quando la funicolare arrivò alla stazione, guardando tra la folla assiepata all’uscita notai una figura imponente, in giacca nera pesante e cappello. Gli occhiali dalle lenti color indaco davano al suo viso l’aspetto di un teschio.

“Mio Dio!” ansimai. “Tiepolo!”

Corsi verso la porta della carrozza e battei una mano contro il legno, mentre il veicolo finiva la lunga frenata.

“Cosa succede?” chiese Bella, preoccupata.

Allungai il collo e vidi il corpo da orso del duca Tiepolo sparire tra la folla.

“Scusami, Bella!” urlai, aprendo la porta. Mi voltai e dissi a Victor: “Sarebbe così gentile da riaccompagnare la signorina all’Hotel Vesuvio? Ora non ho tempo di spiegare!”

Ebbi una fuggevole percezione della faccia confusa di Bella e del giovane che si toglieva il cappello, mentre mi immergevo tra la folla dei turisti. Seguii Tiepolo finché lo vidi salire sul sedile posteriore di un'automobile costosa, che partì subito sollevando una nuvola di polvere gialla.

Tornai al Santa Lucia e indossai un abito da sera per il mio appuntamento con Jackpot. Indirizzai un biglietto frettoloso a Bella, poi uscii e andai a bere un paio di kir in un accogliente caffè vicino al porto. Il duca Tiepolo era a Napoli! Doveva avere un motivo più che valido per rischiare la cattura. Ma qual era il suo collegamento con la signora Knight, il suo primo marito Morraine e, di conseguenza, con il gruppo dei professori? Ero ormai certo che il vecchio Quibble fosse in pericolo. Quello che non capivo era come mai, se Napoli era il punto d'origine di quel mistero, non lo avessero già fatto fuori. Forse era *lui* la fonte del pericolo? Eppure la sua reazione quando aveva saputo della morte dei vecchi colleghi mi era sembrata autentica. Non mi dava l'idea di un simulatore. "Vuole riportare a galla tutta quella storia!" aveva gridato. Ma quale storia? Unmann non mi aveva ancora detto nulla sugli affari della strana ditta di pompe funebri, ma ora almeno avevo una specie di pista da seguire. Il giovane Charlie Jackpot sembrava sapere qualcosa. Mi rimisi il cilindro in testa e mi diressi verso il cuore della città vecchia.

Il frinire continuo dei grilli mi tenne compagnia mentre percorrevo il Decumano Maggiore, illuminato da lampioni a gas e con i ciottoli consumati da secoli di traffico.

La casa in via Santa Maria di Costantinopoli si distingueva dalle case basse e misere lì intorno solo per la luce rosso rubino sopra l'architrave. La fiamma a gas dietro il paralume vacillava come un occhio lacrimoso.

Scesi i gradini che conducevano alla porta. Non c'era né un batacchio né un numero civico. Sollevai la mano per bussare, ma la porta si aprì come di propria volontà. Non tremate, lettori, questa non è una storia di fantasmi! Chiunque ci fosse dietro la porta era certamente umano.

In realtà devo correggere subito questo commento, perché ciò che apparve dietro la porta sembrava una scimmia. Alla luce giallastra del gas vidi pareti con una tappezzeria malandata e macchiata di umidità, e la figura ingobbita di cui sopra: un uomo strano, con braccia lunghissime, vestito di velluto verde. I capelli a spazzola con la scriminatura nel mezzo puzzavano d'olio.

Inclinò il viso pallido da un lato, con aria interrogativa. Cosa dovevo dire? Chiedere se il suo padrone era in casa?

Mi tolsi il cilindro con tutta la noncuranza possibile. "Credo che un mio giovane conoscente mi stia aspettando. Siamo vecchi amici e non parlo con lui da un certo tempo. Mi chiedevo..."

La strana creatura non sembrava interessata alla mia storia. Si ritirò in fondo al triste ingresso, annuendo in modo assente, e scostò una tenda sporca.

Atteggiò a un sorriso la bocca che sembrava una ferita aperta. "Sì, sì, un ragazzo."

La sua affascinante conversazione tuttavia mi fu risparmiata, perché dietro la tenda apparve Jackpot in persona. Indossava giacca e pantaloni alquanto trasandati, entrambi troppo grandi per lui. I pantaloni erano tenuti su da una larga cintura marrone e terminavano una decina di centimetri sopra le caviglie, coperte da calzini a righe. Per contrasto, la camicia senza colletto sembrava pulita e portava un bocciolo di rosa bianca sul bavero.

"Buonasera," mi salutò.

Gli feci un breve inchino.

Lui sorrise, allargando le labbra grandi fino a far comparire le fossette sulle guance. "Non vuole entrare?"

Indicò verso il buio, e lo seguii senza dire una parola. Il piccolo portiere scomparve nella penombra, come se fosse tornato a fondersi con la carta da parati da cui era uscito.

Fui condotto in una piccola stanza squadrata, poco illuminata e molto calda. Forse Jackpot si era abituato ai gusti del suo padrone. L'arredamento era in tono con quello che avevo già visto: c'era un letto d'ottone con un materasso macchiato, una caraffa e una bacinella su un tavolino. Sopra un tappeto turco si trovava una chaise longue di incredibile bruttezza. Un misero fuoco ardeva nel camino, con i carboni umidi che sputavano scintille sulle piastrelle olandesi sbiadite.

"Delizioso," commentai.

Il giovane chiuse la porta dietro di me e mi prese cappello, giacca e guanti come il bravo e fedele servitore che era. Mi avvicinai al divano e spostai di lato le code del frac prima di sedermi. Mi fermai con il sedere a metà strada dai cuscini. "Posso?"

"Certo, prego," rispose Charlie. Restò un attimo accanto alla porta, pulendosi le mani sulla giacca unta, poi aggiunse: "Posso sedermi accanto a lei?"

Io mi ero già accomodato come se fossi il padrone di casa e lo invitai con un gesto a unirsi a me.

Quando si sedette, lo spinsi di lato con una gamba, afferrai i capelli corti e gli tirai indietro la testa fino a farlo urlare di dolore. La sigaretta gli cadde sul pavimento sporco.

Sorrisi. "Credo tu abbia qualcosa da dirmi."

Charlie mi fissò con un'occhiata penetrante e vagamente inquietante. Gli tirai indietro la testa ancora di più, ma non urlò di nuovo. "Così non otterrà nulla," mormorò a bassa voce.

"Allora forse ci riuscirò così," ribattei, afferrando il calcio di madreperla del revolver sotto la camicia. Gli premetti la canna fredda alla tempia, fissandolo. "Cosa significano per te le iniziali C.V.?"

Non sembrava scosso. Il suo pomo d'Adamo si muoveva su e giù.

Charlie Jackpot si limitò a sorridere.

Irritato perché non ero riuscito a intimidirlo, spostai il revolver lungo il suo viso liscio e gli infilai la canna tra le labbra. I suoi occhi di un blu profondo mi fissarono sopra il metallo lucido.

Con malagrazia, gli tolsi la pistola dalla bocca.

"Bene," disse. "Così va meglio, no?"

Mi puntò addosso gli occhi grandi, in una specie di muta domanda. Un attimo dopo, mi posò una mano sulla coscia.

Be', cosa dovevo fare? Per un gentiluomo di razza c'era una sola opzione. Me lo scopai.

L.B. A C.V.

Charlie Jackpot aveva l'irritante capacità di essere bello anche quando dormiva. Giaceva spaparanzato sopra la chaise longue tutta sbrindellata, nudo a parte i calzini a righe, che avevano l'elastico allentato e gli pendevano sugli stinchi come il bozzolo abbandonato di un bruco.

In quanto a me, sedevo su una sedia scricchiolante, anch'io nudo, godendomi il bagliore del fuoco, mentre riflettevo sul mio recente comportamento. Siete scioccati, vero? Oppure state leggendo queste memorie in un futuro distante e utopico, come quelli che ci presenta il signor Wells, e in tal caso non sarete per nulla scioccati. Il fatto è che Lucky Lucifer ha ancora tanti segreti da svelare. Il mio arsenale è formidabile, una frase che si fa ancora più interessante se pronunciata con accento francese.

Come sapete, non c'è nulla che non sia disposto ad affrontare per il re e per la nazione, e non mi dispiacciono un bel viso o un bel sedere, di uomo o di donna che sia (ma con le bestie niente da fare, a differenza di almeno un membro del governo). È prerogativa dell'agente segreto essere (e avere!) tutto ciò che desidera, ne convenite? Questo privilegio non si estende all'intera popolazione, come ho scoperto quando sono stato trovato in una casa dalle parti di Bow Road. Si tratta dell'episodio che mi ha portato ad attrarre l'attenzione di Joshua Reynolds. Lui mi ha aiutato a districarmi dalle accuse, ma è stato solo un modo per assumermi a lavorare per lui. Nei romanzi gialli si chiama ricatto.

Dovete ricordare che Londra era un po' nel panico, perché gli eventi che avevano coinvolto Oscar Fingal O'Flahertie Wills Wilde erano ancora freschi nella memoria. E Joshua Reynolds mi teneva per le palle. Il lato positivo era che i vari omicidi che dovevo commettere mi portavano in giro per tutto il globo, dove l'amore che non osa pronunciare il suo nome era incoraggiato a gridarlo dai tetti. Per esempio, nella vecchia Napoli.

Tuttavia, era sempre un gioco pericoloso e non avevo alcuna fretta di sciropparmi due anni di lavori forzati per un po' di spasso con un bel giovanotto.

Charlie aprì un occhio assonnato (era esausto, poverino) e sorrise. Io raccolsi la giacca, tirai fuori la scatola d'argento e accesi una sigaretta per me e una per lui. Attraversai la stanza a piedi nudi e gliela infilai delicatamente tra le labbra che avevo sommerso di baci. Charlie aspirò come se ne andasse della sua vita, e quando esalò il fumo gli formò come dei baffi intorno alla bocca.

"Ah," disse piano.

"Quanto ti devo?"

"Per cosa?"

"Per le tue prestazioni."

Aspirò un'altra boccata. "È stato un piacere."

Chinai la testa. "Allora, domani mattina devi almeno permettermi di offrirti un panino."

Charlie si sedette in braccio a me, con le ginocchia sollevate. Guardandomi negli occhi si diede una grattatina alle palle. Sentivo i suoi piedi caldi contro la coscia. "Forse si sarà chiesto come mai sono stato così diretto con lei," disse a un tratto.

"Diretto?"

"A casa del vecchio."

Gli soffiai il fumo in faccia. "Spesso i ragazzi mi saltano addosso. Ho imparato a considerarlo una specie di fardello."

"L'avevo già vista," sogghignò.

"Sul serio? Ascot? Windsor? Sono stato a Mentone l'estate scorsa. Forse ci siamo incontrati lì?"

Lui si accigliò, una bella espressione, e si pulì il naso. "Sa dove siamo?"

"In un bordello per turisti incauti."

Charlie si alzò in piedi e si appoggiò al bordo del tavolo, incrociando le caviglie. "No, no. C'è più di quanto si noti a prima vista."

Emisi un grugnito scettico. Secondo la mia esperienza, di rado in posti del genere c'era più di quanto si notasse.

"Qui è diverso," insisté. "È ancora meglio di quella grande casa gialla a Islington."

Ecco dove mi aveva già visto! A un ballo in maschera di Halloween tenuto da una bella coppia, Flora e Walter Paste. Mi ero vestito da principe delle tenebre (ovviamente) e avevo conosciuto un bel Succubo in costume aderente. Era stata una notte di grandi indiscrezioni. Non c'era da meravigliarsi se Jackpot era stato così impudente a casa di Quibble.

"È riservato solo ai membri, ma so come muovermi. Su, si vesta."

"Non ho l'abitudine di ubbidire agli ordini."

"Come vuole. Ma è l'unico modo per scoprire cos'è il CV."

Presi i pantaloni. "E va bene, allora. Prepariamoci."

Charlie si vestì in fretta, con l'abbandono di chi non si preoccupa troppo del suo aspetto. Trattenni il mio istinto naturale, che mi porta a impiegare almeno un'ora a vestirmi, e gli permisi di aiutarmi con i gemelli e il fermacolletto. Indossai la giacca a coda di rondine e poco dopo, non troppo distrutto dalla serata, lo seguii fuori in corridoio, dove si aprivano varie porte identiche di legno scadente, separate da tratti di muro con la vernice scrostata. C'era puzza di umido e il portiere scimmiesco non si vedeva da nessuna parte.

Charlie mi precedette, ignorando le porte che probabilmente portavano in altre stanze trasandate come la nostra.

Avanzando, mi resi conto che ci stavamo muovendo in una discesa appena accennata. I muri cambiarono colore e divennero cremisi, come se stessimo procedendo lungo un'arteria dopo esserci lasciati alle spalle un punto malato.

Estrassi l'orologio dal gilè. Erano quasi le due del mattino. Davanti a noi si udiva un chiasso smorzato. Musica. Voci. Quella che si può solo definire baldoria.

Eravamo arrivati a destinazione. Davanti a noi c'era una massiccia porta di ebano a due battenti dall'aria antica, rinforzata in ferro e scolpita con facce grottesche.

Charlie mi fece uno strano sorriso e bussò, come un mazziere del parlamento malvestito. La porta si aprì. Scorsi un portiere imponente, con cui Charlie scambiò alcune parole o forse un bacio. Poi entrammo.

Dietro la porta apparve l'inferno.

Ma tranquilli, dopotutto è il regno di Lucifero.

La sala era molto grande e illuminata da lampade a gas. Una serie di archi si estendeva nel buio e compresi che ci trovavamo in una specie di tunnel riadattato che correva sotto la strada. Le pareti erano decorate in stile art nouveau, con volute nere e oro che andavano dal pavimento al soffitto come una pianta mostruosa.

Dal soffitto pendevano, simili a gonne di una gigantessa, arazzi e grandi drappi di tessuto scarlatto, su cui erano rappresentate in modo dettagliato (squisito non è la parola giusta) scene pornografiche di una varietà sbalorditiva. Vecchi lascivi con grandi membri inseguivano vergini in un sabba di streghe presieduto da un diavolo con la testa di caprone. Giovani fanciulle e donne procaci incorniciavano scene di eccessi degni di Caligola, in cui dei satiri abusavano di donne spogliate delle loro toghe e centauri portavano via ubriachi gozzovigliant.

Le scene ricamate, tuttavia, non erano nulla a paragone di ciò che avveniva nella sala.

Lampi di colore emergevano dal buio; visi maschili e femminili con espressioni orgasmiche, capelli oliati sopra un mare di pantaloni sbottonati, mutandine di seta sventolate in aria come bandiere di resa. La puzza di assenzio e tabacco era terribile.

Mi voltai a guardare Jackpot ma la sua espressione era indecifrabile nella penombra. Naturalmente, la mia emozione principale era l'orrore. Non per via delle straordinarie imprese erotiche intorno a me, ma per il fatto terribile e incontrovertibile che un tale posto esisteva e ci avevo messo quattro giorni di nave, vomitando tutto il tempo, per arrivarci! A confronto, il mio povero Pomegranate Rooms faceva una ben magra figura.

Charlie si fece strada in quel miasma carnale spingendo da parte coppie copulanti, fino a trovare una specie di ottomana da cui sloggiò una coppia con la punta della scarpa. I due scivolarono sul pavimento senza nemmeno una protesta, stretti insieme come le mascelle di un furetto.

Mi sedetti sul velluto imbottito. Charlie scomparve per un minuto e tornò con un vassoio d'argento ammaccato, pieno fino all'orlo di bottiglie e bicchieri. Mi versò un brandy, o almeno era quello che sembrava, e ingollò quasi una pinta di birra scura, poi si asciugò le labbra con il dorso della mano.

"Quindi tu fai i turni?" gli domandai.

"In che senso?"

"Mi chiedevo come fai a trovare il tempo di occuparti di Sir Emmanuel. Deve essere estenuante lavare i piatti e poi venire qui."

Ridacchiò. "Mi piace il mio lavoro."

Finii il brandy il più in fretta possibile, per non lasciargli il tempo di indugiare in bocca.

Charlie si chinò fino a sfiorarmi l'orecchio con le labbra. "Le dirò tutto, Lucifer Box. Ma deve promettermi di portarmi via di qui. Di sistemarmi."

"Non posso assicurartelo," risposi, distratto dalla vista di un nero in divisa da guardia reale che si masturbava allegramente guardando i clienti alla nostra sinistra. "A meno che le tue rivelazioni siano davvero importanti."

"Lo sono," mormorò. "Vede, io sento molte cose. 'Loro' non sanno che lavoro in quella casa, oltre che qui."

"Chi sono 'loro'?"

Ci fu un fruscio di gonne. Sentii un profumo di mimose e all'improvviso una voce al mio fianco disse: "Buonasera, Charlie."

La voce apparteneva a una ragazza di altezza media, molto magra, che indossava solo un corsetto color avorio e calze color senape. I suoi lunghi capelli ramati erano raccolti in cima alla testa e trapuntati di fiori; il viso era di incomparabile bellezza, con gli occhi a mandorla incorniciati dal kohl.

"Venus!" gridò Charlie, deliziato. Se la tirò in grembo e la baciò con passione, passandole una mano su e giù lungo la coscia. Lei si accomodò meglio in braccio a lui e mi gettò un'occhiata furtiva.

"E lui chi è?" chiese in un bisbiglio seducente, con un forte accento italiano.

Charlie sorrise. "Il signor Box. Box, le presento Venus."

Accennai un inchino. Lei mi offrì la mano dalle unghie smaltate. Le baciai le nocche, indugiando per un attimo con la punta della lingua. In simili ambienti sembrava la cosa giusta da fare.

Venus spinse in fuori le labbra dipinte e abbassò gli occhi, la piccola civetta.

"Le piace il mio locale, signor Box?" domandò, con un mezzo sorriso.

"Il *suo* locale?" Spalancai gli occhi. "Be', è riuscita a sorprendermi. Sì, sì, è molto particolare. Come si chiama?"

Fu Charlie a rispondere, rivolgendomi un'occhiata densa di significato dopo aver bevuto un sorso della sua birra. "Questo è il Club Vesuvio."

Naturalmente riconobbi le iniziali. Club Vesuvio. C.V.! Non il Collettivo Verdigris, non la Cospirazione di Verdi, non la Croce di Vittoria e nemmeno un Centopiedi Velenoso. Il Club Vesuvio! K al C.V. Il povero vecchio Poop doveva conoscere quel posto.

"Qualcosa non va, signor Box?" tubò Venus.

Scossi la testa per schiarirmi le idee. "Va tutto benissimo, mia cara. È solo che il signor Jackpot e io abbiamo... un affare da concludere."

Venus posò una mano sull'anca e sorrise. "Non voglio interferire con le vostre abitudini. Forse preferite una saletta privata?"

Guardai Charlie, il quale annuì.

"Molto gentile," risposi. "Ci fa strada?"

La deliziosa ragazza batté le palpebre truccate e si avviò tra la folla. Charlie finì la sua birra e ci seguì, mettendosi dietro di me. Timoroso di cadere in qualche trappola (quel posto poteva essere pericoloso), camminavo con le mani intrecciate dietro la schiena, per sentire la presenza rassicurante del revolver con il calcio di madreperla che tenevo nei pantaloni.

Venus ci guidò oltre una porta in una stanza più fresca e più buia che odorava di petali di rosa. Accese le lampade, rivelando un boudoir scarlatto di proporzioni impressionanti, diviso da tende di seta e cosparso di grossi cuscini orientali. Uno specchio dominava la parete in fondo.

"Prego, fate come a casa vostra," disse, appoggiandosi al comò e incrociando le caviglie. Le sue calze color senape riflettevano la mezza luce.

"Le sono molto grato," dissi.

Inclinò la testa di lato. "Charlie e io… siamo vecchi amici. E i suoi amici…"

Charlie le sorrise, prese una bottiglia di champagne e tolse il tappo di sughero. Riempì tre bicchieri. Venus bevve il suo in un solo sorso, lo fece ruotare tra le dita delicate e mi fissò in un modo vagamente intimidatorio. Cosa avevano visto quegli occhi accesi nei loro pochi anni di vita? Mi fece sentire giovane e inesperto.

"Spero di rivederla spesso," disse. Poi diede un rapido bacio sulla guancia a Charlie e uscì.

"Cristo, che donna!" esclamò Charlie. Si portò alle labbra la bottiglia di champagne e bevve ancora.

"Sono d'accordo. Voi due…?"

"Non avrei nessuna possibilità, anche se avessi quelle inclinazioni," rise. "No, ha un compagno, il vero capo. Lei gestisce il club per suo conto."

Charlie si sedette su un cuscino. "Ma lei vuol sapere di un uomo di nome Poop."

Drizzai la schiena. "Va' avanti."

"Un giorno venne qui a fare domande. Si considerava importante. Mi offrì da bere ma non era interessato a… intrecciare rapporti, diciamo così. Mi diede dei soldi per tenere gli occhi aperti. Disse che era sulle tracce di un racket di qualche tipo."

Aggrottai la fronte. "Un racket?"

Charlie annuì. “Parlò di un tesoro. Disse che aveva un informatore che annusava in giro, ma era scomparso. E mi chiese se volevo prendere il suo posto…”

Si fermò di colpo.

“Cosa c’è?”

“Non lo so. Non sente un odore strano?”

Tossì. Si portò una mano alla gola e tossì di nuovo, più forte. Poi fu il mio turno. L’aria era diventata irrespirabile, era come trovarsi in un bagno di vapore troppo caldo.

Mi voltai e vidi una voluta di fumo violaceo galleggiare verso di noi. Ebbi un moto improvviso di nausea, gli occhi mi si riempirono di lacrime e anch’io cominciai a tossire in modo incontrollabile.

Tentai di avvicinarmi a Charlie, ma scoprii che le mie membra erano rigide e pesanti come quelle di una statua. Incapace di muovermi, crollai sul pavimento. Attraverso le lacrime distinsi l’ampia schiena di Charlie. Anche lui si accasciò a terra, agitando le mani come se l’aria lo stesse aggredendo. Con uno sforzo titanico mi alzai su un ginocchio e mi guardai intorno. Che diavoleria era quella? Una trappola per mosche ordita da Venus, e le mosche eravamo noi! Appoggiandomi sui cuscini orientali, mi alzai in piedi e barcollai verso la porta.

Ogni passo sembrava un’eternità. Tra continui colpi di tosse mi portai le mani al viso e mi schiaffeggiai, nel tentativo di schiarirmi il cervello confuso. La mia mente sembrava mulinare, come se avessi bevuto un’intera bottiglia di assenzio.

Procedendo a tastoni, non riuscii a trovare la porta. Era come se fossi stato trasportato in un’altra stanza, tanto mi sembrava strano e poco familiare quel boudoir. Il tavolino si allungava davanti a me su gambe come trampoli. Mio Dio! Sembrava che i mobili si muovessero. I cassetti del comò erano spalancati come bocche fameliche e cercavano di mordermi le gambe mentre barcollavo sul pavimento.

La lampada a olio incombeva su di noi. E in quel momento, con gli occhi che quasi mi uscivano dalla testa, compresi che era proprio la lampada la fonte del mio terrore. Perché dal paralume usciva un gas spettrale, color malva, che scendeva verso il pavimento e mi dava le convulsioni.

Cercai di arrivare alla lampada, ma più mi avvicinavo, peggiori erano gli effetti del gas. Le mie dita sembravano allungarsi e curvarsi come gli artigli di un terribile uccello, afferravo solo l'aria e l'immagine indistinta della lampada si moltiplicava davanti ai miei occhi esausti. Mi guardai intorno, in cerca di Charlie, ma non riuscii a vedere nulla attraverso il fumo.

Feci un ultimo tentativo di pensare con chiarezza. Afferrai la base di ferro della lampada e la sollevai. Forse intendevo spegnerla o gettarla in un angolo, ma in realtà non lo so. I miei sensi erano confusi, una pesante coperta malva mi avviluppò e mi sentii cadere, giù giù in un abisso...

L'UOMO PALLIDO

In lontananza, un orologio suonò le quattro. Mi mossi e scoprii di essere steso a faccia in giù sulla pietra fredda. Mi spostai, aprii gli occhi che ancora bruciavano e mi guardai intorno. Tossii e aprii la bocca, asciutta come naftalina. Tentai di alzarmi a sedere, ma ricaddi subito sul pavimento gelido. La testa mi pulsava come se fosse stretta in un cerchio di ferro.

Dove diavolo ero?

Sollevai di nuovo la testa, spalancando gli occhi in un disperato tentativo di svegliarmi. Mi trovavo in una specie di cella, angusta e senza finestre. Intorno a me c'era della paglia imputridita e un insistente odore di ammoniaca.

Nonostante il mal di testa, in qualche modo riuscii ad alzarmi in piedi, ma ricaddi subito sui mattoni bagnati. Guardando il mio corpo, vidi che ero in completo da sera, la camicia strappata e il bavero della giacca infangato.

Non ricordavo nulla. E oltre a non sapere dov'ero, non sapevo neppure *chi* ero!

Mi battei un pugno sulla fronte, strinsi gli occhi. Ricordavo qualcosa riguardo a una scatola. Una scatola con dentro un millepiedi. No, non si trattava di quello. Forse era un libro. Un libro in una scatola. Daniel Liquorice! Era quello il mio nome? No. Qualcosa riguardo a un box. E a un Jackpot? No, Jackpot era un altro, ne ero certo. *Io mi chiamo Box.* Lucifer Box. *Sì. Sì!* Posai il palmo di una mano sul muro freddo e mi imposi di restare calmo. Lucifer Box. *Abito a Londra in Downing Street.* Scossi più volte la testa. Dovevo concentrarmi. Dov'ero? In Italia. Sì, certo. A Napoli! Ma perché? Perché? Aprii gli occhi e cercai di concentrarmi sulla porta della cella. Sembrava solidissima.

Mi chinai a guardare dal buco della serratura. Scorsi solo quello che sembrava un corridoio buio.

Mi appoggiai di schiena contro il muro, ma mi spostai subito in avanti, perché avevo qualcosa che mi premeva dietro. Avevo un vago ricordo di un qualcosa di simile, collegato a una villa gialla a Islington, ma questo era diverso. Esplorando sotto la camicia, le dita si chiusero sopra la presenza calda e rassicurante del mio revolver, fissato nella depressione sopra le natiche che la natura sembra aver creato a questo scopo preciso.

Lo presi, aprii il tamburo e lo feci ruotare.

"Quello non ti aiuterà," bisbigliò una voce dal buio.

Ruotai su me stesso, brandendo la pistola. "Chi c'è?"

Risuonò una risatina sibilante. Strisciai verso la parete più lontana. C'era una piccola finestra con le sbarre, appena visibile, che probabilmente affacciava sulla cella accanto. Premetti il viso contro le sbarre e nella penombra distinsi una figura rannicchiata. Si voltò verso di me, ma riuscivo a vedere molto poco della sua fisionomia, a parte una massa di barba e capelli sporchi.

"Oh," dissi. "Buonasera."

"Buonasera. O forse è mattina? Non lo so più."

"Mi chiamo Box."

"E io sono il conte di Montecristo! Ah, ah, ah!"

Mi tirai indietro dalla finestra, allarmato di fronte a quella risata da pazzo. Lui mi fissò con occhi spiritati e venne verso di me. "Come ho detto, quella pistola non ti servirà a nulla. Loro non sentono dolore. Non sentono nulla!"

"Chi?"

"Sono venuti a prendermi. Mi stavo avvicinando troppo. Alla verità. Ormai il signor Poop stava per scoprirli."

Drizzai le orecchie. "Poop! Che ne sai di Poop?"

L'uomo tossì rumorosamente. "Stavano saccheggiando tutto! Spogliano tutti gli scavi e vendono il materiale per finanziare questo luogo di perdizione!"

"Scavi?"

"Ormai si sono dimenticati di me. Eh, eh, eh! Hanno buttato la chiave. Forse anche tu marcirai qui."

Come in risposta alle sue parole, udii una chiave girare nella serratura e la porta della mia cella fu spalancata. Sulla soglia si stagliava una strana figura: un uomo molto alto, vestito di nero, con in testa quello che sembrava un elmo o un casco d'ottone. Mi sfregai gli occhi. Era un'altra allucinazione frutto del fumo viola? Un palombaro con le scarpe piombate che si manifestava davanti ai miei occhi?

Il mio vicino di cella saltò in piedi e premette il viso sporco contro le sbarre. "Attento! Sono venuti a prenderti! Non fare resistenza! Loro non sentono nulla! Eh, eh, eh!"

L'uomo con l'elmo attraversò la cella verso di me e aprì le braccia lunghe, come per abbracciarmi.

Misi in tasca il revolver e indietreggiai. Lui era pallido come la morte, e aveva la bocca aperta, da cui colava un filo di bava. I suoi occhi rivolti in avanti erano due orribili macchie grigiastre, come tuorli di uova troppo cotte.

Il mio sguardo tuttavia era attratto dallo strano copricapo d'ottone che gli copriva la testa e parte del viso. Da vicino, vidi che sembrava un elmo normanno, anche se la parte superiore era in vetro e brillava di un colore violaceo. Alle tempie erano state inserite grosse viti d'ottone, che fissavano l'elmo alla testa.

Feci un passo di lato e corsi verso la porta, contando

sul fatto che il passo lento dell'uomo non gli avrebbe permesso di raggiungermi.

"È inutile!" gracidò il mio vicino dalla finestrella. "Ti prenderà!"

La creatura cambiò subito direzione e mi tagliò la strada, gli occhi spenti e le braccia tese.

Provai a prendere la pistola ma con un colpo me la strappò di mano, facendola volare a terra. Quando mi mossi per riprenderla, le sue mani sudate mi strinsero alla gola.

Barcollai all'indietro, lottando contro quella pressione tremenda.

"Eh, eh!" rise il mio vicino. "Adesso sei morto!"

La faccia bianca e gonfia del mio avversario era davanti alla mia e vidi che dentro la parte in vetro del copricapo sembrava galleggiare un miasma violaceo.

Piantai le dita nella carne delle sue mani che mi stavano strangolando, ma lui non reagì neppure, e mi spinse all'indietro nonostante io lo prendessi a pugni in faccia. Sembrava che la testa dovesse esplodermi da un momento all'altro. Disperato, gli piantai i pollici negli occhi e spinsi con tutta la forza. La carne cedette ma continuai a premere con le dita nelle orbite e curvai i pollici verso l'alto.

Non urlò, non diede alcun segno di sentire anche solo una scintilla di dolore.

"Te l'avevo detto! Te l'avevo detto! Non sentono nulla! Questi diavoli!" gridò il mio vicino di cella, con la sua risata folle.

Martellai di pugni il petto del mio aggressore, ma con il suo peso mi costrinse a cadere in ginocchio. Cercai a tastoni il revolver nella paglia.

Con uno sforzo supremo lo feci ruotare, afferrai il calcio di madreperla, presi la mira come potevo e gli sparai al petto.

Il bruto fece un salto indietro, come spinto da una mano gigantesca, barcollò e si accasciò contro il muro. Mi massaggiai la gola maltrattata, cercando di tornare a respirare.

All'improvviso il mostro con l'elmo fu di nuovo in piedi, dimentico della ferita. Si lanciò in avanti, flettendo le grandi mani, intenzionato a riprendere la lotta. Benché confuso ed esausto, scattai verso la porta. Lui mi si gettò addosso, riuscendo ad afferrarmi una caviglia con entrambe le mani e a farmi cadere sul pavimento. Ruotai su me stesso e scalciai con forza finché sentii il suo naso che si fratturava, spruzzando una fontana di sangue sui miei pantaloni.

Tentai di nuovo di prendere la mira, ma il gigante mi afferrò l'altra caviglia e mi scosse come una bambola di pezza. La pistola sparò, e poi volò contro una parete.

Con un grido, mi rialzai e riuscii a infilare le dita sotto il bordo dell'elmo. Tirai con disperata violenza.

Un ultimo sforzo tenendomi all'elmo e gli diedi un calcio alla gola, facendolo volare all'indietro. Restai con il copricapo d'ottone in mano.

A quel punto si mise a urlare. Un grido gorgogliante, spaventoso, quando la sua testa restò nuda. Sulle tempie, da dove erano state strappate le viti d'ottone, aveva due buchi sanguinanti. Ci mise sopra le mani, ansimando per il dolore e lo shock.

"Cristo, l'hai fatto fuori!" sibilò l'altro prigioniero, sbalordito. "Come ci sei riuscito?"

Guardai l'elmo che avevo in mano. La sostanza gassosa si muoveva ancora nel comparto di vetro, e ora vedevo dei tubi delicati e sottili collegati alle viti che erano state piantate nelle tempie del mostro. Da dentro cominciò a uscire un liquido denso, e ne riconobbi subito il color malva scuro. Allora ricordai. Il mio cervello esausto fece i collegamenti, come manovrando degli scambi ferroviari. Era la stessa sostanza che aveva quasi ucciso me e Charlie.

Charlie! Ma certo! Stava per rivelarmi qualcosa di vitale importanza, quando...

Abbassai di nuovo gli occhi sullo strano copricapo. Quella sostanza color malva veniva pompata direttamente nel flusso sanguigno del mio aggressore, rendendolo praticamente uno zombie!

Misi da parte l'elmo, raccolsi la pistola e la puntai verso il suo corpo prono.

L'uomo stava piangendo. Dagli occhi spenti uscivano grosse lacrime, si mescolavano al sangue e alla bava che gli colavano lungo il viso di un pallore mortale. Tentò di appoggiarsi su una mano per alzarsi, ma ricadde a terra con un grido acuto. Mi resi conto di non avere molto tempo.

Mi avvicinai a lui in ginocchio, gli sollevai la testa con un braccio. Sembrava la scena della morte dell'ammiraglio Nelson.

"Dimmi," sussurrai. "Chi è stato a farti questo?"

Il fluido malva gli colava dalle ferite alle tempie. Dalla bocca insanguinata uscivano respiri ansimanti. Poi, con un ultimo orrendo gorgoglio, mi cadde tra le braccia morto.

Mi alzai in piedi. Lo avevano mandato a prendermi o a uccidermi. In un modo o nell'altro, era saggio darsi una mossa.

"Aspetta! Aspetta!" gridò il mio vicino. "E io?"

Mi fermai sulla soglia. "Tu sei troppo confuso per essermi utile."

Uscii dalla porta aperta nel corridoio buio.

Mentre passavo davanti all'altra cella, il vecchio gridò, disperato: "Ti dirò tutto! Ma fammi uscire, ti prego!"

Decisi di correre il rischio e sparai alla serratura. Lui uscì in corridoio, ma lo tenni d'occhio, diffidente. Sembrava il tipo capace di saltarmi alla gola.

"Bene," dissi, indietreggiando per la puzza che emanava. "Dove siamo?"

Si scostò i lunghi capelli grigi dagli occhi. "Nel Club Vesuvio, ovviamente."

"Ancora? Bene. Meglio così. Ora dimmi di più su Poop e su questi tesori saccheggiati."

Con la pistola gli feci cenno di muoversi e avanzammo lungo il corridoio, parlando a bassa voce.

"Conoscevo il signor Poop. Ho lavorato molto per lui. Conosco bene questa città, capisci?"

"Sei un informatore?"

Il vecchio rise. "Tengo occhi e orecchie aperti."

"Va' avanti."

"Il signor Poop stava indagando su una società criminale che traffica in opere d'arte rubate. Vecchie statue e roba simile. Che vanno a finire nei migliori salotti di Chelsea o nello studio di qualche nobile. Poop pensava che il compagno di Venus finanziasse così il Club Vesuvio. Contrabbandano le opere fuori da Napoli dentro delle bare, fingendo che siano cadaveri. Poi fanno arrivare qui la grana. Stavamo per scoprirli, quando..."

Annuii lentamente. "Hai tenuto le orecchie troppo aperte, vero?"

Doveva essere lui l'informatore scomparso di Poop. Mi grattai il mento. Dov'era Charlie ora? Dovevo trovarlo e metterlo sotto (nel senso di strappargli informazioni, intendo).

A un tratto sbucammo in un'area delimitata da una tenda, e lì, seduto su uno sgabello di spalle a noi, c'era il tipo scimmiesco che mi aveva aperto la porta all'arrivo. Segnalai a gesti al mio amico barbuto di correre alla porta e darsela a gambe. Lui annuì e fece un rapido inchino. Io tossicchiai e l'uomo scimmia si voltò sullo sgabello.

Con la coda dell'occhio vidi l'informatore di Poop dirigersi furtivo verso l'uscita e poi scivolare fuori, verso la libertà.

La testa mi faceva ancora un male cane per via del gas color malva, ma misi le mani in tasca e dissi, in tono disinvolto: "Ehi, mi sono perso in tutti questi dannati corridoi. Ho avuto una piccola avventura ma poi ho ritrovato la strada. Nulla di cui preoccuparsi."

Con un gesto allegro mi avviai lungo il corridoio. Quando finalmente mi trovai di nuovo davanti alla grande porta mi presi un attimo per rendermi presentabile. La mia ombra, proiettata sui muri dalle lampade a gas, era enorme. Da sotto la porta filtravano i suoni dell'orgia che si svolgeva all'interno.

Alzai il pugno e bussai due volte.

Quasi subito la porta si aprì e fui inondato da una luce rossastra e oscillante. Entrai, ma una forma imponente come un orso mi sbarrò la strada.

Chiaramente l'accesso era riservato ai membri.

Prima era stato Charlie a farci ammettere, ma mi resi conto che da solo poteva essere più difficile.

"Sì?" domandò una voce profonda, dalla penombra.

Non mi sarei mai abbassato a chiedere: "Posso entrare, per favore?" Perciò ordinai: "Fatti da parte!" con tutta la supponenza che riuscii a trovare.

Ci fu un movimento nell'ombra: l'omaccione aveva scosso la testa. "Non posso. Deve farmi il segnale."

Mi fregai le mani e feci una risatina. Quale segnale?

La sagoma enorme si spostò leggermente. Mi tastai le tasche, come se la soluzione potesse trovarsi lì. Perché non avevo guardato meglio, quando Charlie si era trovato in quella posizione? Aveva dato all'uomo una parola d'ordine di qualche tipo? No, altrimenti il portiere lo avrebbe detto. Invece voleva un "segnale".

Si mosse verso di me, minaccioso. Sapevo che tra pochi secondi mi avrebbe buttato fuori. Un segnale? Doveva avere qualcosa a che fare con il Club Vesuvio. Qualcosa di semplice e riconoscibile.

Poi mi venne un'idea. Sollevai due dita formando una V.

Lui si fermò. Allora formai una C e la battei contro il palmo come avevo visto fare a Charlie. Il portiere si fece da parte. "Prego, passi pure e buona serata."

La sala era ancora quella che potremmo definire una *pornucopia.*

Nessuno fece caso al mio aspetto trasandato e mi diressi verso un divano, occupato solo da un giovane triste con un'acne terribile. Mi sedetti il più lontano possibile da lui e tesi le gambe in avanti. Lui cominciò subito a lanciarmi occhiate ammiccanti perché sono bello, ma lo ignorai apertamente e mi misi a osservare le attività di due splendide signore nude che se la spassavano sul pavimento con i sederi in aria.

Un cameriere dall'aspetto rozzo passò con un vassoio di bevande e gli afferrai il polso magro. Mi mise in mano un bicchiere di liquore e continuò a girare tra la folla. Mi voltai e scoprii di essere ancora sotto lo scrutinio del giovane seduto all'altro estremo del divano. Alzai il bicchiere in un brindisi. Le sue guance arrossate dall'acne divennero ancora più rosse.

"Mi chiamo Ricardo," borbottò.

"E io..." Lo guardai con compassione. "Io temo che tu sia bruttissimo."

Lui si scosse tutto per la vergogna.

"*Buonasera*, Venus!"

A quel grido mi voltai. Il saluto veniva da un tizio robusto alla mia sinistra, che si stava asciugando la birra dai baffoni.

Venus! Stavolta era abbigliata in modo più rispettabile, con un vestito scarlatto, una mano sull'anca formosa, in uno stile che le si addiceva alla perfezione, mentre l'altra stringeva un lungo bocchino d'ambra. Chiacchierava e rideva con i clienti, i suoi occhi incorniciati dal kohl brillanti di allegria. Charlie mi aveva detto che era la cortigiana del locale. Era anche stata complice nell'accendere la lampada con quel gas velenoso, oppure era soltanto una pedina ignara?

In un modo o nell'altro, dovevo nascondermi. Senza pensarci due volte, allungai una mano, afferrai per il bavero di tweed il giovane butterato e lo tirai verso di me. "D'altra parte," dissi, spostandolo in modo da nascondermi dietro di lui, "ho sempre avuto un debole per i ragazzi brutti."

Ricardo mi saltò addosso con impegno, succhiandomi la bocca come una piovra con le sue labbra rosate, in modo alquanto sgradevole. Stupefatto, vidi un albino con berretto avvicinarsi come se quel bacio fosse stato una chiamata alle armi generale. Si mise ad armeggiare con la mia patta, mentre io spalancavo gli occhi al di sopra della guancia butterata di Ricardo. Li spinsi via tutti e due con un grido disgustato. Ricardo finì sul pavimento e vibrai un calcio nel plesso solare all'albino, il quale cadde come un sacco di biancheria sporca. Ma non persi mai d'occhio Venus, che proseguiva il giro della sala avvolta nel fumo bluastro del suo sigaro sottile.

In fondo al bancone del bar c'era una porta con un vetro opaco. Venus si diresse verso di essa, poi, dopo un'ultima occhiata alla sala, la varcò e passò nella stanza buia dall'altra parte.

Feci rotolare l'albino in un angolo e la seguii in fretta, scansando membra intrecciate dedite a eccessi spudorati. Girai la maniglia, aprii la porta ed entrai senza far rumore.

Il silenzio improvviso mi stupì. Torce accese in sostegni d'oro rivelavano la curva di un ampio corridoio che si perdeva nel buio. Mi concessi un sorriso. Ero finito in un tunnel segreto!

Davanti a me sentivo ticchettare le scarpe eleganti di Venus. Mi tolsi gli stivali in silenzio, li strinsi al petto e la seguii.

Mi tenni rasente il muro, finché il tunnel svoltò a sinistra, mentre alla mia destra vidi la cima di una scala a chiocciola. Solo i primi tre gradini in pietra erano visibili, gli altri scendevano nell'oscurità.

Mentre tentavo di capire quale strada avesse preso Venus, la mia attenzione fu attratta da un grande arazzo appeso al muro. Alla luce oscillante delle torce splendeva d'oro, rosso e viola. Aveva un aspetto molto antico e rappresentava un porto dominato dalla massa di una montagna scura. Mi avvicinai ancora. Il tessuto si stava disintegrando, ma distinsi una colonna di fumo che si levava dalla cima della montagna. Il Vesuvio!

NELLA SALA CREMISI

Udii avvicinarsi dei passi, ed ero allo scoperto! Esaminai rapidamente le mie opzioni. In realtà ne avevo una sola. Sollevai il bordo dell'arazzo, mi ci nascosi dietro e mi appiattii contro la parete, che presentava una curvatura che prima mi era sfuggita. Ascoltai con attenzione il passaggio di vari piedi che scesero lungo la scala a chiocciola, accompagnati da un fruscio.

Mentre ero lì appiattito, notai un punto di luce gialla proprio sopra la mia spalla sinistra. Appena fui certo che non ci fosse più nessuno in vista, mi voltai e posai un occhio davanti al foro nell'intonaco.

Vidi una strana stanza rotonda che, come quasi tutto in quel posto, era color rosso fiamma. Stavolta però la decorazione voleva imitare l'abisso dell'inferno, o forse il cratere infuocato di un vulcano. Le fiamme dipinte lambivano i muri circolari, con riflessi arancioni come zucchero d'orzo, e imitavano l'intenso cremisi della lava.

La sala era dominata da una massiccia tavola rotonda, con intorno quattro sedie intarsiate. Su di esse erano state sistemate quattro figure di paglia, come quella che avevo trovato nella bara del professor Verdigris.

L'aria era intrisa d'incenso e l'odore forte aleggiava sotto il soffitto e mulinava come un groviglio di serpenti, disturbato dalle correnti d'aria della stanza.

Si aprì una porta gialla ed entrò una straordinaria processione: tre figure splendenti in tuniche di velluto rosso, decorate con raggi d'oro e argento. Tutte e tre indossavano maschere che sembravano uscite dal carnevale di Venezia. Decorate in modo squisito e con colori simili, rappresentavano lineamenti crudeli e ghignanti. Non era la prima volta che desideravo avere con me il mio blocco da disegno in quel luogo bizzarro. Anche se quella era una delle rare occasioni in cui gli apparecchi fotografici del duca Tiepolo sarebbero stati più utili. Senza una fotografia, chi avrebbe creduto a cose del genere? Pensai per un attimo al duca. Poteva essere lui il compagno di Venus? La mente dietro tutta quella faccenda?

Una delle figure ammantate di rosso, dal fisico snello, prese un martelletto alla propria sinistra e lo batté sul tavolo.

"Io, Vesuvio, vi convoco," disse.

Il personaggio accanto a lui, molto più imponente, chinò la testa e disse: "Io, Stromboli, rispondo." Poteva essere proprio Tiepolo. Il fisico era molto simile al suo.

S'inchinò anche il terzo, alto e magro. "L'Etna risponde alla chiamata," squittì.

Premetti l'occhio contro il foro per vedere meglio.

Avevo una certa esperienza di vita e capii subito che quella non era la riunione del consiglio d'amministrazione del bordello. Pochi conducono gli affari in costumi tanto variopinti, e ancora meno adottano soprannomi che non siano "Signor presidente" o simili.

No, lì dentro c'era più rum che in un babà.

Intanto erano state accese altre torce, e vidi che alle pareti erano attaccate mappe e grafici di qualche tipo. Guardai meglio le quattro sedie. Stranamente, le figure di paglia erano state ammanettate alle sedie, come per impedirne la fuga.

Vesuvio posò il martelletto e allargò le braccia, una sorta di versione mascherata e sinistra del messia dell'*Ultima cena* di Leonardo Da Vinci. Emise una nota strana, penetrante. Un attimo dopo, gli altri due vulcani si unirono al canto e si spostarono rapidi in posizioni preordinate intorno alla stanza.

La nota acuta continuava. Presero delle ciotole d'ottone e le misero al centro del tavolo. Il petto di Stromboli saliva e scendeva mentre prendeva manciate di una polvere malva, un colore che ormai mi rendeva inquieto al solo vederlo.

Vesuvio voltò la testa e per un attimo ebbi la curiosa sensazione che i lineamenti della maschera assumessero uno sguardo torvo. Quella maschera gli dava un aspetto pagano e dietro le fessure a losanga gli occhi erano buchi neri.

Stromboli gli porse un calice d'ottone, nel quale furono versate le polveri malva, poi prese in mano due sassi neri. Guardando meglio, vidi che si trattava di pietre focaie.

"O Vulcano!" gridò Stromboli. "Figlio di Giove e Giunone! Forgiatore della creazione! Fabbro degli dèi, con l'officina sotto il grande Etna!"

"Vulcano!" gridarono gli altri.

Tesi le orecchie per ascoltare tutto.

L'intonazione si fece ancora più forte. "Costruttore di case di ottone," tuonò Stromboli. "Fabbricante delle scarpe d'oro con le quali gli dèi camminano sul vento o sull'acqua."

Qualcosa sul vento?

"Tu che hai ferrato i potenti destrieri del carro di Giove! Noi ti onoriamo!"

Cosa? Vulcano faceva anche il calzolaio?

"Vulcano! Noi ti onoriamo!"

Stromboli chiuse le mani con forza e batté le pietre

focaie l'una contro l'altra. La scintilla che ne scaturì incendiò immediatamente la polvere nel calice producendo fiamme viola. Ma il fumo non sembrava soffocare i convenuti come aveva fatto con Charlie e me. Anzi, loro sembravano apprezzarlo, e ondeggiavano qua e là come sotto l'effetto di una droga potente.

Stromboli andò verso la parete nel fruscio della toga di velluto.

"Ora, in onore del potente vulcano Vesuvio, offriamo il nostro sacrificio!"

Con movimenti precisi, afferrò e tirò verso di sé uno dei sostegni per le torce infissi nel muro.

Si udì il rumore di ingranaggi invisibili. Poi, con mio grande stupore, il tavolo rotondo cominciò ad aprirsi come il coperchio di una cuccuma gigantesca, rivelando un pozzo in pietra da cui uscì una zaffata d'aria umida. L'odore mi ricordò la puzza di fiori marci nell'agenzia di Tom Bowler. Poi ci fu il rumore di altri macchinari e cominciò ad aprirsi anche il soffitto, come un occhio furioso. Dall'alto cominciò a calare una sagoma che all'inizio mi sembrò un burattino. Alla luce delle torce distinsi i piedi nudi, le gambe, poi tutto il corpo, sospeso per le braccia sopra il pozzo nel pavimento.

Era Charlie Jackpot!

Era stato picchiato, ammanettato e appeso a una catena. Indossava solo la biancheria intima, sporca.

"Oh, Cristo!" gemette. "Cosa volete da me? Lasciatemi andare!"

Stromboli ne osservava la discesa con le mani sui fianchi. Con un grande clangore, che somigliava al rumore del meccanismo di un enorme orologio, Charlie scese un po' più in basso.

"Vi prego!" supplicò. "Non fatemi del male!"

"Il nostro dono a Nettuno!" Per la prima volta la sacralità della cerimonia fu interrotta dalla forte risata di Stromboli.

Clang!

Il corpo incatenato di Charlie scese di altri trenta centimetri verso il pozzo. Gridò di nuovo, ma le figure mascherate restarono impassibili.

"Questa è la fine dei traditori," sibilò Vesuvio.

Poi schioccò le dita, si voltò e uscì, seguito da Stromboli ed Etna. La porta gialla si chiuse alle loro spalle.

Un suono di passi sulla scala a chiocciola mi disse che quegli strani apostoli del vulcano stavano per passare davanti al mio nascondiglio. Attesi finché i passi si allontanarono, poi scivolai fuori e scesi le scale di corsa fino alla porta gialla.

Diedi una rapida occhiata intorno, l'aprii ed entrai.

L'aria era ancora stantia e puzzolente. Sopra di me, Charlie gemeva piano con gli occhi chiusi. Il sistema di ingranaggi a cui era sospeso sussultò di nuovo e il suo corpo scese ancora di qualche centimetro.

"Charlie," dissi, avvicinandomi all'orlo del pozzo.

Lui aprì gli occhi e mi fissò, agitato.

"Oh, grazie a Dio! Signor Box!"

Mi sporsi a guardare l'acqua scura in fondo al pozzo. Si muoveva, doveva essere o una fogna o un fiume sotterraneo. In qualche modo, se Charlie ci fosse finito dentro, come una madeleine nel tè, sarebbe morto annegato.

"Felice di vederti vivo e vegeto. Dov'eravamo rimasti? Ah, sì. Eri sul punto di rivelarmi qualcosa di importante."

"La prego, mi porti via di qui!"

Scrollai le spalle, salii sul bordo del pozzo e gli afferrai una spalla, ma riuscii solo a farlo ondeggiare da un lato all'altro mettendo in pericolo entrambi. La catena scese di nuovo. Sembrava aver aumentato la velocità.

Charlie gemette di nuovo.

“Puoi muovere le mani?” domandai.

“No.”

Con un grande clangore, scese di altri trenta centimetri nel pozzo e lanciò un urlo.

Scossi la testa. “Se non riesco a bloccare questo congegno infernale, annegherai di sicuro.”

“Grazie mille.”

Scese di altri trenta centimetri. Ora la testa sporca e sudata era al livello del bordo del pozzo. Corsi alla parete e mi misi a frugare tra le mappe e i diagrammi. C’era anche una specie di carta geografica robusta, i cui colori brillavano alla luce delle torce, tesa tra due tubi di metallo color panna. La chiusi, tornai al pozzo e allungai il tubo verso il meccanismo. In quel momento gli ingranaggi girarono ancora e la testa di Charlie sparì nel pozzo. Ora uscivano solo i polsi ammanettati.

Mi drizzai sulle punte dei piedi e finalmente riuscii a spingere il tubo tra gli ingranaggi, che si bloccarono subito. Comunque, non avevo guadagnato molto tempo. I denti della macchina stavano già schiacciando il metallo sottile del tubo.

Mi gettai sul bordo del pozzo, tirai verso di me i polsi di Charlie con una mano e con l’altra presi il coltellino che portavo appeso alla catena dell’orologio.

Febbrilmente inserii la lama sottile nella serratura delle manette e la spostai qua e là.

“Presto!” strillò il ragazzo. La sua voce sollevò echi nel pozzo. “Faccia presto!”

La serratura si aprì. Misi la lama tra i denti e aprii le manette. Riuscii a tirare fuori Charlie dal pozzo proprio nel momento in cui il tubo si spezzò e gli ingranaggi ripresero il loro inesorabile movimento.

Pezzetti della mappa distrutta volarono intorno a noi come foglie morte. Ansimando, senza più fiato, mi trovai sul pavimento abbracciato a Charlie, mentre le manette ormai vuote continuavano la loro discesa verso il fondo.

"Be'," sorrise Charlie. "Non può evitare di mettermi le mani addosso, eh?"

"Sei molto impudente, giovanotto," risposi. "Farai molta strada. Ora usciamo di qui."

In quel momento la porta gialla venne spalancata con forza e andò a sbattere contro il muro dipinto. Mi sembrò che i nostri cuori si fermassero di colpo.

Entrò Stromboli. La maschera gli copriva gli occhi ma ero certo che stesse fissando Charlie e me, abbracciati sul pavimento.

"Cosa sta succedendo?" tuonò, in italiano. Il club ha inaspettatamente acquisito nuovi membri?"

Sono piuttosto bravo a pensare in fretta, anche quando sono seduto con un giovane tra le braccia, ma la comparsa improvvisa di Stromboli mi aveva lasciato come paralizzato.

Con la massima dignità possibile, mi sciolsi dall'abbraccio di Charlie e mi alzai.

"Perdoni l'intrusione," dissi, giocherellando con i gemelli del polsino. Poi, con un movimento rapido che avevo provato mille volte, estrassi il revolver e glielo puntai al petto. "Ma la prego di non muoversi."

Stromboli alzò le mani, senza scomporsi. "Cosa ci fa lei qui? È... un cliente?"

"Questo ragazzo," dissi, indicando Charlie, "è... il mio valletto. E sono venuto a sapere che era trattenuto qui contro la sua volontà."

"Quindi si è introdotto qui per riportarlo a casa?"

"Esatto. C'è un gran bisogno di fare il bucato, capisce?"

Stromboli scrollò le spalle. "Allora, caro signore, non la trattengo più. Evidentemente c'è stato un... malinteso. Il suo valletto lavora anche per questo locale e sembra che uno dei... giochi erotici dei nostri clienti..." Indicò le catene pendenti dal soffitto, "sia sfuggito di mano. Se fosse così gentile da lasciar sgonfiare la cosa, sono certo che non ci sia bisogno di dire altro." Indicò il mio revolver con un gesto del braccio. "Non c'è alcun bisogno di tanta... teatralità."

Mi guardai rapido intorno. Potevamo davvero uscire senza che nessuno desse l'allarme? Ero armato, ovviamente, ma loro erano dei fanatici e sapevano che Charlie li aveva traditi. Quale castigo avevano pensato per me?

"Be', è tutto molto irregolare," replicai, allungando una mano e aiutando Charlie a rimettersi in piedi. "Non ho l'abitudine di dover salvare i miei servitori da luoghi di perdizione contro natura e poi lasciar cadere la cosa."

La mia indignazione sembrò poco convincente persino a me.

"Dato il mio pressante bisogno di lenzuola pulite, tuttavia, sono disposto a non dare seguito a questa storia. Ma prima vorrei sapere con chi ho l'onore di parlare."

L'uomo alto rise e abbassò leggermente le mani.

Con il revolver gli indicai di rialzarle subito.

Ma alle sue spalle emersero tre uomini vestiti di nero e molto ben armati.

Stromboli mi indicò con uno scatto del braccio. "Uccidetelo!" gridò.

Oh, merda.

Uno dei tre si inginocchiò e si preparò a sparare. Lo centrai alla fronte e fu con cupa soddisfazione che vidi il suo cervello schizzare sulla parete come argilla fresca.

Charlie rotolò su se stesso e si mise al coperto dietro il bordo del pozzo. Sparai di nuovo ma Stromboli e un altro si ripararono dietro il grande tavolo. Al mio sparo ne risposero altri due. Eravamo inchiodati, tagliati fuori dall'unica via d'uscita.

“Porca miseria!” sussurrò Charlie. “Siamo in trappola. Cosa possiamo fare?”

Puntai il revolver appoggiandomi alla superficie del pozzo e tentai di scorgere la testa mascherata di Stromboli. Anche quando la vedevo, tuttavia, si spostava qua e là come un bersaglio mobile al poligono.

“È in trappola, amico mio,” gridò. “L’avevamo risparmiata per la nostra prossima... esercitazione. Ma ora temo sia ora di mettere fine al divertimento.”

Ansimavo per lo sforzo. Sembrava che non ci fosse via d’uscita. I proiettili rimbalzavano sopra il bordo di pietra che era la nostra unica copertura. Alzai un braccio per ripararmi dalle schegge. Ci fu un grido alla mia sinistra e vidi che Charlie era stato colpito da una scheggia di pietra. Cadde accanto a me.

“Prendeteli!” ruggì Stromboli. “Prendeteli anche a costo della vita! Forza, maledetti!”

I suoi uomini scattarono in avanti. Mi guardai intorno, disperato. Nel mio salvavita dal calcio di madreperla restava un solo proiettile. Non mi venne in mente nessuna possibile soluzione.

Eccetto una.

Guardai il pozzo.

Mi sporsi da dietro il bordo in pietra e feci fuoco per l’ultima volta. Uno degli uomini vestiti di nero fu colpito in un occhio, ma l’altro non si fermò. Afferrai Charlie per un braccio e rotolammo con un grido oltre il bordo del pozzo, precipitando nelle tenebre puzzolenti dell’abisso.

UNA FUGA DISPERATA

Tentai di aggrapparmi alle catene a cui era stato appeso Charlie, ma non le trovai e cademmo nel buio. Era come quando si apre la botola sotto i piedi di un impiccato. Ero consapevole solo della stretta di Charlie, dello stomaco che mi saliva in gola e della testa che girava. Se questa era "La Caduta", potevo capire perché il mio omonimo ne fosse uscito così irritato.

All'improvviso ci trovammo in acqua. Un'acqua calda, sporca, salmastra, che ci circondava. Quasi non mi accorsi del tonfo.

Ingollai almeno una pinta d'acqua, poi risalii verso la superficie. Charlie era un peso morto tra le mie braccia. Le nostre teste emersero dall'acqua e scossi la mia, battendo le palpebre più volte, mentre cercavo di orientarmi in quel buio orribile.

Riuscii a sistemare la testa di Charlie nell'incavo del gomito, poi mi pulii la melma dagli occhi. Eravamo in un tunnel, anche se era impossibile stabilire se si trattava di una fogna o del corso di un antico fiume. Tuttavia c'era della corrente.

Guardai rapidamente in alto. Sopra di noi, il viso bianco dell'ultimo uomo di Stromboli era affacciato sopra il pozzo e ci guardava come dal lato sbagliato di un telescopio. Stromboli gli avrebbe ordinato di saltare per inseguirci? Mi abbandonai alla corrente. Charlie, senza rendersi conto di nulla, fu trasportato con me.

In pochi secondi ci allontanammo, come tappi di sughero trascinati dal fiume. Finora non sembrava che ci inseguisse nessuno. Dopo un po' di tempo mi resi conto che il tunnel si allargava e allungai il collo sopra l'acqua.

Avevamo raggiunto una confluenza dove tre tunnel si incontravano e diventavano uno solo. Un'imponente grata di ferro impediva di procedere oltre. La corrente ci trasportò contro di essa e mi aggrappai con una mano al metallo coperto di melma, afferrando Charlie, ancora privo di conoscenza, con l'altra.

Guardai oltre la grata. Il fiume si perdeva nelle tenebre. Poco più avanti c'era una specie di cascata costruita dall'uomo, ma probabilmente non del tipo che l'equilibrista Blondin avrebbe scelto di attraversare su una corda tesa.

Charlie aprì gli occhi. Mi fissò per un momento, poi il suo viso pieno di lividi si aprì in un sorriso. Sembrava del tutto inconsapevole della nostra situazione.

"Ciao," sussurrò.

Risposi con un cenno del capo. "Come ti senti?"

Abbassò lo sguardo e spalancò gli occhi, scoprendo di essere immerso nell'acqua nera. A un tratto fece una smorfia di dolore. "Sono stato meglio. Ma dove diavolo siamo, se posso chiederlo?"

Lo appoggiai alla grata e tolsi il braccio con cui gli sostenevo la testa.

"Aggrappati qui," ordinai. "Abbiamo bisogno di riposare un po'."

Riuscì a infilare le dita nei buchi della grata e si sostenne, ma vedevo che il dolore alle braccia lo tormentava, dopo essere stato appeso a quella catena.

Mi contorsi per togliermi la mia bella giacca a coda di rondine. Ormai non era altro che un impaccio e la abbandonai alla corrente. Si gonfiò un attimo appena sulla superficie, poi scomparve.

"Non sembra che da questa parte ci sia un'uscita," dissi alla fine. "Perciò mi sa che dovremo tornare indietro nuotando controcorrente. Ce la fai?"

Non sembrava in condizioni di farcela, ma disse di sì.

Scossi la grata, ma nonostante la corrosione era molto solida.

"Da dove viene la luce?" domandò Charlie.

"Esatto, da dove?" Mi tirai su aggrappandomi alle sbarre e cercai di sbirciare nel buio. A destra della cascata si intravedeva un bagliore fosforescente.

"Laggiù c'è un altro tunnel," borbottai.

Charlie scosse la testa. "No, intendevo *quella* luce."

Alzò un braccio e indicò nella direzione da cui eravamo venuti.

Nel buio si distinguevano le inconfondibili sagome di uomini in acqua, con in mano torce sibilanti.

Mi guardai intorno in preda alla frenesia. La nuova luce proiettava ombre frastagliate sulla grata. Guardai su e giù nella speranza di trovare una via d'uscita. Poi mi tirai su, feci un gran respiro e mi tuffai nel fiume. Ero del tutto disorientato.

Una volta sott'acqua tastai la grata. Tra il buio e il sudiciume non si vedeva nulla, perciò feci scorrere le mani sul metallo sommerso alla ricerca di un passaggio nella struttura. In un angolo del cervello ricordavo una costruzione fognaria simile a quella. Forse l'avevo vista da bambino, durante una visita scolastica ai collettori realizzati da Joseph Bazalgette per filtrare le acque reflue.

Per alcuni secondi non trovai nulla in quell'acqua disgustosa, se non la stessa struttura di sbarre di ferro melmose. Poi… Sì! Finalmente! Le mie mani trovarono un varco e fui trascinato in avanti da una corrente più forte.

Doveva esserci lo spazio sufficiente perché Charlie e io potessimo passare, uno alla volta.

Tornai in superficie, scossi l'acqua dai capelli e guardai verso il gruppo con le torce che si avvicinava. Senza pensarci due volte afferrai Charlie, gli spinsi la testa sott'acqua, presi un altro respiro profondo e lo seguii. Quando raggiungemmo il buco nella grata e lo attraversammo, intorno ai nostri corpi si formò una scia di bollicine.

Fummo afferrati dalla corrente, un po' emergevamo all'aria, un po' andavamo sotto, in quella rapida cascata, finché arrivammo nel tunnel dall'altro lato, liberi.

Be', liberi per modo di dire. I nostri inseguitori ci avrebbero messo poco a scoprire quello che avevamo fatto e ci avrebbero seguiti.

Charlie stava respirando l'aria fetida a grandi boccate.

"Tutto bene?" gli chiesi. Annuì, esausto.

Nuotai un po' più avanti. Ora si vedeva bene qual era la fonte di luce. Non lontano da dove eravamo, c'era un piccolo buco nella parete del tunnel. Una mezza dozzina di mattoni marci erano crollati, rivelando una camera dall'altro lato. Nuotai verso la breccia e riuscii ad arrampicarmi per vedere meglio. Prima di scivolare di nuovo in acqua, vidi sulle pareti mangiate dal sale, come una decorazione natalizia, il bagliore inconfondibile di una luce elettrica.

Tirai un sospiro di sollievo. Benché fosse esausto, sapevo che Charlie si sarebbe ringalluzzito alla vista di un posto asciutto che ci avrebbe dato la possibilità di sfuggire ai nostri inseguitori.

Tuttavia, quando lo raggiunsi a nuoto, vidi che le nostre recenti avventure lo avevano messo a durissima prova. Aveva la testa mezza sommersa dall'acqua e gli occhi rovesciati.

"Charlie!" sibilai. "Svegliati! C'è una via d'uscita più avanti. Resisti ancora un po'."

Lui cadde in avanti e tentò di concentrarsi su di me. Fece un sorriso stupido e chiuse di nuovo gli occhi.

Con un sospiro, cominciai a trascinarlo. In quel nuovo tunnel l'acqua era bassa e il fondo coperto di sedimenti cedeva sotto le mie scarpe, mentre, con un braccio intorno alle spalle di Charlie, procedevamo a fatica verso il buco nel muro.

A un certo punto, una serie di grida e imprecazioni mi fecero capire che gli inseguitori avevano scoperto il metodo che avevamo usato per superare la grata.

Quando raggiungemmo la breccia nel tunnel, spinsi Charlie nella sala. Di solito, la sensazione di un paio chiappe solide dentro pantaloni bagnati mi avrebbe distratto, ma feci attraversare il buco a Charlie senza nemmeno guardarlo. Appena cadde dall'altro lato, attraversai anch'io.

Restai immobile e confuso per un lungo istante. Poi i miei occhi si abituarono alla luce e vidi che eravamo circondati da casse da imballaggio e scale a pioli sotto il forte bagliore della luce elettrica. Charlie si mosse e aprì un occhio.

"È una specie di magazzino," dissi, alzandomi e controllando le finestre. Una si aprì cigolando e pochi secondi dopo eravamo in strada. Non mi sorprese il fatto che persino a Napoli non riuscissimo a trovare una carrozza, nel nostro stato miserevole. Alla fine smettemmo di tentare, ci avviammo a piedi verso il porto, e finalmente riuscimmo a entrare nel calore rassicurante dell'Hotel Santa Lucia.

La mattina dopo si annunciò subito caldissima. Dalle persiane semichiuse vedevo Napoli splendere in modo quasi doloroso sotto il sole bruciante, come per festeggiare il fatto che ci era stata risparmiata la vita (ogni tanto mi vengono in mente simili fantasie). Forse era il caso di andare a fare una passeggiata? Camminare in riva al mare, in quella splendida mattina, mi avrebbe chiarito le idee e sollevato il morale. Chiusi del tutto le persiane, tornai a letto e accesi una sigaretta. Niente passeggiata.

Charlie Jackpot, la faccia stanca e gli occhi cerchiati lo rendevano in qualche modo ancora più irresistibile, era steso accanto a me. Tra le lenzuola, il suo corpo era pallido e perfetto come un'effigie tombale di marmo.

Gli diedi una pacca sulle natiche e si svegliò a fatica.

"Buongiorno, Charles."

Grugnì e si voltò dall'altro lato.

"È tempo di finire la conversazione iniziata ieri sera," dissi, allegro. "Quella interrotta in modo così rude dalla lampada a olio velenosa. Cosa nasconde il Club Vesuvio?"

Lui si passò una mano tra i capelli e gemette. "Non adesso. Sono mezzo morto."

"Solo mezzo grazie a me." Mi contemplai un ginocchio nudo. Era sbucciato e coperto di sangue secco. "Se non sbaglio, stavi cercando di suscitare il mio interesse per un affare."

Si sollevò su un gomito e sbadigliò. "Esatto."

"Vuoi una spinta, giusto? Una via d'uscita dalla tua sordida esistenza."

Charlie strinse le braccia al petto e rabbrividì. "Voglio solo una situazione migliore, in cambio di ciò che so. Non è una pretesa esagerata, dal mio punto di vista."

Annuii. Un'idea stava prendendo forma nella mia testa non ancora del tutto sveglia. "Senti, al momento avrei proprio bisogno di un valletto."

Lui si scurì in volto. "Che?"

"Ehi, non rispondermi in questo modo villano. Ascolta..."

"Non voglio fare il servitore!" gemette. "È proprio la

vita che voglio lasciarmi alle spalle. Voglio essere mantenuto. Vivere come un gentiluomo."

"Oh, povero me. Sei ambizioso, eh? Cos'hai in mente? Una villa a Broadstairs e duecento sterline l'anno?"

Lui aggrottò la fronte, imbronciato.

"Se non vuoi essere buttato in mezzo alla strada, ti suggerisco di chiudere quella bella bocca e fare attenzione." Aspirai profondamente dalla mia sigaretta. "Le tue incombenze saranno piuttosto leggere. Le solite cose che fa un valletto. Pulire, cucinare un po', prepararmi un bagno caldo. Salvare l'Inghilterra da pericoli mortali... quel genere di cose."

Charlie restò impassibile. "E cosa... cosa ne è stato del suo precedente valletto?"

"Gli hanno sparato," dissi, in tono casuale. "Vedi, Charlie, lavoro in un campo altamente specialistico. Se sei davvero interessato, la mia *ditta* ti assumerà."

"Per chi lavora?"

"Per il governo di sua maestà." Allungai una mano per spegnere la sigaretta sul tavolo di marmo. "Sono una spia, Charlie. Un agente. Un assassino. Uno strumento affilato dei poteri forti. E ho bisogno di un assistente. Cosa ne dici? Non è una brutta vita, e potrai contare sull'imperitura gratitudine di re Edoardo."

"Non lo so."

"Non è una pretesa esagerata, dal mio punto di vista," ribattei, usando le sue parole di poco prima. "Avrai un salario nominale. Pensaci! E pagherai un affitto simbolico!"

Charlie tastò delicatamente l'occhio nero. "Cosa intende per nominale?"

Risi. "Sarai in prova, ragazzo mio. Parleremo di un salario decente solo quando mi dichiarerò soddisfatto del tuo carattere depravato."

"Merda!"

"Non prendertela," mormorai. "Sono certo che andremo più che d'accordo."

Bussarono alla porta. Imprecando, saltai giù dal letto, indossai una vestaglia e andai ad aprire.

Un ragazzo del telegrafo in divisa mi fece un inchino. Era magro, con un'aria insolente che sembrava pensare fosse un segno di distinzione.

"Il signor Box?"

Annuii e mi consegnò il telegramma. Strappai la busta. *Sir Emmanuel scomparso. Venga immediatamente. Thos Stint (maggiordomo).*

Il ragazzo inclinò la testa di lato. "Vuole rispondere?"

"No, niente risposta." Chiusi la porta.

Charlie intanto si era alzato e stava indossando le sue orribili mutande grigie e i calzini a righe. "Di che si tratta?"

"Il tuo ex padrone è scomparso. Dobbiamo andare subito lì. Puoi continuare il tuo racconto durante il viaggio."

Mi vestii in fretta, ricaricai la pistola e seguii Charlie verso la porta. Scavalcando i vestiti che erano rimasti sul pavimento dopo le avventure della notte, notai un oggetto lucido che sporgeva dal mio gilè distrutto e bagnato.

Mi chinai a raccoglierlo. Era il frammento di un grafico che dovevo aver prelevato nella stanza rotonda. Mostrava una sezione in inchiostri di vari colori. Era impossibile capire cosa fosse e compresi di dover consultare qualche libro sull'argomento.

"Due piccioni con una fava," borbottai tra me, sorridendo.

"Eh?" disse Charlie.

"Niente. Andiamo."

Scendemmo in tutta fretta fino ai moli e trovammo una carrozza. Il vetturino, un vecchio con un paio di sopracciglia che sembravano ricci di mare bianchi, ci portò verso nord con soddisfacente rapidità.

Mentre ondeggiavamo da un lato all'altro nella carrozza, Charlie proseguì il suo racconto.

"Ecco, ho tenuto occhi e orecchie aperti, come mi aveva detto di fare il signor Poop. Per molto tempo non ho scoperto nulla..."

"Non è da te."

"Poi una sera ho sentito una conversazione. Riguardava alcuni vecchi in Inghilterra e uno qui in Italia. Ho teso le orecchie perché quello di qui era sua signoria, sir Emmanuel, il mio datore di lavoro. Caspita, ho pensato. Che stanno combinando?"

"E l'hai scoperto?"

"Non esattamente. Ma li ho sentiti dire che bisognava portare qui una donna di nome Knight."

Feci un grugnito soddisfatto. "K al C.V. Va' avanti."

"Comunicai tutto questo al signor Poop, ma poi lui non tornò più."

Guardai fuori dal finestrino, aggrottando la fronte. "No, infatti. Gli stavano addosso, Charlie, e gli hanno spaccato la testa con uno dei loro oggetti antichi. C'è altro? Le tue preziose informazioni mi sembrano scarse."

Charlie scrollò le spalle. "Senta, ho rischiato tutto per aiutarla. Ho cercato di ascoltare ancora, ma non ci sono riuscito. Il compagno di Venus..."

"L'hai visto?"

"Solo di spalle."

"Un tipo grosso? Con la schiena larga?"

Charlie scosse la testa. "No, per niente. Snello, in realtà. Aveva cappello e mantello, ma mi è sembrato piuttosto magro."

"Capisco. Cosa stavi dicendo?"

"Non so se devo dirglielo, visto quanto poco valuta le mie 'preziose informazioni.'"

Sospirai. "*Per favore*, continua."

Charlie fece un sorrisetto. "So soltanto che il compagno di Venus ha qualcosa a che fare con la Casa dell'Albero Colpito dal Fulmine, il più grande covo di Napoli."

"Covo?"

"Una fumeria d'oppio."

Stavo riflettendo su questo quando la carrozza si fermò con un sussulto. "Siamo arrivati!"

Eravamo davanti alla vecchia villa. Scesi e mi attaccai alla campanella, quasi strappandola dal suo sostegno.

Il vecchio maggiordomo arrivò con passo malfermo ad aprire il cancello. Rivolse uno sguardo irritato a Charlie. "Dove diavolo sei stato, giovanotto?"

"Non importa," lo interruppi. "Siamo venuti appena possibile. Cosa è successo?"

"Sir Emmanuel è scomparso!"

"Si è comportato in modo insolito, ultimamente?"

Stint ci accompagnò verso la porta, lanciando occhiate velenose a Charlie. "No, niente di insolito. Gli ho consegnato la posta come di consueto alle nove meno un quarto. Alle dieci gli ho portato il caffè ma ho trovato la porta della biblioteca chiusa a chiave. Ho bussato, non ho ricevuto risposta e ho fatto sfondare la porta."

Intanto eravamo arrivati alla porta della biblioteca, e vidi la serratura spaccata. Stint ci fece entrare. "La biblioteca era vuota."

Guardai la sedia a rotelle, che conservava ancora sul cuscino arancione l'impronta del sedere del suo proprietario. Poi osservai la scrivania. Nulla attirò la mia attenzione, anche se l'atmosfera della stanza era troppo soffocante, pur considerando la temperatura estiva e la propensione di Quibble per surriscaldare gli ambienti. Inoltre, le finestre erano aperte.

"La domanda è: come fa un uomo paralizzato a fuggire dalla portafinestra?"

"È inconcepibile. E il fatto che le finestre fossero aperte è singolare, visto l'orrore di sir Emmanuel per il freddo."

Annuii, distratto. "Cosa c'era nella posta che gli ha portato?"

Stint indicò la scrivania. "È tutto là."

Sul sottomano c'era una quantità di buste. Mi coprii la mano con il fazzoletto e le stesi a ventaglio.

"Sono nove," dissi, riflettendo ad alta voce. "Ma ne sono state aperte solo quattro." Mi chinai a osservare le lettere aperte. "Tutti inviti, a quanto sembra. Un momento! Cos'è questa?"

Coperta a metà dal sottomano, c'era una decima busta, di un sospetto color malva e listata di nero. Presi lo sfogliacarte ed estrassi la busta dal suo nascondiglio.

"Indirizzata a sir Emmanuel," dissi, voltandola.

Stint si avvicinò alla scrivania. "Ma non contiene nulla?"

Scossi la testa. "Dove ha trovato sir Emmanuel, quando gli ha portato la posta?"

"Era lì, davanti a quello scaffale. Tra *Declino dell'impulso procreativo* di H. H. Nunstead e *Sull'efficacia dell'asfalto al catrame* di Pothan."

Alzai gli occhi a fissarlo.

"Ormai conosco le abitudini del padrone," disse Stint, seccato.

Andai allo scaffale e mi misi nel punto in cui si trovava Quibble. Guardai la grata del caminetto, vuota e fredda.

"Naturalmente, il fuoco era acceso."

"Certo."

"Qui! Venite!"

Mi voltai a quel grido di Charlie e mi avvicinai subito a lui. Stava aprendo e chiudendo un'anta della portafinestra, poi uscì e indicò la serratura esterna. Un rapido esame mi disse ciò che avevo bisogno di sapere.

Tornai al camino e, usando di nuovo il fazzoletto per coprire la mano, mi misi a frugare tra la cenere.

"Ah!" esclamai, stringendo tra le dita un piccolo frammento di carta color malva. "Ecco la lettera, Stint. O ciò che ne resta."

Avvicinai al viso il pezzo di carta. Mi assalì uno strano odore, pungente e familiare.

"Senti questo odore, Charlie?" dissi, agitandogli il frammento sotto il naso. "Direi… che questa carta è impregnata di una sostanza chimica che tu e io conosciamo bene!"

"Buon Dio!" gridò Stint. "Volete dire che fate uso di *droga?*"

"Cosa? No, no." Drizzai la schiena. "Ecco cosa credo sia successo qui stamattina. La lettera nella busta malva era un'esca. Conteneva un falso messaggio e l'ordine di bruciarla subito dopo averla letta. Il suo padrone ha ubbidito ed è stato sopraffatto dalla sostanza nociva di cui il foglio era impregnato."

Stint si morse un labbro, ansioso. "Quindi ha aperto la portafinestra nel tentativo di disperdere il fumo?"

"No, perché la finestra è stata forzata dall'esterno, come ha scoperto il signor Jackpot. Il mittente della lettera era qui fuori in attesa. Appena il suo piano ha funzionato, si è introdotto nella stanza e ha trascinato via sir Emmanuel, lasciando la finestra aperta per permettere al fumo tossico di dissiparsi."

"Ma chi farebbe una cosa simile?"

L'odore della sostanza chimica contenuta nella lettera malva era inconfondibile. La polvere viola sulla scrivania di Verdigris! La carta bruciata nel camino di Sash! Tutti e tre dovevano aver ricevuto una busta malva. E il messaggio conteneva anche l'istruzione di bruciarlo appena letto.

Ora sapevo il come, ma non ancora il chi.

Era il momento di vedere cosa aveva assorbito Stint dal suo padrone. Tirai fuori dal taschino del gilè il frammento del disegno che avevo preso dalla sala circolare. "Cosa ne pensa, Stint?"

Il maggiordomo l'osservò con attenzione.

Misi le mani in tasca. "È una sezione di qualche tipo. Potrebbe indicarci un volume o due sulla struttura delle macchine moderne?"

Stint scosse la testa. "Oh, no."

"No? Come mai?"

"Non è una macchina," rispose. "È un vulcano."

IL COVO DEL SIGNOR LEE

"È vero, perbacco!"

Guardai da sopra la sua spalla e indicai una doppia linea tracciata sulla sezione. "E questa?"

"Credo si chiami 'sfiato'. Una fenditura nella roccia attraverso la quale il magma fluisce in superficie."

Charlie gli prese di mano il frammento. Dentro le linee erano state disegnate alcune frecce. "Allora perché le frecce puntano verso l'interno del vulcano?"

"Non ne ho idea," rispose il maggiordomo.

Ci avvicinammo alla libreria. "Mi dica, Stint. C'è una possibilità di capire di quale vulcano si tratta?"

Gli aleggiò un sorriso sulle labbra pallide. "Tutte le possibilità, direi. Sono certo che sir Emmanuel sarebbe felice di vedere che la sua collezione di libri risulta utile. C'è bisogno della scala. Vuol essere così gentile?"

Charlie tirò fuori la scala da una nicchia in ombra. Prima che potessi protestare era già salito e si era messo a frugare tra i libri. Le ruote scorrevoli della scala cigolavano orribilmente.

"Ah," disse Stint, con disapprovazione. Poi indicò in alto. "Il terzo scaffale. Cosa vedi?"

Alla debole luce, Charlie lesse: *Vulcanismo sulla costa del Pacifico... La bomba di lava...*"

"Fuochino..."

Charlie si appoggiò con una mano allo scaffale, preparandosi a far scorrere in avanti la scala, quando un grosso tomo rilegato in tela attirò la sua attenzione. "*Viscosità magnetica?*" disse, speranzoso.

"È il libro giusto!" rispose Stint.

"Maxwell Morraine," esclamai.

Il maggiordomo si voltò a fissarmi. "Sì. Cosa c'entra lui?"

"Non mi era mai venuto in mente di chiedere a lei, Stint. Cosa sa del collega morto del suo padrone, Morraine? Quibble mi ha fatto buttare fuori appena ho menzionato il suo nome."

Il vecchio maggiordomo si strinse nelle spalle. Sembrava all'improvviso molto stanco. Charlie scese dalla scala e gli consegnò il volume. Stint si mise a sfogliarlo mentre parlava. "Lei è troppo giovane per ricordarlo, ma fu una tragedia. Il professor Morraine divenne... bizzarro."

"Bizzarro?"

"Non ci stava più con la testa. Dicono che fu perché la moglie era fuggita con un altro, ma sir Emmanuel mi ha detto che Morraine era sempre stato un po' tocco. Fin da quando erano studenti."

"Sì, ho sentito che erano compagni di università. Ed erano venuti qui insieme a lavorare, giusto?"

Stint annuì con vigore, poi confrontò il frammento di sezione con un'illustrazione del libro. "Il padre di sir Emmanuel possedeva questa casa e il mio padrone ha sempre amato la campagna italiana. Sembrava il posto perfetto per portare avanti le loro ricerche. Per noi due è incomprensibile come il greco o l'italiano, ma il professor Morraine aveva delle teorie sulla grande energia potenziale della lava contenuta nel nucleo terrestre. Solo che non riuscì a concludere nulla. Poi ci fu l'incendio, e la povera signora Morraine... Aha! Ho trovato il vulcano."

Sollevò il libro, il pezzo di carta premuto sulla pagina corrispondente. Non fu una sorpresa per nessuno scoprire che era una sezione del Vesuvio.

La straordinaria biblioteca di Emmanuel Quibble si stava rivelando inestimabile. Dopo aver identificato la sezione geologica, cominciammo a cercare qualcosa che ci permettesse di identificare la strana sostanza chimica color malva.

Charlie si sedette e posò i piedi sulla scrivania. Si tolse gli stivali e cominciò a massaggiarsi le dita dei piedi, attirando le occhiate irose di Stint.

"Renditi utile," gli ordinai, gettandogli una copia di *L'avvelenamento da arsenico e le sue cause.*

"Mi sto rendendo utile. Sto pensando."

"Senti, io sono al servizio di sua maestà, tu sei al mio servizio."

Mise le mani dietro la testa. È possibile avere un'aria spavalda anche da seduto?

"Mi sembra evidente che c'è un collegamento tra questa sostanza viola e ciò che le ho detto sul compagno di Venus."

"Cosa, esattamente?"

"La Casa dell'Albero Colpito dal Fulmine. Ricorda?"

Il suo viso si allargò in un sorriso furbo.

"Oppio?" esclamai.

Pochi minuti dopo, grazie ai riferimenti incrociati di Stint, trovammo ciò che cercavamo. "Un distillato dei semi del papavero," lessi, passando un dito sulla delicata illustrazione del fiore.

"Mai sentito nominare."

"Nemmeno io. Anche perché cresce solo in alcune zone dell'Himalaya. Ora mettiti gli stivali, Charlie, devi uscire."

"Come mai?"

"Devi organizzare il trasporto per una visita in quella fumeria. Ci vediamo nell'atrio del Santa Lucia alle dieci."

"Va bene, capo." Charlie si alzò e infilò gli stivali, sostenendosi allo stipite della porta.

"Ah, Charlie?"

"Sì?"

"Sii prudente. Ormai stai diventando indispensabile."

Sorrise e provai una strana sensazione quando si chiuse la porta alle spalle. All'inizio pensai che fosse qualche specialità del caffè Gambrinus che non avevo digerito, ma poi la riconobbi, un'emozione quasi aliena. *Affetto.*

Mi congedai da Stint e tornai all'hotel. Quibble, Verdigris, Bella, Reynolds, Charlie... mi girava la testa. Dopo un lungo bagno finalmente mi sentii di nuovo me stesso. Tanto che decisi di concedermi un lavoretto di polso, immaginando di avere Bella tra le braccia.

Cenai con lei quella sera, e la signorina Pok era più bella che mai. Splendeva come un raggio di luna nella penombra dorata del ristorante. Mi scusai di nuovo per come l'avevo abbandonata alla stazione della funicolare.

"Non c'è di che, davvero," rispose, in tono leggero. "Mi avevi avvisata che potevi... dover tagliare la corda in fretta, qualche volta."

"Quell'italiano ti ha accompagnata? Tutto bene?"

"Oh, sì. È stato molto gentile."

Sorrise e sollevò il bicchiere. "Alla tua, Lucifer."

Feci tintinnare il mio bicchiere contro il suo. "No, alla nostra."

"Non sei stato del tutto sincero con me," disse, dopo aver bevuto un sorso di vino.

"No?"

"No. A meno che non avessi un improvviso bisogno di evitare la folla, sembrava che stessi *inseguendo* qualcuno."

"Ah, ecco..."

Alzò una mano. "Non dire nulla. So che me lo diresti, se potessi. Ci sono in gioco questioni di grande importanza, non è così?"

Annuii piano.

"E quello che è successo al signor Miracle ne fa parte."

"Infatti."

Annuì. "Un giorno, forse, mi racconterai tutto."

Quella frase suonava bene. Prometteva un futuro. *Insieme.*

Ci augurammo la buonanotte sulla porta della sua stanza d'albergo e per la prima volta mi fu concesso di baciarla sulla guancia liscia.

Ah, povero me!

In previsione di una nottata di lavoro, tornai al mio hotel e indossai una giacca Norfolk, un maglioncino da marinaio e un paio di pratici pantaloni di tweed. Alle dieci in punto scesi nell'atrio e trovai Charlie ad aspettarmi.

Mi guardai intorno in cerca di una carrozza, ma lui mi tirò una manica. "Niente carrozza. Ci sentirebbero arrivare da lontano."

Tirò via una coperta di tela che nascondeva un oggetto sulla strada. Appoggiato al muro, c'era un tandem a pedali. Ero stupefatto.

"È il meglio che sei riuscito a fare?"

"La necessità fa l'uomo ladro," sorrise. "Così l'ho rubato."

Io non sono mai stato, come dire, un *fan de cycle*, e non ero dell'umore di salire sul sellino. Tuttavia Charlie aveva ragione, era un sistema molto meno vistoso di una carrozza per avvicinarci alla più grande fumeria d'oppio di Napoli. Annuii mio malgrado e staccai dal muro la bicicletta. Salimmo insieme e dopo alcuni ondeggiamenti riuscimmo a controllarla. Pedalammo sul pendio in direzione di Capodimonte, secondo le indicazioni di Charlie. Finalmente fui grato per le lezioni di ciclismo che la mia governante mi aveva costretto a prendere.

Molto tempo dopo, svoltammo in un quartiere di villette fatiscenti costruite in modo caotico accanto a un grande uliveto. L'intonaco cadente era visibile anche alla luce delle stelle; gli spioventi dei tetti erano quasi a contatto tra loro, come una fila di soldati a una parata.

Saltai giù dalla bici e la tenni ferma per far smontare anche Charlie. Poi la spingemmo a mano lungo la strada. Di fronte a noi c'era una costruzione dall'aria poco raccomandabile, con davanti un ulivo contorto e annerito.

Fui contento di aver ricaricato il revolver mentre avanzavamo in quel postaccio.

Davanti ad alcune case c'erano torce accese in sostegni fissati al muro, e si vedevano delle figure rannicchiate nell'ombra. Era evidente che fossero ostili. Alzai la pistola e tirai indietro il cane, facendomi vedere bene mentre lo facevo.

"Resta accanto a me, Charlie," sibilai.

Le ombre indietreggiarono un poco, e affrettammo il passo lungo muri scrostati dipinti di verde.

Charlie bussò più volte con forza alla porta della grande casa.

Scivolai in una nicchia in ombra, mentre le sagome intorno a noi si facevano più audaci. Vidi un uomo grosso come un orso, con un foulard legato intorno alla testa, sorridermi alla luce delle torce. Stringeva un randello e lo batteva sul palmo dell'altra mano.

"Cerca di fare in fretta, Charlie," dissi a bassa voce.

Finalmente la porta si aprì e si affacciò un viso indiscutibilmente cinese.

"Cosa volete?" starnazzò. La faccia con una barbetta rada sembrava una striscia di carne rossa alla luce delle torce.

Lo spinsi da parte ed entrai, seguito da Charlie, che richiuse la porta alle nostre spalle.

"Cosa fate? Cosa fate?" latrò il piccoletto. "Non potete entrare qui!" Era paffuto come un budino e indossava una tunica di mussolina sporca.

Gli puntai il revolver in faccia. "Credo che questo basti come passaporto," sibilai.

"No bisogno di questo!" rispose il cinese, in un sussurro roco. "Perché venuti così? Volete pipa?"

"No. Sì. Andiamo dentro."

Seguimmo l'ometto in un labirinto di corridoi pieni di cartacce ed emergemmo in una grande sala che una volta doveva essere stata un soggiorno. Sui muri c'erano festoni di ragnatele e macchie di umidità. La parte visibile del pavimento era costituita da tavole di legno grezzo, e da lì si passava a un rumoroso scantinato al piano interrato.

L'impressione prevalente era di aria viziata, un'atmosfera tossica con l'inconfondibile odore dell'oppio. Il fumo stagnava in volute pesanti sopra le teste della moltitudine che affollava lo stanzone. Bocche aperte e occhi rovesciati parlavano di giorni e settimane di pipate. I drogati giacevano sul pavimento, fumavano contenti e le palline d'oppio nere e lucide brillavano come lucciole.

Il padrone avanzò verso di noi con una lanterna in mano, facendosi strada tra i mucchi di umanità derelitta. "Mio nome signor Lee. Voi gentiluomini. Ho ufficio. Parliamo lì."

L'ufficio era arredato solo con un tavolo e due sedie, ma almeno era pulito. Mi sedetti sulla prima e Charlie prese posto sulla seconda. Lee posò la lanterna sul tavolo e fece una risatina spiacevole.

"Ho papavero prima qualità per voi inglesi. Economico..."

"No, grazie. Ho gusti costosi. Voglio il papavero viola."

Lee batté le palpebre, poi rise. "Non capisco. Casa di Albero Colpito da Fulmine ha molte pipe. Ma no papavero viola. Venite. Rilassatevi."

Scattai in piedi. Lo afferrai per la tunica sudicia e lo spinsi contro il muro. "Il mio amico e io abbiamo fretta, capisce? Vogliamo sapere a chi fornisce il papavero viola."

Il suo viso grasso arrossì, allarmato. Guardò Charlie come per appellarsi a lui.

"Voi pazzi! Pazzi! Vi prego!"

Charlie si alzò in piedi. "Non posso aiutarla," disse a Lee. "Quest'uomo è un pittore. È capace di strapparle un orecchio a morsi, se non gli dice quello che vuole sapere."

Lee deglutì a vuoto e gli tremò il doppio mento. "Non so nulla."

Lo sbattei contro l'intonaco scrostato. "Parli, venditore di fumo."

"Non esiste nessun papavero viola!" strillò.

Gli piantai la canna della pistola nel grasso intorno alla bocca umida. "Mi creda, ho un interesse professionale nel veder scorrere il suo sangue rosso sopra la pelle gialla."

Lui ci guardò, disperato, torcendosi le mani grassottelle. "Ve lo dirò! Ve lo dirò!"

Si afflosciò contro l'intonaco, scosso da brividi di paura. Chiuse un attimo i piccoli occhi a punta di spillo. "Papavero viola arriva da Shanghai, spedizione speciale. Rarissimo. Molto prezioso. Molto pericoloso. Ha molte facce. Ti porta su, giù, fa dimenticare, può anche uccidere. Ci vuole molta, molta attenzione. C'è bisogno di esperti. Non buono per voi gentiluomini inglesi!"

"Capisco," dissi a bassa voce. "E lei fornisce questa roba a qualcuno, giusto? A che scopo?"

"Non posso dirlo..."

Gli premetti più forte la pistola in faccia. La pelle unta era lucida di sudore. "Per favore! Per favore! Conosco solo mie istruzioni! Consegno papavero viola e non so più niente!"

Mi allontanai da lui, tenendolo sempre sotto tiro. "Dove lo consegna, esattamente?"

Sul suo viso grasso si allargò un sorriso. "Posso dare indirizzo, ma io non posso lasciare qui, miei affari, capisce?"

Gli puntai il revolver sulle parti basse. "Ci accompagnerà lì. O i cantanti castrati di Napoli avranno un nuovo collega."

Quando trovai un calesse e salii a bordo con Charlie e il riluttante signor Lee, il buio si era infittito. Dovevamo essere una strana vista, mentre frustavamo i magri cavalli attraverso le strade addormentate, ma Napoli, luogo di follia, è abituata a questo tipo di cose.

Lee parlava poco ma indicava la strada lungo gli stretti vicoli dove eravamo costretti a evitare il bucato steso ad asciugare tra le case.

Attraversammo la città e prendemmo la strada costiera.

"Guarda dove siamo diretti," osservò Charlie. Non fu una sorpresa veder apparire davanti a noi il grande vulcano, con la cima infuocata come un faro. Dopo circa un'ora, ci trovammo in un'area verdeggiante. Uno strano insieme di costruzioni era disposto a formare una C squadrata, al centro una villa annerita con le finestre coperte di fuliggine.

"È qui," disse Lee, "dove porto papavero."

Saltai giù dal calesse e feci un gesto con la pistola. "Forza, scenda."

Il cinese scosse la testa. "No, per favore. Non voglio entrare lì."

"Qual è il problema?" chiese Charlie, scendendo e accendendo una lanterna. "Ci penseremo noi a proteggerla."

Lee non sembrò affatto rassicurato e scosse la testa con forza, gli occhi neri e brillanti. "Non è quello. Non vedo mai nessuno quando vengo. Ma... casa infestata."

"Che sciocchezza!" esclamai.

"No, no, è verità! Per favore, lasciate tornare a casa povero Lee, adesso."

"Niente da fare, vecchio mio," risposi. "Ma non si preoccupi, se arriva il fantasma si beccherà uno di questi." Tirai indietro il cane della pistola e ci avviammo tra l'erba.

Al pianterreno di una casa vicina c'era una luce accesa. Scivolammo nell'ombra per non farci vedere. Mi guardai intorno. La nostra casa aveva una doppia porta nera. Doveva essere il magazzino del carbone.

"Dove porta i papaveri, Lee? In questa cantina?"

Lui scosse la testa, nervoso. "No, no. Alla porta principale. Venite."

Ci spostammo sul davanti di quella villa annerita e arrivammo all'ingresso, sotto un porticato. La porta sembrava intatta, ma tutte le finestre visibili erano chiuse da assi inchiodate. Pensai fosse saggio non far notare la nostra presenza, così in pochi secondi schiodai le assi da una finestra, mi avvolsi il foulard intorno al pugno e spaccai il vetro, che si ruppe con un debole tintinnio.

Entrammo tutti e tre, calpestando vetri e sporcizia. Lee mugolava come un bambino spaventato.

L'aria era pesante di decadenza. La lanterna mostrò mobili danneggiati dal fuoco, con la vernice gonfia e crepata.

Mi rivolsi a Charlie. "Sembra abbastanza tranquillo."

"Come una tomba."

Lee gemette piano. Lo afferrai per la tunica. "Dove lascia l'oppio?"

Lui si guardò intorno, terrorizzato. "Qui nell'ingresso. Resto solo minimo necessario."

Alla luce della lampada di Charlie, vedemmo delle tracce nella polvere sul pavimento, come se fosse stato trascinato qualcosa su una slitta.

"Esplora la casa, Charlie," sussurrai, alzando la mia lanterna. "Il signor Lee e io pensiamo alla cantina."

"Va bene."

Lo guardai andare verso le scale, poi mossi la lanterna in cerca della porta che conduceva al magazzino del carbone. La trovai in un angolo nascosto sotto le scale.

"Per favore, ora andiamo," mugolò Lee. "Questo posto cattivo."

Cercai a tentoni la maniglia, grossa e di forma esagonale. Con mia grande sorpresa girò facilmente e la porta si aprì con un leggero cigolio.

Entrando, trovammo una scalinata di legno. L'odore di umidità era forte, ma la mia attenzione fu subito attratta dalla vista curiosa che avevo davanti.

La cantina era stata trasformata in una specie di laboratorio. Sui tavoli da lavoro c'era quel che restava di tubi, flaconi e alambicchi, mentre al muro erano attaccati frammenti di carte geologiche. Era tutto rotto e fuligginoso come l'interno di un camino. La fuliggine rivestiva le pareti umide. Vetri spaccati e contorti giacevano sui tavoli e dentro gli armadi. In un angolo c'era un ampio tavolo dalle gambe grosse, sul quale bruciava una candela.

In casa c'era qualcun altro.

All'improvviso udii un gemito terribile. Pensai subito a Lee, ma il grassone era accanto a me con gli occhi chiusi e tutto tremante di paura. Mi voltai a guardare nella direzione da cui eravamo venuti. Il suono veniva da sopra le scale, un gemito disperato seguito da singhiozzi.

"Charlie," gridai. "Sei tu?"

Il rumore cessò immediatamente. Sentii drizzarsi i peli del collo.

"Charlie?"

Spinsi la pistola nella schiena di Lee e risalimmo nell'ingresso. Tenni la lanterna alta sopra la testa ma non vidi nessuno.

I gemiti ricominciarono, come se ci fosse un'anima tormentata. Stavolta venivano dal piano di sopra. Spostai la lanterna in quella direzione e per un istante scorsi qualcosa di bianco sul pianerottolo. Sembrava svolazzare nell'ombra come un grande uccello. Feci un salto. Lee urlò di paura.

"Zitto, grassone!" intimai. Poi lo spinsi verso le scale con il revolver.

Il cigolio dei nostri piedi sui gradini fermò di nuovo i singhiozzi. Salimmo in fretta.

Chiamai Charlie, poi mossi la lanterna e vidi di nuovo la forma bianca in cima alle scale. Era una figura vestita con una specie di camice bianco. O un sudario, pensai.

Mi diressi da quella parte, deciso a non lasciarmi spaventare.

"Chi c'è?" domandai. "Fatti vedere!"

Lee, accanto a me, era quasi isterico. Arrivai in cima alle scale e trovai una porta. Allungai una mano e afferrai la maniglia.

Deglutii, nervoso mio malgrado, e cominciai a girarla.

Dall'ombra uscì una mano che mi afferrò un braccio. Mi tirai indietro, allarmato. Con l'altra mano alzai la lampada, illuminando il viso spaventato di Charlie Jackpot.

"Accidenti, signor Box! L'ha visto? L'ha visto?"

Annuii in fretta. "Sì, l'ho visto."

"La faccia," sussurrò lui. "Ha visto la sua faccia?"

A un tratto la porta davanti a noi si spalancò e la figura in bianco ci volò incontro.

Gridai di paura e l'allontanai con entrambe le mani. Lee scappò di corsa giù per le scale. Charlie si nascose dietro di me e ci appiattimmo contro il muro, mentre lo spettro inseguiva il cinese, gemendo e singhiozzando come un dannato dell'inferno.

"Cristo onnipotente!" ansimai, scostandomi dalla parete. "Che diavolo era?"

Charlie scosse la testa. "È andato... verso la cantina."

Aprii al massimo la lanterna.

Scendemmo in silenzio e andammo verso la porta della cantina.

Di Lee non c'era traccia.

Aprii la porta senza farla cigolare, poi scesi alcuni gradini.

Alzai la lampada. Dietro di me, Charlie si coprì la bocca con una mano. Seduta su una sedia semicarbonizzata, c'era quella che sembrava una donna. Coperta da una tunica bianca lacera e macchiata, i capelli aggrovigliati le scendevano fino alle spalle. Ma fu il suo viso ad attrarre la nostra attenzione. Gli occhi sporgevano da una faccia che era un teschio bruciato. Dalla mandibola e dagli zigomi pendevano lembi di pelle coperti di vesciche.

"Buon Dio," sussurrò Charlie.

La donna mi fissò, con quegli occhi spaventosi che brillavano alla luce della lanterna. Poi riprese a gemere. Tutto il suo corpo si scuoteva come una mummia dissotterrata e riportata in qualche modo alla vita.

A un tratto la riconobbi.

"Signora Knight?" gridai. "La signora Midsomer Knight?"

"Sì," disse la voce di Lee alle nostre spalle. "Peccato che non avrete possibilità di conoscere lei meglio."

Mi voltai e vidi che brandiva una Colt nella mano paffuta.

"State fermi. Posso uccidere uno di voi se provate a reagire." Il cinese puntò su di me i suoi occhi nerissimi e sorrise. "Getti arma."

Con un sospiro, lasciai cadere il revolver sul pavimento.

Lee mi puntò addosso la pistola, con un ghigno orribile, poi si chinò a raccogliere la mia e la fece sparire nelle pieghe della veste. "È stato bravo, signor Box, ma ora basta giocare. Lei sarà appeso come burattino. Mi dispiace."

Avanzò verso la povera donna, prese da una tasca una siringa ipodermica e con gesti esperti gliela infilò nel braccio. Con un gemito, lei si accasciò in avanti.

"Ora portate signora fuori da cantina."

Accompagnò le parole con un gesto della Colt. Charlie e io sollevammo la signora Knight e la portammo su per le scale e nell'ingresso. Grazie alla droga senza nome, sicuramente ottenuta dal papavero viola, era l'esatto opposto di un fantasma: pesava una tonnellata.

Lee ci fece entrare in una grande sala semibuia, in cui si apriva una portafinestra sporca. Il pavimento era coperto da un paio di centimetri di polvere. Al centro della stanza erano allineate quattro bare, trascinate lì dall'ingresso.

Tre erano chiuse, la quarta aperta. Lee sorrise. "Un uccellino volato via. Non aveva avuto abbastanza papavero viola. Ora mettete lei dentro."

Con riluttanza, adagiammo la signora Knight nella bara vuota in un raccapricciante fruscio di satin.

"Controlliamo gli altri," disse Lee, con un ghigno. "Prego, aprite bare."

Charlie si inginocchiò e con delicatezza sollevò il coperchio della prima.

"Sollevi lanterna, signor Box, per favore," disse Lee, con una cortesia beffarda.

Nella bara c'era quello che sembrava il cadavere di un uomo, la pelle di un pallore mortale. Era grosso, con il mento prominente e gli occhi distanti tra loro. Il professor Eli Verdigris.

Le altre due bare contenevano, come mi aspettavo, i professori Sash e Quibble. Erano tutti e due vivi, in una specie di coma indotto dalla droga.

"È tutto pronto," disse Lee. "Gruppo è completo."

"Perché tutto questo?" domandai.

Lui non rispose, ma ci fece cenno di spostarci verso la portafinestra. Charlie spinse l'infisso marcio finché riuscì ad aprirlo.

Fuori c'era un paesaggio straordinario, illuminato da torce accese: edifici in pietra semidistrutti, viali alberati e strade antiche con solchi tracciati dai carri. Uscii e non potei trattenere un'esclamazione sorpresa.

"Che cos'è questo posto?" chiese Charlie.

"Non conoscete?" rispose Lee, con il suo orrendo sorriso.

"Io lo so," dissi. "È Pompei."

Le torce illuminavano le rovine, e la massa imponente del Vesuvio incombeva sulla città perduta come la schiena di una bestia spaventosa.

"E ora," sibilò Lee, ridendo, con tutte e due le pistole puntate, "per voi è ora di morire."

Per un istante fui sopraffatto dallo sconforto e lasciai cadere le mani lungo i fianchi. Ma in quel momento Charlie saltò in avanti e gettò la lanterna addosso al cinese, colpendolo al petto e producendo un soddisfacente suono di vetri rotti. Lee fece un salto indietro, abbassò gli occhi e vide i propri vestiti prendere fuoco. In un attimo fu avvolto dalle fiamme. Io mi feci avanti a mia volta e lo colpii in testa con la mia lanterna. Lui cadde in ginocchio, lasciò cadere una delle due pistole e con la mano libera cercò disperatamente di spegnere le fiamme.

Malgrado il panico e le grida di dolore, alzò una mano e mi puntò contro l'altra pistola. Ruggendo come una tigre infuriata, gli saltai addosso e gli diedi un pugno alla gola. Sentii la carne cedere e Lee cadde sul lastrico, battendo una guancia sulle pietre.

Charlie fu al mio fianco in un istante. Si tolse la giacca e riuscì a spegnere le fiamme.

"Bravo, Charlie," dissi, senza fiato. "Portiamolo dentro. Quando riprenderà i sensi ci dirà che diavolo sta succedendo."

Charlie guardò il cinese e scosse la testa. "Non credo, signore. Lei non conosce la sua forza. É morto."

Voltai il corpo. La trachea era schiacciata e lui era immobile.

"Stronzo," commentai.

Charlie si sedette sulle pietre e mi guardò, con un sospiro. "Ora che si fa?"

Guardai nel buio. "Ora, Jackpot, aspettiamo. Prima o poi qualcuno verrà a prendere quelle bare."

NECROPOLI

Non accadde nulla per quelle che sembrarono ore. Passammo il tempo esplorando quel relitto di mondo antico, un mondo paralizzato, grigio, spazzato via in un attimo dal potere del grande vulcano. Le rovine nel giardino della villa non sembravano far parte degli scavi principali, quindi non c'erano guardiani: si trattava di un sito monumentale privato. Charlie trovò l'entrata di un tunnel, ma si rivelò essere solo un vecchio pozzo. Nessuno dei due si sentiva incline a esplorare un altro pozzo.

Ricordai la mia prima visita a Pompei, che avevo trovato magnifica nonostante le caotiche folle di gitanti. Le ville affrescate, le immagini oscene, le strade ancora segnate dai solchi di antichi carri. Eppure la città ha anche una sua malinconia, perché è qui che sono messe a nudo le vite passate, è qui la magnificenza infranta che un tempo era l'impero romano, è qui che riposano persone reali, o perlomeno i calchi dei loro poveri resti martoriati, i teschi ancora intatti all'interno – gli orribili denti fanno mostra di sé dai ghigni innaturali su grumi informi di gesso.

Alla luce oscillante delle torce, tra le pietre ancora indisturbate dai turisti, sembrava davvero di essere tornati indietro nel tempo. Esplorai una villa mentre Charlie continuò a girare tra le rovine. Trovai degli affreschi neri e oro, vividi come se l'artista fosse appena andato via. Quando tornò Charlie, mi aspettavo quasi che la sua silhouette apparisse in toga e sandali.

Guardai alle sue spalle la cima fumante del vulcano. "Guardalo, Charlie," sussurrai. "Il Vesuvio osserva Pompei, come per dire, 'Ti ho già distrutta una volta, come osi mostrare di nuovo la tua faccia?' Un giorno metterà in atto la minaccia e coprirà di nuovo tutto questo."

"Allora i turisti verranno a fissare le nostre forme avvolte nella lava," disse Charlie.

"Non è un pensiero piacevole, vero? Mi darebbe molto fastidio che qualche sciocco peloso mi toccasse il sedere pietrificato con un bastone."

Ridemmo. Charlie si sedette accanto a me mentre mi godevo una sigaretta steso sul selciato. Sopra di noi il cielo nero era pieno di stelle.

"A cosa sta pensando, signor Box?" mi chiese, con gentilezza.

Continuai a fissare il cielo. "Solo che una notte come questa non dovrebbe essere passata contemplando un pericolo mortale, ma l'amore."

Si stese accanto a me. Nel silenzio, sentivo il suo respiro accelerato. Probabilmente voleva che posassi una mano sulla sua, lo voltassi verso di me e lo baciassi con tutto il calore che quell'atmosfera sulfurea richiedeva. Invece buttai lontano la sigaretta e sospirai.

"Ma il lavoro viene prima del piacere," dissi, mettendomi seduto. "La signorina Bella Pok dovrà aspettare."

"Chi?" domandò lui.

"Una giovane donna davvero unica che conosco. Forse, quando tutto questo sarà finito..."

Lui fece una faccia delusa. "Sono proprio un cretino."

Prima che aggiungesse qualcosa di cui si sarebbe potuto pentire, lo bloccai alzando una mano. Appena visibile in lontananza era apparso un curioso bagliore violaceo.

Charlie si era già spostato e tendeva le orecchie. Presto sentii un rumore di passi sulle pietre e poco dopo apparvero sette o otto uomini alti in modo innaturale. Charlie ansimò e io mi chiesi per un attimo se non fossero fantasmi. La luce malva sopra le loro teste, tuttavia, raccontava un'altra storia: indossavano gli stessi elmi d'ottone del mio aggressore al Club Vesuvio.

Marciavano in fila indiana verso la villa e feci segno a Charlie di nascondersi dietro le finestre aperte. La strana processione entrò in casa e noi restammo immobili, consapevoli solo della brezza calda tra gli alberi scuri.

Poco dopo gli zombie con l'elmo tornarono in giardino: grugnivano sotto il peso delle quattro bare. Aspettammo un po', quindi ci mettemmo a seguirli.

Il bagliore ultraterreno degli elmi era come la colonna di fuoco per gli israeliti, e così riuscimmo a seguire quella funerea processione senza problemi. Curiosamente, stavamo attraversando l'antico cimitero della città, lungo la strada dal nome affascinante di via delle Tombe. Superammo l'entrata alla città vecchia e presto raggiungemmo quello che sembrava un grande scavo. Gli zombie posarono a terra le bare e restarono immobili come le tombe che li circondavano.

Acquattato nel buio, osservai lo scavo. Notai una striscia sottile di luce gialla.

"E quella da dove viene?" chiese Charlie.

"Da sottoterra, credo," risposi, alzandomi in piedi.

Charlie fece per imitarmi ma si fermò a metà. "Signore?"

"Cosa?"

"Lo sente?"

Tesi le orecchie. Udii un curioso mormorio, molto, molto debole.

"Che cos'è?" chiese Charlie.

Era uno strano suono, tra il soffiare di un mantice e il

motore di un'automobile. All'improvviso uno degli uomini con l'elmo sussultò come un automa a molla e si chinò verso il suolo. Con un cigolio tremendo aprì un portello tra le macerie e la striscia di luce si allargò. Con sorprendente destrezza, gli altri cominciarono a trasportare le bare attraverso il boccaporto. Dopo la chiusura del portello di metallo aspettammo un minuto o due, quindi ci dirigemmo da quella parte.

Con la concentrazione silenziosa di un professionista, mi misi al lavoro sul boccaporto e in pochi minuti riuscii a forzarlo. Malgrado i miei sforzi, ruotò sui cardini con un forte cigolio. Guardai all'interno. Un pozzo ripido conduceva in basso, illuminato da piccole luci elettriche fissate alle pareti. Riuscii a distinguere la cima di una scala a pioli di metallo.

"Scendiamo?" chiese Charlie.

"Scendiamo."

Scavalcai il bordo del pozzo e cominciai a scendere, afferrandomi ai gradini di ferro caldo, che avevano un odore simile a quello del sangue. Dopo quelli che sembrarono minuti, mi fermai per riprendere fiato e toccai una caviglia di Charlie per segnalargli di non calpestarmi la testa.

Lui si abbassò e cercò di sbirciare nel buio. "Sembra che qualcuno abbia scavato parecchio."

Gli automi con l'elmo dovevano avere una forza sovrumana per essere riusciti a trasportare le bare lungo quella scala. Riprendemmo la discesa, e dopo un altro minuto circa raggiungemmo uno strato di roccia vulcanica porosa, dove il pozzo all'improvviso diventava orizzontale, trasformandosi in un lungo corridoio polveroso. Di nuovo, lungo le pareti trovammo delle lampadine elettriche, collegate da un cavo a spirale che sembrava un lungo cordone ombelicale.

"Il suono ora è molto più forte," osservò Charlie.

Annuii. "Forse è una pompa ad aria."

Dopo un certo tempo, la roccia argillosa fu sostituita da un pavimento di epoca romana. Doveva essere una zona di Pompei non ancora riportata alla luce, tra strutture che nessuno aveva visto per quasi duemila anni. Nessuno, a parte gli uomini che stavamo cercando. Quasi subito la strada svoltò a destra, passando sotto un arco perfettamente conservato. Lì la luce era più forte e aumentava d'intensità. Tutta l'area era avvolta in una grande sfera di luce.

Charlie inciampò e quando abbassai lo sguardo vidi che il pavimento era concavo, perché al centro era stato scavato un grande canale. Mi guardai rapidamente intorno e notai i bassorilievi sui muri, in una serie di nicchie adiacenti l'una all'altra, che contenevano una lampadina elettrica ciascuna.

"Quello sembra Nettuno," dissi, indicando la coda nervosa e il torso potente della scultura. "Questo doveva essere un bagno pubblico."

Charlie annuì, indifferente. "Ma cos'è adesso? È di questo che dobbiamo preoccuparci."

Sembrava non esserci nessuno in giro, così proseguimmo. La prima stanza in cui entrammo, decorata di nuovo con motivi ispirati al dio del mare, era stata disseppellita solo parzialmente dalla roccia. Le pareti erano occupate da una serie di nicchie con un sedile, come quelle che si vedono in alcune chiese. Lì i pompeiani si toglievano le tuniche e si immergevano nudi nelle vasche. Una di quelle vasche, ora piena di acqua piovana filtrata dall'alto, era accanto a noi.

Charlie gettò un grido soffocato e mi voltai di scatto.

"Tutto bene," sussurrò, ricomponendosi. "È solo che non mi aspettavo *quello*."

Puntò la torcia in una delle nicchie, dove c'era uno

scheletro completo, le braccia allargate, la bocca aperta in modo grottesco. La roccia grigia e porosa lo copriva ancora a metà, come una veste vulcanica.

"Andiamo avanti," dissi.

Uscimmo da quell'antico spogliatoio e passammo in una sala molto più grande, sostenuta da colonne a forma di Nettuno e con un vasto soffitto a volta. La vista all'interno era fantastica.

Si sarebbe potuto pensare che qualche *nouveau riche* avesse deciso di abbandonare il suo quartiere lussureggiante di aspidistra, per spostarsi in un antico forte romano in fondo alla strada. Ogni centimetro della grande sala era occupato da una strana combinazione di arredamenti moderni e antichi tesori rubati. Vicino a un'ampia poltrona c'era una ninfa senza testa. Magnifici oggetti di vetro condividevano lo spazio su un tavolo con fruttiere e un orologio a forma di cappello di Napoleone. Il tutto era inondato da una strana luce verde traslucida, come se i bagni fossero ancora in funzione.

In fondo alla stanza c'era un'enorme fontana a forma di tavola rotonda, con un bordo rialzato per contenere un flusso d'acqua ormai dimenticato. La superficie era segnata da una crepa profonda, ed era stata alterata con nuove aggiunte. Era coperta da carte e mappe, e da strani macchinari. Al centro della fontana, un modello tridimensionale del vulcano era collegato a una specie di generatore di Wimshurst. Dalla roccia uscivano dei cavi e contro le pareti correvano grossi tubi, dai quali usciva lo strano ronzio ansimante che avevamo sentito in superficie.

Charlie entrò nella stanza a bocca aperta. Allungò una mano sui grandi tubi, poi si voltò verso di me con un sorriso.

"Li tocchi, signor Box. Sono caldi."

Era vero. Quello strano macchinario portava luce e calore dentro le rovine.

“Interessante, eh?” disse Charlie.

Un rumore di passi. Poi qualcuno disse dall’ombra: “Sì, molto interessante.” Era una voce familiare ma non la riconobbi subito.

Charlie e io ci voltammo di scatto.

Sulla soglia c’era una bella donna, splendida in una veste di velluto cremisi. I capelli ramati erano raccolti in cima alla testa, e gli occhi scuri erano sottolineati dal kohl, proprio come la prima sera che l’avevo vista al Club Vesuvio.

“Venus!” gridò Charlie.

“Buonasera, mia cara,” la salutai.

Lei inclinò la testa. “Charlie. Signor Box. È un piacere rivedervi.” Lo disse in tono gaio, battendo le mani e avanzando verso di noi. “Beviamo un po’ di vino. Malgrado i miglioramenti, qui fa ancora freddo e si sente l’umidità.” L’accento italiano sembrava scomparso.

Si avvicinò a un tavolo di mogano dalle gambe massicce e riempì tre bicchieri di vino.

“Cosa succede, Venus?” chiese Charlie. “Il tuo compagno stavolta è andato troppo oltre. Devi stare dalla nostra parte.”

Lei sorrise. “Troppo oltre, eh, Charlie?”

Mi offrì un bicchiere, ma scossi la testa. “Abbiamo già cenato, grazie. Ora, se viene con noi senza fare storie, le prometto che farò il possibile per lei.”

Venus si bloccò nel gesto di portare il calice alle labbra e cominciò a ridere piano. La sua risata riempì l’antica sala. “Farà il possibile per me?” disse. “Dove? Quando?”

“Al processo,” risposi, calmo.

“Al mio processo?”

“Suo e di quel criminale del suo amante.”

“Mio caro signore, è molto divertente. Per cosa dovremmo… essere processati?”

"Per il tentato omicidio dei professori Sash, Verdigris e Quibble."

"Figuriamoci! Sono vivi! Gli ho solo fatto fare un viaggetto gratis."

"E per il rapimento della signora Midsomer Knight."

"Anche lei sta benissimo."

"Allora per l'omicidio di Jocelyn Poop, del servizio diplomatico di sua maestà."

"Ah, be'," disse un'altra voce. "Di quello temo di dovermi dichiarare colpevole io. Nella sala entrò un uomo, anche lui in veste cremisi, con il viso coperto da una delle maschere che avevo visto al Club Vesuvio. Venus gli prese la mano e la baciò. Con l'altra mano lui si tolse la maschera e sorrise. "Buonasera, signor Box," disse, puntando una pistola. Era Cretaceous Unmann.

"Adesso accetterei quel vino, se posso," dissi.

Presi il calice e lo vuotai con un solo sorso. "Lei non si unisce a me?" chiesi a Unmann, offrendogli un bicchiere. "È davvero ottimo."

Lui scosse la testa, con un lieve sorriso.

"Bene," dissi. "Allora forse vorrà dirmi che diavolo ci fa qui, in mezzo agli scavi illegali sotto Pompei, e per chi lavora."

Unmann sorrise di nuovo e inarcò un sopracciglio in direzione di Venus. "Devo spiegargliclo?"

"No," rispose lei. "Lasciamo quest'onore al genio che ha ideato tutto questo. Una mente superiore persino a quella di suo padre, che il mondo ha trattato così ingiustamente. La prego, signor Box, di dire buonasera all'uomo che conosce solo come signor Victor. Il signor Victor Morraine!"

Mi voltai di scatto, aspettandomi di veder entrare nella caverna il bel giovane snello della funicolare, ma non c'era nessuno. Poi mi voltai indietro, sentendo un fruscio.

Venus si stava sciogliendo i capelli, che le ricaddero sul collo in una massa ramata, e poi, con uno strappo deciso, sul pavimento. Era una parrucca! Venus mi fissò con un ghigno, gli occhi nerissimi accesi e trionfanti, poi sollevò le gonne cremisi, esponendo gambe nude e muscolose, e gli organi che noi dottori chiamiamo cazzo e coglioni.

"Cristo onnipotente!" fu tutto ciò che riuscii a dire.

"Venus!" rantolò Charlie. "Sei un ragazzo!"

Era proprio così. La bella Venus era il giovane che si era presentato a me come Victor. Ma di cognome faceva Morraine! Questo era forse ancora più straordinario. Quella creatura stupefacente inclinò la testa e avanzò verso il mio valletto, con un fruscio di gonne sopra il pavimento in pietra. "Oh, Charlie. Se solo fossi stato sincero con me!"

Charlie lo fissava a bocca aperta. Venus/Victor si accomodò sulla poltrona. Unmann continuava a tenerci sotto il tiro della pistola.

"A questo mondo si vede proprio di tutto," dissi, filosoficamente. "Unmann, non capisco proprio cosa ci guadagni ad aiutare questa… *persona* nella patetica vendetta che sta progettando."

Unmann rise. Non era più l'idiota che avevo creduto. La sua compostezza faceva venire la pelle d'oca. "Lei non ha idea del livello di ambizione di Venus. Ma su una cosa ha ragione, signor Box. È proprio la vendetta ciò che vuole."

Feci ruotare tra le dita lo stelo del calice. "La prego, mi illumini." Nella mia esperienza, di solito basta solo questo.

"Sì!" esclamò Venus, con gli occhi accesi. "Voglio vendetta! Vendicarmi di quei traditori che hanno costruito la loro reputazione sul lavoro di mio padre, ma non hanno avuto l'intelligenza necessaria per portarlo a compimento. Vendicarmi della donna che lo ha tradito e ha spezzato la sua mente fragile. Dovranno soffrire tutti!"

Inclinai la testa di lato e indicai con un gesto intorno a me. "Ma questo è tutto molto elaborato, giusto? Cosa intende di preciso per 'soffrire'?"

Il suo viso divenne una maschera cupa, come se mi guardasse da anni di distanza. "Mio padre era un grand'uomo, un visionario. Gli mancava solo la disciplina per condurre il suo lavoro fino alla logica conclusione. Per fortuna, mi ha trasmesso la sua genialità! E io ho completato la sua opera!"

Provai un gelo improvviso. "Completato? Vuol dire che si tratta di questo?"

"Esatto! Luce e calore ricavati dall'immenso potere del vulcano."

"Davvero lodevole," dissi, con calma. "Presumo che vogliate aiutare il mondo, vero?"

Unmann rise. "Sì. A comprendere i suoi errori."

Sospirai. "Quindi intendete ricattare la società o qualcosa di altrettanto orribile."

Venus si alzò e allargò le braccia. Il velluto pendeva dalla sua carne bianca come le ali di un uccello mostruoso. "Siamo nelle rovine di una città che una volta era popolosa. Una città distrutta dalla potenza del grande vulcano, dall'ira della terra stessa. Ma consideri per un attimo, signor Box, la geologia di questo grande paese. Da nord a sud, è circondato da un anello di fuoco, una rete di vulcani che eruttano come sfoghi sulle sue belle forme: Etna, Stromboli, Ischia, Vulcano..."

"Campi Flegrei, Cimino, Vulsini!" aggiunse Unmann.

"E il più grande di tutti," gridò Venus, senza fiato. "Il Vesuvio!"

Battei le palpebre. Riflettei, poi riflettei ancora. "Cosa sta dicendo?"

"Un immenso congegno esplosivo dentro le viscere della terra..." sussurrò Venus. "Un'arma di un potere così incalcolabile da far rabbrividire il mondo al solo pensiero."

"E quando la bomba esploderà," dissi, atterrito, "ci sarà una reazione a catena!"

"Un'eruzione che sarà uno stupendo fiume di fuoco. Spezzerà la roccia, prosciugherà il mare, spedirà questo regno nell'oblio per sempre!"

"Mio Dio!"

"Ma siete fuori di testa!" gridò Charlie.

"E cosa ci guadagnate?" volli sapere. "La distruzione dell'intera nazione? Di secoli di cultura?"

Gli occhi di Venus si fecero ancora più brillanti. "Io non devo nulla a questo paese! È stato il luogo del disfacimento e della rovina di mio padre. So soltanto che devo dimostrare a questi traditori che Maxwell Morraine è stato lo scienziato più grande mai esistito! Loro e il loro sordido paese periranno tra le fiamme della mia vendetta."

Gettai un'occhiata spaventata a Unmann. "Anche lei vuole questo?"

"Io voglio ciò che vuole Venus," rispose il giovane.

"È disposto ad accettare la distruzione dell'Italia, la morte di milioni di persone, solo per la sua sete di vendetta?"

Scrollò le spalle. "Perché no?"

"Devo informarvi che non posso permetterlo."

Unmann rise. "A me sembra, Lucifer Box, che lei non abbia voce in capitolo."

Venus andò a premere un bottone d'avorio sulla macchina fissata al piano della grande tavola rotonda. Ci fu un forte rumore stridente, e pochi secondi dopo quattro enormi zombie con l'elmo entrarono nella sala.

Fui rapidamente perquisito e mi venne confiscato il

mio prezioso revolver. Charlie e io ci trovammo inchiodati con le braccia dietro la schiena da quelle creature, e insieme fummo scortati fuori da quegli antichi bagni.

La mia domanda restava senza risposta. Mi voltai a guardare ancora una volta il viso cupo di Venus, poi fummo spinti in un altro di quei corridoi grigi.

Charlie sembrava sotto shock. "Porca miseria," borbottò. "Se solo avessi saputo che il suo compagno era *lei stessa!*"

"Certamente ti sei perso un erotismo raro, Charlie, ma non farti prendere dai sentimentalismi. Ricorda che è stato lui a tentare di annegarti in quella fogna. E Dio solo sa cosa intende farci adesso."

Gli uomini con l'elmo ci spinsero fino a una grata stranamente lucida tra quelle pareti grigie e nude. Uno di loro la tirò indietro e mi resi conto che si trattava di un ascensore rudimentale. Per un brutto momento pensai che volessero farci fuori sul posto e poi gettarci nel pozzo vuoto, ma no, dietro la grata c'erano delle porte d'ottone, che si aprirono cigolando al tocco di un bottone.

La piccola cabina ci conteneva a malapena, ma i nostri guardiani entrarono tutti e quattro, le grosse mani strette sulle nostre braccia. Uno di loro ruotò una maniglia e l'ascensore cominciò a scendere; la temperatura cominciò a salire, mentre gli ingranaggi cigolavano tutto intorno a noi.

Finalmente ci fermammo con un sussulto. Ci fu una pausa, poi le porte si aprirono su un altro tunnel. L'aria era permeata di vapore, come se fossimo entrati in un'atmosfera che solo i titani potevano respirare.

Un colpo sulla schiena mi fece capire che dovevo muovermi. Mentre camminavamo, notai che un intero lato di quel tunnel era costituito da pannelli di cristallo, e allungai il collo per guardare al di là. Ma c'era talmente tanto vapore che il vetro era completamente appannato. Che diavolerie c'erano dall'altra parte?

"A testa alta, Charlie," dissi.

"Certo, signore," rispose, più baldanzoso di quanto mi aspettassi. "Secondo lei questi gorilla parlano inglese?"

"Spero proprio di no," risposi, con una rapida occhiata alle creature. La loro risposta fu un'altra spinta nella schiena.

"Ha qualche idea?"

"Be'," sospirai. "Siamo in un bel casino. Abbiamo a che fare con un pazzo con cui non si può ragionare, perché vuole solo distruzione." Mi fermai di colpo. "Aspetta, cos'è questo?"

Eravamo davanti a un altro ascensore inserito nella roccia. Le porte erano aperte e due zombie con l'elmo erano dentro, impegnati in una curiosa attività. La cabina sembrava bloccata al piano di sotto, quindi gli uomini erano in piedi sul soffitto. Uno tratteneva le catene oliate alle quali l'ascensore era sospeso, mentre l'altro le segava.

"Che stanno facendo?" sibilò Charlie.

"Non lo so," sussurrai. "Sembra che stiano eliminando ogni via di fuga, anche per se stessi. Se continua a segare così..."

Ma forse quei gusci vuoti in sembianze umane non avevano la contezza della propria mortalità. Tentai di vedere di più, ma fui spinto avanti. Scorsi solo dei gradini in metallo inseriti nel pozzo dell'ascensore, che brillavano alla luce elettrica e salivano verso la superficie.

Finalmente ci fermammo davanti alla porta di una specie di cella. Uno zombie fece un cenno con il pollice a Charlie, e quando lui non si mosse gli altri lo afferrarono e lo trascinarono via.

"Charlie!" gridai. "Lasciatelo stare! Toglietegli le mani di dosso!"

Afferrarono anche me e mi spinsero senza cerimonie nel buio fitto della cella. Il rumore metallico della porta che si chiudeva fu come le trombe del giudizio.

Mi sedetti sul pavimento e mi asciugai il sudore dal viso. Non sapevo a quale profondità mi trovavo, ma il calore era insopportabile. E tutto il tempo si udiva il pulsare costante di motori potenti.

Mi trascinai fino alla parete ed esaminai la struttura della cella. Niente speranze di fuga. Il muro era di solida roccia e il pavimento, anche se di roccia più friabile, era altrettanto impenetrabile. Potevo solo aspettare che venissero a prendermi, per tentare la fuga. Sempre se fossero venuti. Magari volevano lasciarmi bollire vivo durante l'eruzione del vulcano!

Restai solo nel buio fitto della cella per circa un'ora, e mi ciondolava la testa dal sonno quando, a un tratto, udii un rumore di passi. La luce del corridoio inondò la cella e mi trovai davanti Venus, il viso bruno bagnato di sudore, i malevoli occhi neri. Continuavo a riferirmi a lui ancora con quel nome.

"Mi dispiace che si trovi in questa cella, signor Box," disse, allargando le mani, "ma ora tutto è pronto."

"Tutto cosa?"

"Voglio mostrarle il mio piccolo progetto. Non la lascerò morire nell'ignoranza."

"Oggi no, grazie," dissi in tono allegro, e gli voltai le spalle.

"È importante per me che capisca la grandezza di ciò che ho fatto," insisté quella bellezza mortale.

"Sul serio? Forse dal suo punto di vista, ma non dal mio. Voglio dire, dopo il tour, sicuramente mi farà fuori."

"Non io. Non ho nulla contro di lei, signor Box. Anzi, sono stato molto contento della nostra breve frequentazione. Mi dispiace non avere il tempo di conoscerci meglio."

"C'è ancora tempo!" gridai, voltandomi a guardarlo. "Perché non troviamo un angolino tranquillo e più fresco e ci facciamo una scopatina?"

Ma lui non reagì bene alla proposta. La sua mano liscia mi schiaffeggiò sulla bocca. "Sarà il mio socio, il signor Unmann, a farlo. E credo abbia in mente per lei qualcosa di particolarmente spiacevole."

Gettò indietro la testa in modo altezzoso e indicò il corridoio. Le guardie mi trascinarono fuori e ripercorremmo i nostri passi. Quando ripassammo davanti alla vetrata Venus si fermò a guardare, pulendo con una mano delicata la condensa sul vetro. Soddisfatto, aprì una porta di ferro. Mentre mi trascinavano dentro, opposi resistenza ai guardiani e mi voltai a guardarlo.

"Cosa succede qui dentro, signor Morraine? I suoi lacchè stanno sabotando gli ascensori. Dobbiamo morire tutti nella sua grande vendetta?"

Venus si limitò a sorridere e fui spinto in quella che posso definire soltanto come una cattedrale meccanica.

Era una sala molto vasta, scavata nella roccia viva, lunga forse più di mezzo chilometro e così alta che il soffitto non si vedeva, oscurato da nuvole di vapore. Enormi tubi in rame e ottone, grossi come tronchi d'albero, si dipartivano a ventaglio, simili ai tentacoli di una piovra gigantesca, da una struttura centrale simile a un organo. Finivano dentro le pareti di roccia, e pensai che conducessero al cuore del Vesuvio. Grandi pistoni andavano su e giù generando alte nuvole di vapore surriscaldato, mentre sul pavimento colava del grasso nero. Sopra tutta quella meraviglia era stata eretta una rete di gallerie e piattaforme, tutte collegate tra loro da file di scale a chiocciola. Zombie con l'elmo d'ottone sciamavano dappertutto e controllavano interruttori, leve e maniglie, tutti i dettagli dell'Armageddon in preparazione.

Seduti su quattro sedie accanto a noi, con polsi e caviglie saldamente legati, c'erano la signora Knight e i professori Sash, Verdigris e Quibble. Gli effetti del papavero viola sembravano diminuire, perché cominciavano a muoversi e a cercare di liberarsi.

"Ho sempre bisogno di un pubblico per dare il meglio di me," trillò Venus.

Una figura si staccò da un gruppo di operai zombie e venne verso di noi. Indossava una tuta protettiva in gomma e un casco con finestrelle quadrate per gli occhi. Se lo tolse e davanti ai miei occhi comparve Tom Bowler, di Belsize Park. O meglio Stromboli, pensai.

"Lei!" sibilai.

"Proprio io. Buonasera, signor Box. Mi spiace di non esserle stato d'aiuto con il suo lutto. Ma le prometto che farò del mio meglio per la *sua* sepoltura." Sorrise in modo orribile e si rivolse a Venus. "Siamo quasi pronti per l'inizio della cerimonia."

"Perfetto!" esclamò il giovane. "Ma prima dobbiamo mostrare al signor Box il nostro giocattolo."

Fissai Bowler. "Buon Dio!" urlai. "Perché lo fa? Che presa ha su di lei questa creatura?"

Lui si asciugò il sudore che gli colava negli occhi. "Questo è il futuro, signor Box! Un mondo nuovo di macchine e motori. Controlleremo il flusso del magma nell'intero pianeta, e una volta che il mondo avrà assistito alla distruzione di Napoli, ci darà qualunque cosa vorremo."

Quelle parole mi fecero riflettere. Era evidente che aveva dei piani per il futuro. Era convinto che la distruzione di Napoli fosse una grande dimostrazione, non un atto suicida di vendetta che avrebbe annientato tutta l'Italia. Mi afferrai a quella possibilità. "La cosa non si fermerà con la fine di Napoli!" gridai sopra il rumore dei macchinari. "Non lo sa, eh?"

"Fatelo tacere!" urlò Venus.

"Glielo dica, Venus! Gli dica della reazione a cate..."

Un bavaglio annodato intorno alla bocca mi bloccò le parole in gola. In quel calore tremendo anche solo respirare era una lotta.

Fui tirato indietro (sempre meglio che tirarsela troppo, come il mio ospite).

Bowler mi lanciò una strana occhiata, poi tornò al suo diabolico lavoro.

Venus mi afferrò per la pettorina della camicia e mi tirò verso il centro dell'enorme sala. Proprio in mezzo a quella foresta di tubi bollenti c'era una curiosa struttura rotonda, rivestita da pannelli d'ottone che sembravano gli spicchi di un'arancia. Per arrivarci c'erano dei gradini e Venus mi disse di salire, finché ci trovammo a fissare dall'alto il globo d'ottone. La sezione superiore della superficie era occupata da un pannello di vetro, e Venus mi costrinse a chinare la testa per guardare all'interno.

Circondata da una massa di cavi, si vedeva quella che sapevo essere una bomba a convezione. Tutto l'interno del globo scintillava di energia.

E rannicchiato accanto alla bomba, con gli occhi spalancati e terrorizzati, c'era Charlie Jackpot.

Venus si drizzò in tutta la sua altezza sui gradini, allargò le braccia e cominciò a ballare come un ragazzino eccitato. La sua risata peculiare si fuse con il pulsare delle macchine colossali, mentre gioiva al centro della sua creazione infernale.

"Guardate!" tuonò. "Guardate i motori di Vulcano!"

Restai muto e impotente, trattenuto dalle creature mentre intorno martellavano pistoni e cilindri. Cosa potevo fare? Sentivo le vene della testa pulsare fino a farmi male.

Venus si calmò, poi, con uno scatto della testa, fece segno di portarmi via.

"Dal signor Unmann," gridò, con un sorriso crudele.

Protestando e inciampando, fui trascinato fuori dalla sala. Riuscii solo a lanciare un'ultima occhiata supplichevole a Bowler.

Dopo l'atmosfera infernale nella camera della bomba, i corridoi grigi e anonimi furono un sollievo. Ma la pausa era solo temporanea, perché fui spinto in un'altra stanza, dominata da un enorme tubo di ferro, dove mi aspettava Cretaceous Unmann con la maschera di Etna. Mi guardò, impassibile, mentre mi gettavano sul pavimento, poi diede un ordine. Mi tirarono in ginocchio e mi legarono mani e piedi. Ormai sicuro della mia impotenza, Unmann disse di lasciarci soli.

"Dov'è ora la sua posa elegante, signor Box?" mi canzonò.

Sporco e imbavagliato, non ero in condizioni di rispondere.

Tentai di assumere un'aria noncurante, ma è molto difficile quando ti trovi prigioniero di un gruppo di pazzi sotto un vulcano attivo, sicuramente sarete d'accordo con me.

"Con quanta sufficienza mi ha trattato," sibilò Unmann. "Mi aveva preso per un completo idiota. Ma ora è in ginocchio davanti a me!"

Si fermò. Forse si rese conto che un monologo non era abbastanza soddisfacente, perché attraversò la stanza e mi tolse il bavaglio.

"Molto obbligato," ansimai. "Stia a sentire, non c'è dubbio che io l'abbia mal giudicata, ma lei è stato molto bravo a interpretare il ruolo dello stupido. Ora possiamo fare un discorso tra gentiluomini?"

Se avevo sperato di risvegliare il suo senso inglese della decenza, restai deluso.

"Gentiluomini?" disse sprezzante. "Che trivialità, Box. Ci sono in gioco cose della massima importanza."

Sembrava che avesse bisogno del suggeritore. "Vorrebbe dirmi, almeno," dissi, ormai stanco, "come diavolo è stato coinvolto in questo piano delirante?"

Unmann ridacchiò tra sé. "Non c'è molto da dire. Ma dopotutto, perché no? Venus è stato abbandonato da quella Medea di sua madre e si è dato al crimine, dove prosperavo anche se i servizi segreti non ne sapevano nulla. Abbiamo dato inizio alla nostra impresa fondando il Club Vesuvio. È stato molto remunerativo. All'inizio si occupava di soddisfare solo i desideri... più semplici, diciamo così. Ma per quelli come noi c'è sempre un fiorente mercato, vero, signor Box?"

"La prego di non mettermi nella stessa categoria di voi due," ribattei. "Io preferisco la giacca al reggiseno."

Unmann mi fissò. "Venus è la vera personalità di Victor Morraine. È lì che si è rifugiato quando la sua vita è stata distrutta. È nei panni di Venus che ha portato avanti per tutti questi anni il piano per vendicare l'umiliazione subita da suo padre."

"Sì, sì. Ma perché uccidere Poop?"

Unmann scrollò le spalle. "Abbiamo liberato Pompei di molti dei suoi tesori per finanziare la fantastica tecnologia che vede intorno a lei."

Annuii. "E il povero Poop aveva scoperto la verità?"

"Solo un pezzetto. Ma, purtroppo per lui, era anche troppo. L'ho attirato al porto e gli ho spaccato la testa."

Sospirai, esausto. Unmann sembrava non avere altro da dire.

"Cosa mi dice dei piani per i tre professori e la signora Knight?"

"Saranno testimoni della distruzione dell'Italia, e saranno consumati dal fuoco. Sarà una morte rapida, e credo che Venus sia stato troppo compassionevole. Ma io non lo sarò con lei, signor Box."

Il sudore mi colava lungo la schiena. Unmann diede una manata sulla porta e chiamò le guardie.

La porta si spalancò ed entrarono gli uomini con l'elmo. Sembravano sapere cosa fare. Mi tirarono su per le braccia e mi spinsero verso il grande tubo di ferro.

Unmann strinse le dita intorno a una piccola maniglia e la tirò. Con uno stridore metallico si aprì una specie di boccaporto. Mi sforzai di guardare giù lungo il tubo, nonostante il sudore che mi colava negli occhi. Il tubo era sbarrato da una grata sul fondo, e ce n'era un'altra sopra, così da formare una gabbia. C'era spazio perché un uomo potesse strisciare dentro e ispezionare l'interno, anche se con difficoltà.

Capii subito che quell'uomo ero io.

"Eh, sì," disse Unmann.

Fui sollevato di peso e ficcato nel tubo.

"Non starà molto comodo, temo," sorrise Unmann. "È simile alla tortura medievale che chiamavano, credo, 'poco agio.' Solo che quegli sfortunati venivano tenuti rannicchiati per anni, mentre lei qui starà solo poco tempo."

La grata sosteneva il mio peso, tenendomi ingabbiato.

"Questo tubo convoglia i gas di scarico delle pompe a vapore. Ogni poche ore, un forte getto di vapore residuo viene canalizzato qui dentro e risale in superficie."

Lasciò che capissi da solo le implicazioni.

"Avevo considerato vari modi deliziosi di mandarla all'altro mondo, ma il tempo scarseggia e comunque non riesco a immaginare una cosa peggiore di essere bollito vivo da un getto di vapore surriscaldato."

Se è per questo, non ci riuscivo nemmeno io.

"Oh, merda!" fu tutto ciò che riuscii a dire. Deludenti, come ultime parole famose.

"Chiudete il portello," ordinò Unmann, il viso di nuovo una maschera impassibile.

Una delle guardie fece scorrere il boccaporto.

"*Ciao*!" gridò Unmann, in italiano, al di sopra del tremendo stridore del ferro.

Poi restai in un buio caldo e insopportabile.

MORTE PER VAPORE

Nonostante il caro Unmann non mi avesse comunicato un'ora precisa, sapevo che non avrei dovuto aspettare a lungo la mia fine, pressato come il tabacco in una pipa. L'idea di avanzare verso l'alto era ridicola. Anche se fossi riuscito a liberarmi dalle corde che mi legavano, la superficie era troppo lontana. No, l'unica possibilità che avevo era seguire il tubo verso il basso fino alla sala della bomba. Tutto questo mi passò per la testa mentre me ne stavo compresso nel tubo senz'aria, con la testa che mi pulsava, e lottavo contro l'impulso di cedere al panico.

Non sono un virtuoso della fuga ma quando mi avevano legato mi ero ricordato (grazie alle lezioni alla scuola di Lady Cecely Midwinter!) di gonfiare muscoli e tendini di avambracci e caviglie, in modo che, rilassandoli, le corde avessero almeno un po' di gioco.

Ne ebbi conferma facendo una prova e ne ricavai un inesprimibile conforto.

Tuttavia, anche se mi fossi liberato sarei comunque bollito vivo come un'aragosta. La mia priorità più immediata era spaccare la griglia sulla quale ero appollaiato.

Consapevole che Unmann e i suoi uomini potevano essere ancora nella stanza, cominciai a spingere con forza, in silenzio. L'altra griglia identica sopra di me non lasciava lo spazio sufficiente per fare leva in alcun modo, ma non mollai, mentre il sudore mi scorreva a fiotti lungo il corpo e improvvisi getti di vapore mi ricordavano l'orrore in arrivo.

Colpii la grata con entrambi i piedi, sempre più forte, ma non ci fu alcun cedimento. Ora non m'importava più che mi udissero, e sbattevo con tutto il peso del corpo sulla grata, con gemiti di dolore e frustrazione quando il metallo caldo mi mordeva la carne.

Alla fine sentii un minuscolo movimento. La grata si era staccata da un lato. Tastai con le dita e sentii del metallo nudo e tagliente. Esultai, mossi le mani da quella parte e ci sfregai sopra le corde.

Dal basso giunse un rombo minaccioso.

Dovevo fuggire subito (*Le corde stanno cedendo*), altrimenti sarei morto. *(Sono sul punto di rompersi.)* Se solo avessi avuto la possibilità di parlare con Bowler. Lui sembrava spinto (*Una corda è andata*) solo dalla brama di potere (*Anche la seconda*), non voleva la distruzione di tutta l'Italia. (*Libero!*)

Mi contorsi in quello spazio minuscolo e tirai la grata rotta con le mani. Il rombo profondo e inquietante, come lo scatarrare di un gigante, risuonò di nuovo.

Forzai la grata, piegandola su se stessa con uno stridore di metallo torturato. Senza pensarci due volte, strisciai come un bruco nello spazio libero e mi lasciai andare.

In altre circostanze forse sarebbe stato esilarante, ma avevo un'emicrania fortissima, mi facevano male braccia e gambe e correvo ancora il pericolo di finire direttamente nelle viscere di quella macchina infernale.

Scivolai lungo il tubo fino a sbattere, con i piedi in avanti, contro un'altra grata. Il dolore alle ginocchia mi fece urlare. Nel tubo filtrò un po' di vapore bollente, che salì verso l'alto. Il getto di vapore stava per arrivare!

Se c'era un'altra grata, doveva esserci anche un altro boccaporto d'ispezione. Mi misi a scalciare freneticamente contro la grata sotto di me. Se solo fossi riuscito a superarla per calarmi in una stanza simile a quella in cui mi avevano portato prima, potevo riuscire a fuggire. Non importava che sarei potuto cadere proprio in mezzo ai nemici, magari ai piedi di Venus. Se non fossi uscito di lì entro pochi minuti sarei morto.

Continuai a scalciare e la temperatura salì ancora. Il sudore mi colava copioso da viso e braccia. Mi voltai sulla schiena e battei i piedi con tutta la forza contro la grata metallica.

Finalmente cedette! Mi infilai nel buco, graffiandomi sugli spuntoni di ferro, e premetti i palmi contro il portello. Con una spinta, il chiavistello si spezzò e il boccaporto si aprì. Lo attraversai e mi trovai alla luce.

L'aria leggermente più fresca mi sembrò di una temperatura polare. Mi trascinai fuori dal tubo e chiusi il portello appena in tempo, mentre un colossale getto di vapore saliva verso la superficie.

Mi accasciai sul pavimento e tenni chiuso il portello con i piedi. Il tubo tremò e si scosse, e anche se avevo le scarpe sentii un calore tremendo. Poi tornò il silenzio.

Non riuscivo quasi a credere di essere vivo. Cercai di fare il punto della situazione. Alzai gli occhi e vidi il tubo che saliva verso l'alto fin dove arrivava il mio sguardo. In basso, sotto la piattaforma su cui mi trovavo, attraverso nuvole di vapore intravedevo la grande sala, e al suo centro la bomba a convezione.

Mi trovavo su una delle passerelle che attraversavano i livelli superiori di quella vasta sala rocciosa. Incredibilmente, a causa del forte rumore e della confusione che regnava in giro, non ero stato visto.

Malridotto, inzuppato di sudore e in maniche di camicia, mi spostai lungo la passerella, gettando di tanto in tanto un'occhiata alla scena sotto di me.

C'erano uomini con l'elmo dappertutto. Controllavano i manometri, i grandi motori, attaccavano Dio sa cosa al grande globo d'ottone in cui era rinchiuso il povero Charlie. Individuai Bowler, al lavoro su uno strano sedile di mogano e ottone che sembrava un banco di chiesa. Poi vidi Venus e Unmann, in toga e a braccetto, come Bertie e Alexandra, i principi di Galles, durante una visita di stato. Si avvicinarono al quartetto di prigionieri, costituito dalla signora Knight e dai professori, e udii parole e risate derisorie, ma con il chiasso che c'era non capii nulla. Con un gesto teatrale, Venus e Unmann indossarono le loro grottesche maschere rituali e si separarono. Unmann venne verso il mio lato della caverna, Venus salì una scala a chiocciola ed entrò in un piccolo capanno che sporgeva dalla parete di roccia come il nido di una vespa.

Mi tenni ben nascosto e vidi Unmann uscire dalla grande sala attraverso la porta di ferro. Guardai i poveri ostaggi e poi di nuovo lo strano capanno. Disarmato, non avevo possibilità di arrivarci per porre fine ai folli piani di Venus. Ma se fossi riuscito a raggiungere Bowler, forse avrei potuto convincerlo che tutto quel progetto era una follia.

E naturalmente dovevo pensare anche a Charlie Jackpot, che aveva urgente bisogno di essere salvato.

Scesi a tutta velocità la scala a chiocciola, finché emersi, senza fiato e con un capogiro, sul pavimento della grande caverna. Mi guardai intorno, cauto, poi corsi verso il macchinario centrale e salii nel modo più silenzioso possibile sulla piattaforma con il globo d'ottone. Misi le mani a coppa sul pannello di vetro e guardai dentro. Charlie mi vide subito e alzò il pugno per battere sul vetro. Lo bloccai mettendomi un dito sulla bocca, poi mi acquattai e tentai di restare nascosto dietro il lato coperto del globo.

Mi guardai attorno, ma nessuno sembrava avermi notato. Feci un rapido esame dei bulloni che tenevano insieme il congegno, e capii che avevo bisogno di attrezzi, se volevo liberare Charlie.

Mi alzai di nuovo in piedi, bussai al vetro e comunicai a gesti a Charlie di pazientare. Poi scesi i gradini e mi misi a cercare un metodo per aprire la sfera. Un grosso zombie, con un fazzoletto avvolto sulla bocca e un fucile a tracolla, era la persona più vicina. In una cintura da lavoro marrone erano infilati vari utensili, tra cui una chiave inglese, cacciaviti e coltelli.

Senza far rumore gli andai alle spalle, sfilai la chiave inglese dalla cintura e la usai per colpirlo alla nuca. Mi aspettavo di vederlo accasciarsi a terra come qualsiasi criminale ragionevole, ma restai deluso. Avevo dimenticato che erano immuni al dolore. Lo colpii di nuovo, ancora più forte, ma la chiave inglese sembrò scivolare sul suo collo taurino. Si voltò lentamente verso di me. Non avevo tempo da perdere. Mi abbassai, gli sfilai un coltello dalla cintura e gli tagliai i tendini delle caviglie, rotolando via. Cadde come un masso. Lo afferrai per la cintura, trascinandolo verso il globo, poi gli piantai il coltello nel petto come un paletto nel cuore di un vampiro.

Fu la sua fine. A volte bisogna essere diretti.

Sollevato, presi la chiave inglese e mi voltai verso la sfera.

C'era Bowler che mi aspettava.

Alzai l'attrezzo sopra la testa e lui si abbassò. Gli strinsi un braccio intorno alla gola e lo trascinai verso le macchine sibilanti.

"Sei pazzo!" disse. "La mia assenza sarà notata!"

"Se non mi stai a sentire in silenzio ti riduco la testa in poltiglia," replicai.

Alzò le mani in un gesto di resa e scrollò le spalle. "Comunque è troppo tardi, Box. La cerimonia inizierà tra pochi minuti."

Gli lanciai la chiave inglese e gli spinsi sotto il naso il coltello della guardia. "Svita quei bulloni e libera il ragazzo."

Bowler si alzò in piedi e cominciò a togliere il pannello di vetro.

"Muoviti! Altrimenti vedrai l'interno di una cassa di pino molto prima di me." Lo punzecchiai con il coltello e la sua rapidità aumentò notevolmente. "Ora ascoltami, Bowler. Venus ti ha mentito. Questa bomba innescherà una reazione a catena che provocherà eruzioni in tutti i vulcani d'Italia. Distruggerà l'intera nazione."

"Figuriamoci!" Tolse un altro bullone e lo gettò a terra. "Lui non farebbe mai..."

"No? Allora dimmi qual è il piano di evacuazione."

Bowler alzò le spalle. "Al culmine della cerimonia, inizierà il processo e noi saremo tutti trasportati in superficie."

Scossi la testa. "E come? Gli zombie ammaestrati di Venus hanno disabilitato gli ascensori, Bowler. Non c'è più via d'uscita per nessuno. Lui vuole che restiate tutti qui con lui. Per la sua vendetta finale."

Bowler mi ascoltò, poi scosse la testa sudata. "Perché dovrei crederti, Box? Venus è una... persona... onorevole, che ha subito terribili ingiustizie. Ci guiderà fuori dall'incendio e verso la gloria!"

Il pannello era libero. Lo sollevò con cura e lo posò a terra. Senza perderlo d'occhio, guardai dentro il globo.

"Charlie!"

Lui uscì. Aveva un'aria stanca e tirata. "Metta anche questa sul mio conto, signor Box. Ora cosa facciamo?"

Mi voltai verso Bowler. "Faremo una visitina."

Charlie ci mise pochissimo a indossare gli abiti della guardia morta e a coprirsi il viso con il fazzoletto sudato. Gli lanciai il fucile.

"Facci strada, Bowler. Sono tuo prigioniero."

Con un gesto, incoraggiai Charlie a minacciarmi con il fucile. Con un sospiro, Bowler si avviò e tutti e tre avanzammo tra tubi e macchinari sibilanti verso la scala a chiocciola.

Bowler prese l'orologio dal taschino della giacca unta. "Non ha senso. Il conto alla rovescia ormai sarà iniziato."

"Zitto e muoviti."

Salimmo in fretta verso il pianerottolo su cui sorgeva il capanno di osservazione. Fuori c'era una sola guardia. Bowler mi indicò e l'uomo si fece da parte. Charlie mi spinse con la canna del fucile ed entrammo.

L'interno somigliava curiosamente a un casello ferroviario. La finestra era appannata e la luce veniva solo dalla moltitudine di pannelli e interruttori che coprivano la parete in fondo. Venus era seduto su una sedia girevole rossa, vestito con la stessa toga scarlatta che aveva usato al Club Vesuvio per la piccola sceneggiata a cui avevo assistito.

Le sue mani bianche e delicate manovravano i controlli e ci rivolse un'occhiata distratta. "Bowler, mi hai portato un regalino. Sembra che il mio caro Cretaceous non sia riuscito a toglierla di mezzo, signor Box."

"Ci è mancato poco," risposi, prendendo il fucile dalle mani di Charlie e puntandoglielo contro. "Ma io sono pieno di risorse, come vede."

Venus si scurì in volto. "Ormai è tardi. Il..."

"Sì, sì, il conto alla rovescia è iniziato, lo so. Ma lei può fermarlo da qui. Lo faccia subito, senza gesti sbagliati."

"Altrimenti?" sibilò. "Crede che abbia paura di morire? Io accolgo la morte a braccia aperte! È il mio destino!"

Guardai Bowler. "Visto? È un pazzo furioso. Non vuole che nessuno di voi esca dal vulcano."

Bowler fece una risata forzata. "Patetico! Credi davvero che..." S'interruppe, fissando Venus, a cui uno strano sorriso messianico stravolgeva i fini lineamenti. "È... è vero quello che dice?"

Venus gettò indietro la testa e rise forte. "Sarà una fine gloriosa, signor Bowler. Porteremo con noi tutta l'Italia!"

Bowler si coprì la bocca con una mano. "Oh, mio Dio!"

Corse verso la porta. Charlie lo bloccò. "Ehi! Tu non vai da nessuna parte, amico."

Lo riportò al centro della stanza. "Ma dobbiamo uscire di qui!" protestò Bowler, il mento tremante.

"Invece dobbiamo restare," risposi. "E fermare il conto alla rovescia. È in gioco la distruzione di tutta l'Italia. Signor Morraine, prego."

Per tutta risposta, Venus incrociò le braccia.

"Se non lo fa lei lo faccio io!" gridò Bowler. "Non può distruggerci tutti!"

Scattò verso i pannelli e cominciò a strappare cavi. Con un ruggito di rabbia, Venus gli saltò addosso e lo prese a pugni in faccia e sul petto con una forza sorprendente. Non persi altro tempo e gli sparai. Il primo proiettile lo prese su un braccio e barcollò all'indietro. Il secondo gli strappò la toga e si piantò nel muro.

Tenendosi il braccio ferito Venus corse verso la porta, gettò a terra Charlie e uscì.

"Prendetelo!" gridò Bowler, strappando altri cavi. "La sfera. Se la raggiunge, può ancora far esplodere la bomba!"

Non avevo bisogno di altri incoraggiamenti.

"Andiamo, Charlie!" Uscimmo di corsa dal capanno. Charlie prese il fucile e uccise la guardia zombie senza perdere tempo. Mi sporsi a guardare giù e vidi la snella figura di Venus avanzare verso la sfera tra la massa di tubi e vapore. Strappai il fucile a Charlie, lo posai sulla ringhiera e feci partire una salva di colpi.

Venus emerse dal vapore al centro di un gruppo dei suoi lavoratori istupiditi dall'oppio. Indicò verso di noi.

"Uccideteli!" urlò. "Uccideteli!"

Con i loro curiosi movimenti rallentati, le guardie cominciarono a spararci addosso. Charlie prese il fucile della guardia morta e scendemmo precipitosamente dalla scala a chiocciola, schivando proiettili e rispondendo al fuoco.

"Dobbiamo impedirgli di arrivare alla bomba!" gridai, quando raggiungemmo la base della scala. Corremmo a tutta velocità fino alla sfera d'ottone. Venus non si vedeva da nessuna parte.

"Signor Box!" urlò Charlie. "Guardi!"

In quel momento notai che il pannello di vetro non era più dove l'aveva lasciato Bowler. Qualcuno lo stava imbullonando di nuovo, ma da *dentro* la sfera. Era Venus, il corpo snello rannicchiato, un sorriso folle in viso.

Alzò una mano in un gesto di saluto e sorrise.

Poi ci fu uno strano rumore ticchettante e la sfera rotolò in avanti come una palla da biliardo, scomparendo dentro il grande tubo di bronzo.

Nonostante il rumore, il calore e gli zombie che si stavano avvicinando, sentii come se fosse calato all'improvviso un grande silenzio.

"Abbiamo fallito," dissi, piano.

ASCESA VERSO IL PERICOLO

Charlie mi afferrò per una spalla. "Non siamo ancora battuti, signore. Il tizio nel capanno sa dove porta quel tubo. Deve esserci un modo per fermare l'esplosione."

Annuii rapidamente. "Hai ragione."

Risalimmo di corsa la scala a chiocciola, abbattendo gli ultimi zombie diretti verso di noi, e spalancammo la porta del capanno di osservazione. Bowler era ancora lì, chino su fasci di progetti e documenti.

"Tradito!" gemette, battendosi un pugno sulla fronte. Un ciuffo di capelli neri gli pendeva sulla fronte. "Tradito a ogni passo. E pensare che mi fidavo di quel mostro!"

Lo richiamai all'ordine. "C'è ancora tempo per rimediare, Bowler. La bomba è stata lanciata. Dov'è diretta?"

Scosse la testa, cupo. "Nel ventre del vulcano. C'è un punto in cui la crosta è più debole. La bomba la farà a pezzi e il magma erutterà!"

"Come possiamo fermare tutto?"

Si prese la testa tra le mani. "Non possiamo. Moriremo tra le fiamme. Da un momento all'altro!"

Non era quello che volevo sentire, ovviamente.

"Deve esserci un modo!" tuonai, prendendolo per il bavero. "Rifletti! Conosci tutto di questo progetto folle."

"Sì! E siamo stati bravi. Abbiamo previsto ogni eventualità."

Charlie si avvicinò e si mise a sfogliare i progetti. “Che tipo di eventualità? Cosa poteva andare storto?”

Annuii. “Hai ragione, Charlie. Saboteremo uno dei meccanismi di sicurezza.”

Bowler mi fissò come se fossi pazzo, poi sorrise. “Forse... forse c’è qualcosa, in quello che ha detto. C’è un punto nodale. Sapevo che era pericoloso, ma la struttura della roccia lo ha reso inevitabile. È dove il tubo del vapore incrocia un altro tubo importante. Si uniscono per un momento, poi ognuno continua per la sua strada.”

“E c’è un modo per bloccare questo incrocio?”

Bowler corse alla parete, dove uno schermo indicava il punto in cui era finita la bomba. “Sì! Se riparo alcuni dei danni che ho prodotto, posso controllarlo da qui.”

Si morse le nocche, ansioso. “La bomba ha raggiunto questo livello,” disse, indicando il display. “L’incrocio è un po’ più in basso.”

“Allora c’è ancora tempo.”

Bowler continuò a mordersi il pugno. “Ma se chiudiamo il tubo e intrappoliamo Venus dove si trova ora, la bomba esploderà comunque. Ed è già abbastanza vicina al centro da causare un’eruzione.”

Era il mio turno di riflettere. Guardai rapidamente i progetti, poi il monitor. “E se blocchiamo il tubo del vapore, cosa succede?”

Scrollò le spalle. “La pressione aumenterà.”

“In modo pericoloso?”

“Naturalmente. Quel sistema è una valvola di sicurezza. Se la pressione non ha una via di sfogo...”

“È quello che ci serve!” urlai, contento. “Bowler, chiudi il boccaporto del tubo del vapore.”

“Ma perché?”

"Fallo e basta!"
Lui spinse la sedia girevole in pelle di Venus verso la console e cominciò a schiacciare tasti e tirare leve. Poi si accucciò dietro il monitor e prese a ricollegare i cavi che aveva staccato. Per qualche minuto non fece altro che lavorare ai circuiti, imprecando di continuo. A un tratto, con un grido di trionfo, si risedette. Un disco colorato apparve sul monitor davanti a noi.
"È fatta! La pressione del vapore sta aumentando."
"Ora avvisami quando Venus e la bomba stanno per arrivare all'incrocio. Quanto è accurato questo monitor?"
"Molto accurato." Si fregò le mani e si leccò le labbra secche. "Livello otto, raggiunto. Livello nove..."
"Starà cuocendo vivo in quella sfera," disse Charlie.
Annuii. "Era quello che voleva fare a te. Ora non gli importa più di nulla, a patto di realizzare il suo piano."
"Raggiunto," continuò Bowler. "Livello dieci... sta arrivando all'incrocio..."
"Preparati ad aprire il portello!" esclamai.
"Livello dieci raggiunto!"
"Apri!"
Il disco scivolò via dalla sua sede, rivelando uno spazio vuoto. "Fatto," commentò Bowler, semplicemente.
"Fatto cosa?" domandò Charlie.
Alzai una mano. "Aspetta, aspetta..."
Sotto di noi, in profondità, udimmo un ruggito e un rimbombo tremendo. Il pavimento della stanza tremò con violenza.
"Cosa... abbiamo fatto, di preciso?" chiese di nuovo Charlie.
"Abbiamo proiettato un enorme getto di vapore verso la sfera, Charlie. Se ho ragione..."
"La sfera sarà proiettata di nuovo in alto!"
"Esatto."

Restammo tutti e tre in attesa, mentre il capanno e tutta la caverna si scuotevano. Guardai Charlie. Era pallido e si mordeva il labbro inferiore. Bowler si stava lisciando i capelli, un gesto ripetuto che sembrava dargli conforto. *Se* fossimo riusciti a venire fuori da quella situazione, come saremmo fuggiti? Eravamo in sette, compresi i prigionieri. Ripensai agli ascensori e agli uomini che li avevano sabotati. Ma certo! Le catene erano state segate, ma i gradini infissi nella roccia erano sempre al loro posto. Sarebbe stata un'arrampicata pazzesca, ma era la nostra unica possibilità.

Fui strappato ai miei pensieri da un ruggito tremendo che si produsse nella sala sotto di noi. Charlie, Bowler e io corremmo fuori e guardammo giù. La grande sfera d'ottone era stata sparata fuori dal tubo di bronzo, perdendo un pezzo e andando a sbattere contro la parete della caverna. L'impatto aveva rotto diversi grandi tubi di ferro, e il vapore cominciò a inondare la sala.

"Ce l'abbiamo fatta!" urlò Charlie.

"Sì, abbiamo riportato indietro la bomba. Ma ora è qui da noi!"

Bowler sembrava preoccupato. "Non esploderà subito, non c'è abbastanza pressione e i tubi sono rotti."

"E non ci sarà un'eruzione?"

"Non come Venus l'aveva progettata, no. Ma l'esplosione potrebbe comunque danneggiare la crosta che contiene il magma. Non c'è tempo da perdere!"

"Dobbiamo prima liberare la signora Knight e i professori."

"Cosa?" protestò Bowler. "Che vadano all'inferno! Dobbiamo uscire al più presto!"

Gli puntai addosso il fucile. "Hai molto da farti perdonare, Bowler. Ti suggerisco di scendere questa scala e di andare a liberarli. Senza perdere un secondo."

Con uno sguardo irritato, si affrettò a ubbidire. Charlie e io lo seguimmo giù. Mentre attraversavamo la caverna, guardai il punto in cui la sfera si era incastrata nella roccia, schiacciata come un frutto marcio, il pannello di vetro in frantumi. Mezzo dentro e mezzo fuori, sporgeva il corpo di Venus; la toga scarlatta lo avvolgeva come un sudario, il suo viso non più bellissimo fisso in un rictus, i tendini scoperti, perché il calore gli aveva bruciato la carne. Le pupille ci fissavano in modo macabro dall'oltretomba.

"Forza!" gridai. Mi voltai verso i prigionieri legati alle sedie e mi trovai a fissare il volto della signora Knight, non troppo diverso da quello che aveva ora Venus.

"Sta bene?" domandai. Lei rispose con un gemito. Charlie stava già tagliando le sue corde. Nonostante la debolezza, Verdigris e Sash furono in grado di comprendere la situazione e appena liberi salirono verso le passerelle del livello superiore. Io aiutai la signora Knight, che non si era ancora ripresa del tutto dalla droga che le avevano dato, e Charlie e Bowler portarono a spalle Quibble. Il vecchio paralitico gemeva di dolore mentre salivamo al livello successivo.

All'improvviso udimmo uno schianto tremendo e il pavimento della caverna cominciò a spostarsi ondeggiando. Con un orribile ruggito la lava fusa cominciò a farsi strada attraverso la fenditura.

Non avevamo bisogno di altri incoraggiamenti per attraversare di corsa la porta e chiuderla alle nostre spalle. Ci ritrovammo nel corridoio.

"Gli ascensori!" gridai. "Presto!"

Charlie lasciò andare un sospiro esausto, poi tutti e sette ci avviammo lungo il corridoio, attraverso il quale eravamo stati condotti quella che sembrava una vita fa. Raggiungemmo le porte dell'ascensore, ora chiuse. Charlie e Bowler posarono Quibble sul pavimento. Io premetti i bottoni, ma quelle dannate porte non si aprirono. La signora Knight sembrava svenuta.

"Professor Sash!" latrai. "Si è ripreso abbastanza da aiutarci ad aprire queste porte? Anche lei, Verdigris? Charlie, Bowler, date loro una mano. Io penso ai nostri invalidi."

Non è mia abitudine schiaffeggiare una donna, specialmente se ha una faccia che pare un grugno di maiale bollito, ma non era il momento per le sottigliezze. Schiaffeggiai il più delicatamente possibile le guance rovinate di quella poveretta, finché riprese conoscenza.

"Dobbiamo arrampicarci, signora Knight," sibilai. "Tutti, compreso lei, professor Quibble. È la nostra unica speranza."

"Cosa?" ansimò Quibble dal pavimento che sussultava. "Che diavolo succede?"

"Siamo dentro il Vesuvio, professore. So che è difficile da credere, ma il figlio matto di Maxwell Morraine ha messo in pratica le teorie del padre e ha costruito una enorme bomba che sta per scatenare un'eruzione. Mi capisce?"

Mi fissò con il suo sguardo miope e aprì la bocca per protestare.

"Vuole che l'abbandoni qui?"

Chiuse la bocca di scatto.

Dal basso salì un ruggito tonante. Mi guardai intorno, frenetico.

"Si muovono!" strillò Charlie, con le dita nella fessura tra le due porte dell'ascensore. "Avanti! Metteteci tutta la forza!"

Le porte cominciarono ad aprirsi piano. Intorno a noi, le luci elettriche infisse nei muri avevano iniziato a sfrigolare. A un tratto le porte cedettero e Charlie, Bowler, Verdigris e Sash le spalancarono del tutto. Dentro c'era solo uno spazio vuoto.

Guardai in alto nel pozzo, dove pendevano le catene

a cui era stato appeso l'ascensore, agitate dal vento caldo che veniva dal basso.

"Dobbiamo salire usando quci gradini," spiegai. "Charlie, tu vai per primo. Segue Quibble, io lo spingo e tu lo tiri. Capito?"

Charlie annuì e salì sul primo gradino, mentre un altro tremito scuoteva la roccia.

"Non fermarti!" lo spronai. Charlie tese un braccio e mi aiutò a mettere Quibble sul gradino. Dietro di me, Verdigris e Sash fecero lo stesso per la signora Knight, ancora non del tutto in sé; Bowler chiudeva la fila. Salimmo e salimmo, e il corpo paralizzato di Quibble si fece sempre più pesante. Lo spingevo come meglio potevo, ma le sue mani avvizzite non ce la facevano a sostenerlo sugli scalini di metallo bollenti. Le braccia mi facevano un male tremendo.

Senza fiato, continuai a salire, con le gambe inutili di Quibble che mi pendevano davanti come calze vuote. "Dobbiamo... uscire, professore," ansimai. "Non possiamo fermarci. Avanti!"

Il vecchio si dava da fare, e in qualche modo, incredibilmente, facevamo progressi. Allungai il collo per guardare in alto.

"Charlie!" chiamai. "Quanto manca?"

"Ci siamo quasi!" fu la risposta.

All'improvviso il pozzo tremò di nuovo e udimmo un suono tra un rombo e un risucchio.

"Non fermatevi!" urlai. "Continuate a salire!"

Arrischiai un'occhiata in basso e invece dell'oscurità che avevamo lasciato vidi un orribile bagliore rosso.

"Mio Dio!" gridai. "La lava! Sta salendo!"

Molto più in basso (grazie al diavolo), circondata da una corona di fiamme e fumo, una vasta massa di roccia fusa s'innalzava verso di noi.

Sollevai la testa per gridare a Charlie di aiutarmi a tirare su Quibble, ma le parole mi morirono in bocca. La cima del pozzo era solo a circa tre metri sopra di noi, ma all'imboccatura, con in mano il mio revolver, era affacciato Cretaceous Unmann.

"A lei la scelta, signor Box," disse. "Saltare nella lava o essere ucciso da me."

"Cosa diavolo sta dicendo?" urlai.

Lui sparò un colpo, che rimbalzò sulla scala con un clangore metallico. La signora Knight gridò di paura.

"Quello che ho detto. Le offro la scelta di come morire."

"Stia a sentire, pazzo malato," dissi diplomaticamente. "Se noi non usciamo in superficie nei prossimi minuti, siamo finiti! È questo che vuole?"

"Crede che non lo farò?" gridò lui. "Crede che non abbia il coraggio di spararvi?"

"Non dubito che ce l'abbia." Lanciai una rapida occhiata alla marea di lava che saliva. Le sagome di Sash, Verdigris, Bowler e della signora Knight erano delineate in controluce su un fondo rosso e arancione. "Voglio solo dire che morirà anche lei come noi, se non si toglie subito di mezzo!"

"Ma è proprio quello che voleva Venus! Morte! Distruzione! Annientamento! Ah, ah, ah!"

Risuonò un altro sparo e udii Bowler urlare. Abbassai gli occhi e lo vidi ondeggiare sui gradini in basso. Uno spruzzo di sangue gli uscì dalla gola, poi quel povero sciocco cadde, giù, giù, sempre più giù, fino al fiume di lava.

"Scelga, signor Box!"strillò Unmann. La veste strappata gli sventolava intorno, oltre il bordo del pozzo.

Tutto il condotto sussultò di nuovo e il professor Quibble cadde verso di me. Con una mano cercai di spingerlo verso l'alto, ma le pareti tremavano in modo così violento che era quasi impossibile fare presa.

Guardando in alto, vidi Unmann che mi puntava contro la pistola. Ero un bersaglio facile.

Quibble voltò la testa a guardarmi, e sui suoi lineamenti pallidi si disegnò una strana espressione. Capii all'improvviso cosa voleva fare. Mi appiattii contro i gradini, per offrirgli il bersaglio più piccolo possibile, mentre Unmann premeva i grilletto. Nello stesso istante, Quibble lasciò andare il gradino a cui era aggrappato e precipitò nel vuoto, prendendosi il proiettile destinato a me. Mentre cadeva nel pozzo senza un grido, ci fu una gran confusione. Tentai di salire gli ultimi gradini verso la cima prima che Unmann prendesse di nuovo la mira, ma vidi che Charlie, con un urlo di rabbia, aveva afferrato il bordo della toga di Unmann che sporgeva oltre l'orlo del pozzo, e tirava con tutta la forza.

Con un grido incredulo, il diplomatico assassino cadde in avanti.

Scorsi la sua espressione sorpresa mentre mi passava accanto, poi fu solo una massa scarlatta che seguiva il nobile Quibble fino al fiume pulsante di roccia fusa.

Ma proprio prima che arrivasse, ci fu un lampo e provai una fitta di dolore. L'ultimo sparo di Unmann mi aveva preso alla spalla. Ondeggiai sui gradini.

In un secondo, Charlie mi raggiunse e mi sostenne. "Forza, signore, la tengo!"

Sentii un'ondata di nausea e un capogiro. Charlie mi prese per la camicia e mi sollevò fuori dal pozzo. Mi tirai in piedi, mentre il mio inestimabile valletto aiutava gli altri a uscire. Poi ci dirigemmo come un sol uomo lungo i tunnel, verso i bagni pompeiani.

Quando emergemmo in quella strana sala, le luci traslucide vacillavano e le pareti sussultavano per l'impatto dell'eruzione. Scosso da fitte di dolore, ero cosciente solo a metà, mentre Charlie mi trascinava con sé. Gli altri erano una massa indistinta alle nostre spalle.

In qualche modo Charlie mi fece arrivare alla scala. Debole come un gattino, riuscii a tirarmi su, anche se ogni gradino era un'agonia. Doveva pur esserci una fine a quell'arrampicata. Finalmente arrivammo al portello e uscimmo nella luce grigia dell'alba.

Certo, non eravamo ancora in salvo. Il cielo livido ci disse quello che sapevamo già. Il Vesuvio stava eruttando, e anche se non si trattava del cataclisma sperato da Venus, non era saggio restare nei dintorni.

Mi voltai a guardare, mentre Charlie mi trascinava attraverso le rovine di Pompei, ripercorrendo la strada da cui eravamo venuti. Sopra di noi, la massa della grande montagna eruttava e un ruscello rosso colava come il sangue di una Gorgone.

A un tratto ci trovammo in mezzo a una folla di gente che fuggiva. Ebbi un'impressione confusa di voci e odori e fu come trovarmi nell'antica Pompei. Il cielo era nero di cenere e il mondo scompariva in un vortice di rosso, ocra e giallo. Il sangue che usciva dalla mia ferita sembrava quasi nero, contro il bianco pallido del braccio. Che strano, pensai, morire in mezzo a una tavolozza di colori così bella.

FINE DEL GIOCO

Eppure, gentili lettori (come sono certo che avrete già capito), non morii! Una lunga settimana più tardi, il ruggito dell'eruzione era come uno strano sogno, per me. Dopo essermi fatto estrarre il proiettile di Unmann e dopo molto riposo, ero tornato alla mia stanza al Santa Lucia, dove potevo almeno disegnare un po'. Con ottimismo, mi avevano preparato anche un cavalletto, ma mi stancavo troppo facilmente e dopo le nutrienti zuppe che mi dava Charlie era più facile scivolare nel sonno che mettermi a lavorare. Ci vollero quindici giorni prima che potessi ricevere visite.

Per primo venne Joshua Reynolds, che aveva fatto uno dei suoi rari viaggi all'estero per portarmi il profondo ringraziamento del governo di sua maestà e offrirmi anche una medaglia, che nobilmente rifiutai per un paio di minuti, dopodiché lui mi prese sul serio e allora dovetti supplicarlo per averla.

Il giorno dopo venne Christopher Miracle, liberato da poco. Appariva un po' smunto (ma non era stato munto, ah, ah), come era da aspettarsi, e mi sorrise con quello che sembrava un nuovo rispetto nei miei confronti.

"Devo tutto a te, vecchio mio," disse con voce rotta dall'emozione. "Flush mi avrebbe inchiodato, se non fossi intervenuto tu. Ti sono tremendamente grato."

Gli feci un sorriso eroico ma modesto. "Non sappiamo ancora cosa sia successo quel giorno, vero?"

"Invece lo sappiamo," rispose. "Se non sei troppo stanco, caro Lucifer, c'è un'altra persona ansiosa di parlarti."

Charlie fece entrare la signora Knight. Indossava uno splendido vestito color smeraldo e il suo viso martoriato era di nuovo coperto da veli. Si sedette accanto al letto e mi salutò con un cenno del capo.

"Signor Box, non so come ringraziarla."

"Lasci stare, per favore," dissi in tono virile. Per la verità non avevo la forza di sopportare altre lodi. "È già una grande ricompensa sapere che il mio amico qui è stato discolpato e che lei e i professori, anche se non tutti, siete fuori pericolo. Per non parlare del fatto che i piani di un pazzo pericoloso sono stati sventati."

"Ah, sì," disse lei, in tono riflessivo. "Quel poveretto di mio figlio."

Mi tirai su appoggiandomi a un gomito. "Tuttavia sarei molto contento se lei potesse chiarire un paio di punti relativi a questa faccenda."

"Chieda pure."

"Forse in questo posso aiutarla io," disse una voce tonante dalla porta, e dall'ombra emerse il corpo massiccio del duca Tiepolo.

"Vostra grazia," dissi. "Temo di averle arrecato una grave offesa, pensavo ci fosse lei dietro quel piano folle."

"Io *sono* colpevole," replicò. "Colpevole di amare pazzamente questa donna meravigliosa."

Prese la mano della signora Knight. "È passato così tanto tempo," proseguì. "Non è facile, signor Box, nascere ricco e privilegiato e poi essere privato di tutto. Ero un ricercato. Un giorno arrivai a Napoli e conobbi una ragazza. Aveva solo sedici anni e le facevo un po' paura. Ma seppi all'istante che l'amavo… l'amavo!"

"Solo che era sposata."

Annuì, amareggiato. "E aveva anche un figlio. Il marito, Morraine, era un brav'uomo, ma noi non siamo riusciti a controllarci, vero, tesoro? La passione ci consumava come un fuoco."

La signora Knight sospirò. "All'inizio fu facile incontrarci in segreto. Mio marito Maxwell pensava solo al suo lavoro. Lui e i suoi colleghi erano occupati dall'alba al tramonto. Ma alla fine il nostro segreto fu scoperto! Maxwell era pazzo di gelosia. Andai a parlargli, per dirgli che volevo lasciarlo. Lo trovai nel suo laboratorio e gli dissi che il duca e io ci amavamo. All'inizio sembrò non avermi udita. Stava bruciando le sue carte dopo una delusione scientifica. Continuò a gettare fogli nel fuoco, finché le fiamme sfuggirono al controllo, e..."

Si portò una mano alla bocca e singhiozzò. "L'incendio mi portò via la giovinezza, la bellezza..."

Tiepolo le mise una mano enorme intorno alle spalle delicate. "E io per anni non seppi nulla di tutto questo. Le autorità mi catturarono e fui deportato. Seppi dell'incendio e credetti che Kate fosse morta. Come potevo sapere che era stata portata via da Napoli ed era tornata in Inghilterra? Passarono gli anni, e non credevo che l'avrei mai più rivista."

"Invece la ritrovò," dissi, aspirando una lenta boccata dalla mia sigaretta.

"È così! Riesce a immaginarlo, signor Box? Dopo tutto quel tempo? Vagavo per l'Europa come un nomade. Passavo da Londra e un giorno mentre passeggiavo nel parco tu mi hai visto, vero, cara?"

Si voltò verso il suo amore, il viso temprato tutto sorrisi.

La signora Knight continuò il racconto. "Anche dopo tanti anni, l'ho riconosciuto subito."

"E i suoi sentimenti non erano cambiati?" chiesi al duca.

"Appena seppi che era lei, certo che no! Cosa m'importava delle sue cicatrici? Della sua 'bruttezza'? Era sempre la mia cara ragazza. Restituitami quando la credevo morta da tempo."

Chinò la nobile testa sul petto, poi la rialzò, con gli occhi velati di lacrime. "Comprai il silenzio del mio accompagnatore e passammo insieme tutto il pomeriggio. Ci furono lettere segrete, momenti rubati. E poi mi venne in mente il piano delle lezioni di disegno. Progettavamo di fuggire insieme. Come due amanti sfortunati. Quella notte dopo il ballo da Miracle, doveva allontanarsi di soppiatto e incontrarmi nel giardino. Ma non venne! E poi sentii del cadavere. Oh! Mi era stata strappata via una seconda volta!"

Gemette come una bestia ferita. "E così venni qui. A casa. A Napoli. Naturalmente in segreto, a cercare... cosa? La pace?"

Mi tirai su appoggiandomi ai cuscini. "E cosa può dirmi di quel giorno al Mechanical Institute, signora Knight? Immagino sospettasse già di essere sotto controllo, dico bene?"

La donna velata posò le mani in grembo e sospirò. "Sì, è così. Ma credevo fosse mio marito a farmi spiare, ed ero convinta che il nostro piano fosse a prova di bomba. Non pensai affatto a cosa avessero in mente, fino a quel giorno fatidico. La signorina Frenzy e io ci eravamo appena scambiate di posto, quando due uomini fecero irruzione in bagno. Afferrarono la povera Abigail, ma lei si ribellò con forza e morse la mano a uno di loro. Naturalmente non potevo restarmene nascosta nel cubicolo e abbandonarla al suo destino. Come restarono stupefatti vedendo due donne vestite in modo identico! Poiché non avevano tempo da perdere, ci rapirono entrambe e ci portarono in una pensione, dove ci strapparono la verità. Uno dei due, Bowler, decise che il fato gli aveva offerto una felice coincidenza. Dopo avermi rapita, sarebbe stato molto meglio se fossi stata creduta morta!"

Tacque e versò qualche lacrima. "In quel momento fu deciso il destino della povera Abigail. Non potei nemmeno protestare, perché mi somministrarono una delle loro orribili iniezioni e da quel giorno non ricordo più nulla."

Tiepolo le coprì le mani con una delle sue. "Ora è tutto finito," mormorò, in tono rassicurante.

Riaffondai nel letto. "E cosa farà, ora? Se vuole il consiglio di un artista al verde..."

"Grazie, signor Box, ma non ne ho bisogno. Sono decisa a cambiare la mia vita mentre c'è ancora tempo."

Il duca Tiepolo emise un grugnito d'approvazione.

Miracle aggrottò la fronte. "E che ne sarà di suo marito?"

"Temo che dovrà abituarsi," trillò lei, con voce quasi da ragazzina. "Perché il duca e io... insomma... fuggiremo insieme stanotte stessa."

Feci loro i miei migliori auguri, fiducioso che a tempo debito avrei ricevuto una generosa ricompensa finanziaria per i servizi resi.

Miracle li accompagnò fuori, poi tornò al mio fianco.

"Allora?" chiese subito. "Hai notizie di lei?"

"Di chi?" risposi, con finta innocenza.

"Della signorina Bella Pok, naturalmente! Sei qui da due settimane! Non è venuta a trovarti?"

Scrollai le spalle. "Ho ricevuto un paio di biglietti in cui mi chiedeva come stavo."

Miracle si chinò in avanti sulla sedia. "E quando la vedrai?"

Risi forte, procurandomi una fitta alla spalla ferita. Non volevo più mantenere la finzione. "Domani mattina! Ma ora sono stanchissimo, Chris. Devi lasciare che riprenda le forze, per la grande occasione."

Mi lasciò solo, promettendomi una cena da Maxim, una pioggia d'oro e tutto il tè della Cina, quando mi fossi ristabilito.

Mi ero creato una routine pacifica. Charlie si era rivelato un eccellente infermiere e il suo modo di fare era più che ammirevole.

Quella notte dormii come un sasso. La testa mi pulsava al ritmo dell'eruzione, perché in sogno mi ritrovai lì, con un cielo rossastro sopra di me. Battei le palpebre, una, due volte, e il ruggito del vulcano si trasformò in un insistente bussare alla porta della mia stanza.

Guardai il letto. Charlie giaceva al mio fianco, nudo e addormentato, il corpo appena coperto dal lenzuolo di cotone. All'improvviso ricordai.

"Bella!" gridai.

Saltai in piedi, me ne pentii immediatamente e ricaddi sul letto. Mi guardai intorno, frenetico.

"Alzati!" sibilai a Charlie, dandogli una pacca. "Subito!"

Lui aprì a metà i suoi occhi azzurri. "Cosa?"

"In piedi, Charlie! Abbiamo compagnia."

Gemette e scosse la testa. "Li mandi via. *Io* sono la sua compagnia."

Mi chinai e gli pizzicai forte un capezzolo. "In piedi, signor Jackpot, o te ne pentirai!"

Lanciò un urletto di dolore, si sedette e agitò le mani. "Va bene, va bene, che diavolo!"

Ancora assonnato, si accorse di essere nudo e cominciò a vestirsi.

"In fretta!" sibilai. "È la signorina Pok."

Indossò rapidamente pantaloni e camicia.

"Ora falla entrare, poi togliti di torno."

"Si vergogna di me?"

Sospirai. "Tu sei il mio servitore, Jackpot. Comportati come tale, invece che come la piccola fiammiferaia."

"Lucifer?" disse la voce attutita di Bella, fuori dalla porta.

"E va bene," disse Charlie, avviandosi alla porta, imbronciato. L'aprì e fece passare Bella con evidente irritazione.

"Signorina Bella Pok," borbottò.

"Grazie, Charles," dissi a denti stretti. "Ora puoi prenderti il resto della giornata libera."

"Oh!" ribatté, portandosi le mani al cuore. "Davvero? Gentilissimo da parte sua, signore."

"Basta così, Charlie," replicai in tono fermo. Lui uscì, sbattendo la porta.

"Bella! È fantastico rivederti. Mi scuso per Charlie. È così difficile oggigiorno trovare dei buoni servitori, che bisogna accettare anche i più irritanti e fastidiosi."

"A me è sembrato dolce," disse lei, solare.

Ero già senza fiato e mi doleva la testa. "Senza dubbio per via del tuo buon carattere. Temo di non essere al mio meglio..."

Lei mi osservò, semisvestito e con i capelli scomposti dal sonno, e tacitò le mie scuse agitando una mano guantata. Io la presi e la baciai.

"Sei salvo! Questa è l'unica cosa che importa!"

"Hai ricevuto il mio biglietto, allora? È stato stupido da parte mia rischiare la vita, quando avevo qualcosa di così bello per cui vivere."

Con un sorriso indulgente, lei sollevò la veletta del cappello. Sentii accelerare le pulsazioni rivedendo la sua bellezza. "Sei un po' sfrontato, Lucifer," commentò.

"Mio Dio, ti ho offesa!" gemetti. "È solo che speravo tanto che, una volta tornati in Inghilterra, potremmo..."

Lei si sedette accanto al letto e mi prese la mano. "Sta' tranquillo, Lucifer, non ti ho dimenticato."

Sorrisi, felice.

"Ora," disse, "Voglio sapere come sei rimasto ferito in modo così grave. Devi raccontarmi tutte le tue avventure."

"Oh, sul serio?" risposi, in tono stanco.

Gli eventi straordinari delle scorse settimane si affollarono nella mia mente, tinti di un rosso bagliore vulcanico. Pensai di raccontarle una versione addomesticata, piena di gite per disegnare, tele abbandonate a metà e cattivi ristoranti, ma Bella meritava di più. Sapeva che nascondevo dei segreti oscuri.

"Lucifer?"

Aprii gli occhi. "Mi ero addormentato?"

"Così pare," rispose, sollecita. "Ti senti bene?"

Feci una smorfia quando, sedendosi al mio fianco, notò sotto la vestaglia le bende che mi avvolgevano il petto.

"Oh, povero caro."

Assunsi un'espressione stoica. "In realtà non è nulla."

Lei scosse la testa. "Ti porto qualcosa da bere."

"Be', è l'ora adatta per un vermouth," sorrisi.

Lei mi strinse la mano e si allontanò. Poco dopo, tornò con due bicchieri.

Presi con gratitudine quello che mi porse.

Stavo per portarmelo alle labbra, quando mi sentii stranamente a disagio. Non era il dolore alla spalla, né lo sforzo dovuto alle recenti imprese erotiche con il giovane Charlie. Era qualcosa di strano, indefinibile, che mi spinse a posare il bicchiere sul copriletto. "Meglio aspettare," dissi. "Non voglio che mi vada alla testa."

Bella scrollò le spalle. "Come preferisci."

La fissai e indicai il bicchiere. "Tu non bevi?"

Scosse la testa. "No, grazie."

Si rese conto che la stavo fissando. La sua gola slanciata

ebbe un'ondulazione visibile e mi guardò sorridendo. Poi la sua espressione cambiò con la rapidità di quando ci si toglie una maschera. Chiuse il pugno e mi colpì direttamente sulla ferita.

Gridai per lo shock e il dolore e caddi sui cuscini. Bella prese il bicchiere di whisky e mi aprì a forza la bocca. Mi girava la testa per la nausea. Sentii le sue dita entrarmi in bocca e il bordo del bicchiere toccarmi i denti.

"Bevilo!" sibilò. "Bevilo, bastardo!"

La sua voce era fredda come l'acciaio e i suoi begli occhi erano gelidi.

Tentai si spingerla via, ma ero debole e mi costrinse a ricadere sul materasso. Consapevole di rischiare la riapertura della ferita, rotolai giù dal letto e caddi sul pavimento.

"Che diavolo fai?" strillai. "Sei impazzita?"

"Bevilo. È acido prussico. Proverai un po' di dolore, ma perderai i sensi quasi subito."

"Bella!" gridai, tentando disperatamente di alzarmi in piedi. "Cosa succede? Sono io, Lucifer Box!"

"*Pauvre petite*," mormorò. "Mi sei stato addosso come un caprone dal giorno in cui ci siamo conosciuti, e non hai mai sospettato la verità."

"La verità? Quale verità?"

Appoggiò il bicchiere e dalle pieghe della veste estrasse una piccola pistola, che mi puntò al petto. Rise. Quella risata gaia, musicale, che mi piaceva tanto. "Ricordi un inseguimento in carrozza attraverso Londra?"

"Certo!"

"Ero io a guidare la carrozza! Io ho spedito a casa tua quell'insetto velenoso. E l'ho fatto per vendicarmi di te!"

"Di me?" risposi, tutto innocenza.

"Credo di averti detto che sono nata in Olanda, ma non è vero. Sono afrikaans. Ho vissuto a Pretoria fino a nove anni, con il mio amato padre. Everard Supple!"

Scossi la testa. "Chi?"

"Davvero l'hai dimenticato così presto? L'uomo che hai ucciso a sangue freddo. Lo so, Lucifer Box. So tutto!"

Everard Supple? Sembrava incredibile. Il vecchio stupido che avevo ucciso settimane prima, un compito di routine. Ma come poteva averlo scoperto? Era proprio il tipo di cosa da cui Joshua Reynolds avrebbe dovuto proteggermi.

"Supple era tuo padre?"

"Sì! Un grand'uomo. Un uomo a cui tu non saresti stato degno di baciare i piedi!"

Non potevo sopportarlo. Mi alzai in piedi a fatica, lacrimando dal dolore. "Un anarchico pericoloso!" gridai. "L'ho ucciso perché progettava di assassinare il ministro degli esteri!"

I suoi occhi brillavano di furia. "Non ascolterò le tue menzogne! So soltanto che ho passato le scorse settimane pensando a come uccidere *te!* Nonostante le mie informazioni, all'inizio non ero nemmeno sicura che fossi tu il responsabile."

"Informazioni?"

"I contatti diplomatici di mio padre."

"Ah, vuoi dire spie."

"Non avevo idea di come organizzare un incontro, poi ho visto il tuo annuncio. Era perfetto. Sono venuta al tuo studio e devo dire che all'inizio non potevo credere che fossi un assassino. Ma poi..."

"Poi?"

"Tra colori e pennelli, l'ho visto. L'occhio di vetro di mio padre!"

"Ah."

"Allora il mio cuore si è indurito. Ho giurato che ti avrei distrutto!"

"Ma non ci sei riuscita, dico bene?" chiesi, con un occhio alla porta. Malgrado la debolezza, volevo tentare la fuga. Stupido! Perché avevo mandato via Charlie? C'era il personale dell'hotel. Ma potevo raggiungere qualcuno in tempo? Se solo fossi riuscito a dare l'allarme..."

"A differenza di te, non sono un'assassina di professione."

La guardai con tutto lo stoicismo che riuscii a manifestare. "Cosa vuoi che faccia? Supplicarti di non uccidermi? Non lo farò, mia cara. Ormai dovresti conoscermi. Posso essere un farabutto, ma non sono un codardo. Non sono pentito di aver ucciso tuo padre, e lo farei di nuovo."

"Ah!"

"Devi capire che sono al servizio del governo di sua maestà. Non uccido mai nessuno senza aver prima verificato al di là di ogni dubbio che sia la cosa giusta da fare. Mi dispiace che tu abbia perso tuo padre, ma devi credermi se ti dico che si trattava di un pericoloso fanatico."

"E questo cosa fa di te? L'affermato artista, il dandy affascinante di giorno. E di notte, un donnaiolo sodomita e assassino!"

Mi puntò il revolver in faccia e tirò indietro il cane. "E ora... addio!"

Tutto accadde molto in fretta. Scattai in avanti, gettando verso il viso di Bella l'acido prussico nel bicchiere. Lei sollevò il braccio e il liquido le sporcò soltanto la manica. Un istante dopo premette il grilletto, ma io mi ero già buttato a terra e nonostante il dolore riuscii a rotolare dietro il cavalletto.

Bella si mosse verso di me. Presi un vaso con dentro dei pennelli e glielo lanciai addosso. Il vaso si spaccò contro il muro e lei fece fuoco di nuovo.

Mi trascinai sotto una sedia. Il dolore della ferita mi faceva girare la testa e non riuscivo a pensare con chiarezza. Ero convinto che non sarei uscito vivo dalla stanza.

"Vieni fuori, vieni fuori," disse Bella, con una specie di cupa gaiezza.

Tirò via il cavalletto, sulle rotelle cigolanti, e il mio ridicolo nascondiglio scomparve.

"Che fine ignominiosa, Box!" disse trionfante. "Ora sarai vendicato, papà!"

In quel momento, con mio grande stupore, la porta della stanza si spalancò e Charlie si gettò su Bella, prendendola alle spalle.

Girarono più volte, come su una giostra. La gonna di Bella faceva volare in giro colori e pennelli. Lanciò un urlo e tentò di liberare il braccio dalla stretta di Charlie per potergli sparare.

"Lucifer!" gridò lui. "Forza!"

Non avevo bisogno di incoraggiamenti. Scattai da sotto la sedia, afferrai una tela quasi finita e la usai per colpire Bella sotto il mento. Barcollò all'indietro e Charlie si allontanò da lei, dopo averle strappato l'arma. La lanciò a me e l'avevo già puntata contro Bella, pronto a far fuoco, quando mi bloccai di colpo.

Lei era caduta contro il comò, ed era immobile. Portò le mani tremanti dietro la schiena e le ritirò insanguinate. Cadde sulle ginocchia, restò un momento così, poi precipitò in avanti faccia a terra, con un gemito spaventoso e gorgogliante.

Nella sua schiena era piantata la lancia della statuetta di metallo che aveva disegnato così bene il giorno in cui ci eravamo conosciuti.

Charlie corse al mio fianco e mi sollevò la testa, posandola su un ginocchio. Ero sopraffatto da stanchezza e nausea. "Charlie..."

Vedemmo un torrente di sangue rosso come lava uscire dalla schiena di Bella, inzuppando il vestito. Poi i suoi occhi si fecero di vetro e restò immobile.

"Questo doveva essere il mio giorno libero," commentò Charlie. "Con chi devo parlare per gli straordinari?"

Lo guardai dritto negli occhi e riuscii a sorridere. "Charlie, cosa posso dire?"

Mi accarezzò i capelli con gentilezza. "Fa tutto parte del servizio."

"Sono contento che tu l'abbia detto, Charlie," mormorai, e appoggiai la testa su un gomito. "Sai, il mio amico Beardsley ha sempre detto che la sua condizione di salute lo rendeva sempre tremendamente arrapato. È proprio vero che nessuno riesce a controllarsi quando gli ormoni sono agitati."

Sorrisi in quel modo che i miei amici chiamano, giustamente, il sorriso di Lucifero.

RINGRAZIAMENTI

Un grazie enorme a Ian Bass, John Jarrold (che ha illuminato il primo Lucifer), Clayton Hickman, Darren Nash e al mio editor Ben Ball, gentiluomo inglese onorario.

INDICE

MISTO
Carta da fonti gestite
in maniera responsabile
FSC® C005461
FSC
www.fsc.org

Finito di stampare nel mese di giugno 2024 presso
Rotolito S.p.A. – Seggiano di Pioltello (MI)

Printed in Italy